이좌훈 시전집

지은이 이좌훈(李佐薰) 자가 국보(國輔)이고 호는 연암(烟巖)이다. 7∼8세에 문장을 지어 세상을 놀라게 했던 탁월한 시재(詩才)를 갖췄으나, 아쉽게도 18세에 요절한 천재 시인으로 『연암유고(烟巖遺稿)』를 남겼다. 저명한 남인(南人) 문인들이 그에 대해 서발(序跋)과 묘지명(墓誌銘)을 남기고 있다. 그가 남긴 230여 수의 시들은 마치 죽음을 예감이라도 한 듯 노성(老成)한 시각으로 세상을 바라보고 있다.

옮긴이 조남권(趙南權) 1928년 충남 부여 출생으로 1989년 온지서당(溫知書堂)을 개설, 후학들에게 한적(漢籍) 강독을 실시하면서 한적(漢籍)의 국역 사업을 지속해오고 있다. 1995년 3월 이래 한서대학교 부설 동양고전연구소 소장으로 재직 중이며, 사단법인 온지학회(溫知學會) 이사장을 역임했다. 옮긴 책으로『조용문 선생집(趙龍門先生集)』, 『양심당집(養心堂集)』, 『죽계일기』 상・하, 『역주악기(譯註樂記)』(공역), 『한국고전비평론자료집』 1∼3권(공역), 『김택영의 조선시대사 韓史綮』(공역), 『혜환 이용휴 시전집』(공역), 『송구봉 시전집』(공역), 『오언당음(五言唐音)』(공역), 『칠언당음(七言唐音)』(공역), 『중국화론(中國畵論)』 1∼3권(공역), 『한국고전비평론』 1∼4권(공역) 등 다수가 있다.

옮긴이 박동욱(朴東昱) 문학박사, 한양대학교 교양교육원 조교수, 한서대학교 부설 동양고전연구소 연구위원. 일평(一平) 조남권(趙南權) 선생님께 삶과 한문을 배우고 있다. 2001년 『라쁠륨』 가을호에 현대시로 등단하였다. 옮기고 지은 책으로『혜환 이용휴 시전집』(공역), 『혜환 이용휴 산문전집』(공역), 『표암 강세황 산문전집』(공역), 『이가환 시전집』(공역), 『살아 있는 한자교과서』(공저), 『아버지의 편지』(공저) 등이 있다.

한서대학교 부설 동양고전연구소 국역총서 29

이좌훈 시전집

초판인쇄 2012년 5월 10일 **초판발행** 2012년 5월 20일
옮긴이 조남권 박동욱 **펴낸이** 박성모 **펴낸곳** 소명출판 **출판등록** 제13-522호
주소 서울시 서초구 서초동 1621-18 란빌딩 1층
전화 02-585-7840 **팩스** 02-585-7848 **전자우편** somyong@korea.com **홈페이지** www.somyong.co.kr

값 20,000원
ⓒ 2012, 조남권 박동욱
ISBN 978-89-5626-706-7 03810

한서대학교 부설 동양고전연구소 국역총서 29

이좌훈 시전집

The complete poems of Lee Jwa-Hun

이좌훈 지음 / 조남권 · 박동욱 옮김

소명출판

일러두기

1. 이 책은 이좌훈의 시를 완역한 것이다. 규장각에 소장된 『연암시집(煙巖詩集)』을 텍스트로 삼았다.
2. 서명은 『 』, 편명·작품명은 「 」, 인용문은 " ", 강조는 ' ', 한글 표기와 한자 표기 병행 시 음가가 다른 경우는 [ ]를 약물로 표시했다.
3. 번역은 직역을 원칙으로 하되, 의미가 분명히 드러나지 않을 경우에는 주석을 달고 의역하였다.
4. 번역문의 중요한 한자는 한글과 병기하여 표기하였다.
5. 동일한 인명(人名)이나 내용이 반복해서 나올 경우, 처음 한 번만 각주로 달았다.
6. 인명과 서명등 주요 항목을 쉽게 검색할 수 있도록 색인을 부록으로 붙였다.

머리말

 이좌훈(李佐薰, 1753~1770)은 조선 후기의 시인(詩人)이다. 본관은 평창(平昌)이고, 자가 국보(國輔)이며 호는 연암(烟巖)이다. 탁월한 시재(詩才)를 갖췄으나, 『연암유고(烟巖遺稿)』를 남기고 아쉽게도 18세에 요절하였다. 그에 대한 기록은 채제공(蔡濟恭), 목만중(睦萬中), 홍명한(洪名漢), 신경준(申景濬), 신광수(申光洙), 홍량호(洪良浩) 등 여러 문인들의 문집에서 빈번하게 등장한다. 당대의 대가들이 그의 시를 칭찬하였고, 그의 죽음을 아쉬워했다.

 이좌훈은 205제 237수의 시를 남기고 있다. 5, 7언 절구, 율시, 고시뿐 아니라 사(詞), 행(行), 가(歌) 등이 문집에 많이 남아 있으며, 악부시(樂府詩)와 회문시(回文詩) 등도 몇 편 보인다. 그는 여러 형식을 통해 다양한 시적 실험(詩的實驗)을 시도했던 것으로 보인다. 이좌훈의 작품은 한시선집(漢詩選集)에도 자주 등장하는데, 이러한 사실은 어린 나이임에도 불구하고 그의 시가 동몽시(童蒙詩) 수준을 뛰어넘었음을 반증한다. 이좌훈의 시는 『조야시선(朝野詩選)』, 『대동시선(大東詩選)』, 『한중기문(閑中記聞)』 등에도 실려 있다.

 그의 시는 쓸쓸하고 서글프다. 나무 하나를 보아도 꽃이 만발한 나무보다는, 잎이 모두 떨어진 나무를 보았다. 삶의 정수(精髓)는 오히려 비극성에 있을지도 모른다는 의미에서 본다면, 이좌훈은 삶의 비의(秘意)를 보았던 작가였다. 그가 보는 풍경은 쓸쓸하지만 그렇다고 모두 다 염세적이지는 않다. 살아있는 생명에 대해서는 누구보다 따스하게 연민과 사랑을 표현했다. 세상의 풍상을 겪고, 이런저런 신산(辛酸)함을 느끼기도 전에 그는 세상을 떠났다. 인생의 많은 경험을 통해 삶의 그늘을 읽어내는 것이 아니라, 탁월한 통찰력으로 삶의 그늘을 꿰뚫었다는 점이 그의 남다른 면모라 할 수 있다.

남인문인(南人文人)들의 문집을 들춰 보면서 이좌훈에게 관심이 생겼다. 얼마나 대단한 인물이기에 이렇게 많은 문인들이 그에 대한 글을 남긴 것일까? 사소한 궁금증에서 시작된 관심으로 그의 문집을 찾아서 일독한 것이 10년 전 박사 과정 때의 일이다. 그 후 일평(一平) 조남권(趙南權) 선생님과 함께 문집을 번역하고 이제야 책으로 출간하게 되었으니, 이 책은 내 청년 시절의 땀과 추억이 서려 있다 해도 과언이 아니다.

이번 책은 일평 선생님과 함께 번역한 다섯 번째 책이다. 선생님께 공부를 배운 시간에 비하면 결코 많다고는 할 수 없다. 앞으로 얼마나 더 많은 책을 선생님과 낼 수 있을지 모르겠지만, 주어진 시간 동안 촌음(寸陰)을 아껴 최선을 다해 공부하고 싶은 마음은 갈수록 더 간절해진다.

선생님을 가까이에서 모시고 공부하면서 느꼈던 소회는 책을 낼 때마다 서문에서 조금씩 밝힌 바 있다. 지금껏 선생님께 깊은 감동을 받았던 적이 한두 번이 아니지만, 그중 가장 존경스러운 면은 남의 험담을 절대 하지 않으신다는 점이다. 보통 사람들은 남의 뒷담화를 하면서 갖는 연대(連帶)를 강한 우정과 유대의 근거로 삼곤 하지만, 선생님께서는 일체 남의 이야기를 하지 않으신다. 남에 대한 호오(好惡)는 분명 있을 텐데, 그것을 표현하지 않는 그 그릇이 참 크고 또한 어른다우시다. 그런 모습에서 책을 통한 공부보다 더욱 깊은 감화와 영향을 받고 있으며 선생님의 제자라는 사실에 항상 감사하게 된다.

이번 작업에도 많은 분들이 도움을 주셨다. 거듭 감사를 드린다. 출판계의 불황에도 불구하고 필자의 책이면 마다하지 않고 출간을 맡아준 소명출판의 박성모 사장과 공홍 부장께 감사를 전한다. 또, 선생님을 모시고 공부할 수 있는 좋은 여건을 제공해 주신 한서대학교(韓瑞大學校)에도 고개 숙여 고마운 마음을 표한다. 더불어 이 자그마한 책이 18년의 짧은 인생을 살다 죽은 한 젊은 시인의 작은 진혼곡(鎭魂曲)이 되기를 바란다.

2012년 2월
역자 박동욱 쓰다

이좌훈(李佐薰) 한시에 나타난 비애 의식

1

천재들의 능력은 우리를 압도하기에 충분하다. 그들은 선망(羨望)의 대상인 동시에 질시(嫉視)의 존재이기도 하다. 그러나 죽음은 그것을 맞는 개인과는 아무런 관계없이 돌발적으로 다가오며, 늘 예측할 수 없는 가능성으로 상존한다. 삶의 총량이 삶의 질을 담보하지는 않는다는 의미에서 요절한 천재는 다 살지 않고도 더 오래 살아 있다고 할 수 있다. 요절한 천재의 삶은 얼마나 매혹적인가? 그들은 짧은 시간을 살았지만, 남은 자들은 가장 화려하게 그들을 윤색(潤色)한다. 그것은 채우지 못한 간극(間隙)에 대한 아쉬움에 다름 아니다.

신동(神童)으로 이름났던 문사(文士)는 수없이 많다. 우리 문학사에서 많은 주목을 받지는 못했지만 이러한 인물들이 적지 않다. 지금 다룰 이좌훈(李佐薰, 1753~1770)은 그러한 천재 중에서도 두드러진 면이 있다. 그는 자가 국보(國輔)이고 호는 연암(烟巖)이다. 7~8세에 문장을 지어 세상을 놀라게 했던 탁월한 시재(詩才)를 갖췄으나, 아쉽게도 18

세에 요절한 천재 시인으로,『연암유고(烟巖遺稿)』[1]를 남겼다.

　남인(南人)들의 문집에는 이좌훈의 이름이 반복적으로 등장하는데, 그것도 대가(大家)의 반열에 오른 작가들이 하나같이 그에 대해 서발(序跋)을 남기고 묘지명(墓誌銘)을 남기고 있다. 사람들은 그를 탁월한 천재에 비견했다. 그는 신동으로 명성을 날리다 18년의 짧은 생평(生平)을 마감하였다. 그에 대한 연구는 거의 이루어지지 않았다. 그의 시는 어린 나이에 지어졌다고는 믿기지 않을 정도로 시선이 남다르고 따스하다. 그가 남긴 230여 수의 시들은 일관되게 비애 의식이 깔려 있으며, 마치 죽음을 예감이라도 한 듯 노성(老成)한 시각으로 세상을 바라보고 있다.

1　목판본으로 안변(安邊)에 있는 석왕사(釋王寺)에서 간행되었다. 1책(62張)이다. 서(序)는 채제공(蔡濟恭)과 홍명한(洪明漢)이 발(跋)은 목만중(睦萬中)이 썼다. 간기(刊記)에는 "癸巳(1773)冬 安邊府開刊版本藏于釋王寺"라 기록되어 있다. 규장각, 영남대에 각각 소장되어 있다.

2

1) 가계

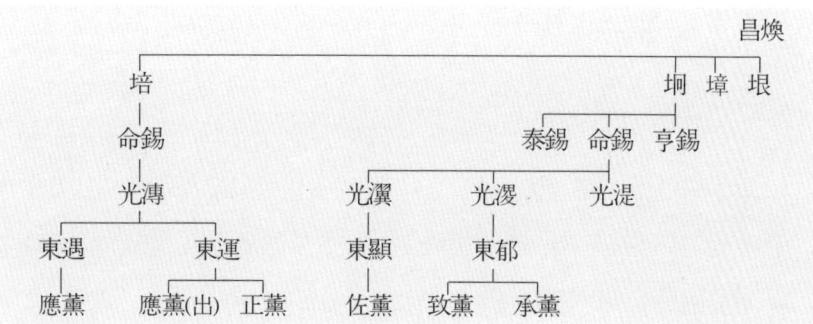

『계행보』天-515 참조

　평창 이씨는 저명한 남인 가문이었다. 그의 집안은 특히 혜환 이용휴와 삼대에 걸친 세교가 있다. 혜환은 둘째 딸과 넷째 딸을 평창이씨 가문에 시집보낸다. 또, 나주 정씨(羅州丁氏)인 다산의 집안과도 누대의 혼인 관계가 있었다. 이러한 대단한 문학적 전통을 지닌 가문의 분위기가 그에게 영향을 미쳤을 것은 자명하다.[2]

　또, 평창 이씨는 남인(南人)인 채제공, 이헌경, 정범조, 신광수, 목만중 등과 폭넓게 교유하였다. 이좌훈 역시 그들과 깊은 연관을 맺고 있었으며, 그들에게 적지 않은 영향을 받았다. 그는 조부와 함께 선배들의 모임에 참석했고, 젊은 재사(才士)로 인정받았다. 그래서 그가

2　가계에 대해서는 다음의 논문에 잘 정리되어 있으므로 여기에서는 재론하지 않는다. 박동욱, 「혜환 이용휴의 문학 연구」, 성균관대 박사논문, 2007, 165~169면 참조.

죽은 후에 많은 선배 문인들은 그의 죽음을 아쉬워하며, 많은 글들을 남겼다. 평창 이씨 문인들의 시문은 남은 것이 거의 없다. 아마도 천주학 박해의 직격탄을 맞은 평창 이씨 가문의 운명과도 무관하지 않을 것이다.[3]

2) 생애

그에 대한 기록은 남인 문인들의 문집에 빈번하게 등장한다. 우선 당대 남인 시단의 거두인 채제공(蔡濟恭)이 서문(序文)을, 목만중(睦萬中)이 발문(跋文)을 남기고 있으며 홍명한(洪名漢)[4] 역시 문집에 서문을 남겼다. 이뿐 아니라 여러 사람들의 문집에 그에 대한 기록은 상당수 남아 있는데, 신경준(申景濬)은 『여암유고(旅菴遺稿)』에 「李君國輔(佐薰)墓誌銘」을, 신광수(申光洙)는 『석북집(石北集)』에 「李佐薰遺稿序」를, 홍량호(洪良浩)는 『이계집(耳溪集)』에 「題烟巖詩集」을, 채제공(蔡濟恭)은 『번암집(樊巖集)』에 「書李佐薰詩稿」를 각각 남기고 있다. 이좌훈 선대부터의 세교가 있었다 해도 나이 열여덟에 죽은 아이에 대한 기록 치고

---

3 동년 2월에 낙하생을 비롯하여, 외삼촌 이가환(李家煥), 구촌숙인 이승훈(李承薰), 이치훈(李致薰) 그리고 인척(姻戚)이 되는 정약용(丁若鏞) 형제 등이 한꺼번에 의금부에 구금되었다. 이때 낙하생도 '도당(徒黨)'으로 지목되어 신문을 받았으나, 아무런 혐의도 없었기 때문에 의금부에서는 '방송(放送)'할 것을 품계 하였으나, 허락되지 않고 갇혀 있다가 동년 봄에 전라도 능주(綾州)로 유배되었다. 이때 낙하생의 주변 인물은 대부분 죽음을 당하였거나 유배되었다. 백원철, 『낙하생 이학규 문학연구』, 보고사, 2005, 29~30쪽 참조.

4 홍명한(洪名漢, 1724~1774) : 조선 후기의 문신. 본관은 풍산(豊山). 자는 군평(君平). 승지 중하(重夏)의 손자로, 대사헌 경보(景輔)의 아들이다. 1768년 승지 · 형조참판 · 도승지를 거쳐 이듬해 강원도관찰사를 역임하고, 1771년 형조판서를 역임한 뒤 개성유수가 되었다. 그는 영조의 문예진흥책의 하나인 편찬사업에 관여하여 1770년 『동국문헌비고』의 감인당상(監印堂上)이 되어 이의 간행에 책임을 맡았다.

는 그 면면들이 화려하기만 하다. 이러한 기록을 통하여 그의 삶을 재구해보면 다음과 같다.

5~6살에 신동이라 일컬어졌다. 점차 자라자 명성이 더욱 자자하여서 교유하던 사람 중에는 아버지의 친구들이 많았다. 9살에는 할아버지가 회양에 부임할 때 따라갔다. 13살에는 상시(庠試)를 치러 합격하였고, 15살에는 진사에 합격하였다. 이때 입시(入侍)하여 지은 시를 외우라는 명마다 곧바로 대답을 하여 상감의 칭찬을 받다.

보통, 생원시나 진사시에 합격하려면 대개 20대 중반은 되어야 했으며, 단순 비교할 수는 없지만 다산 정약용이 회시(會試)에서 진사에 합격한 나이가 22살이었으니 그의 재주가 예사롭지 않았음은 명확하다. 그의 죽음과 관련된 기록으로는 채제공의 언급이 참조할 만하다.

몇 년 뒤에 내가 금중(禁中)에서 숙직을 할 때에 군이 병에 걸렸다는 소식을 들었다. 사람들이 혹은 그대가 위급하다고 여겼으나, 나는 말하기를 "이 아이는 하늘이 낳았다. 하늘이 이미 그만한 재주를 낳았으니 또한 꼭 아껴서 보호해 줄 것이다"라고 했었는데 얼마 안 있어 그대가 죽었다. 아! 나는 그대의 재주를 믿어서 하늘이 반드시 그대를 요절케 하리라고는 여기지 않았다. 그런데 그대가 요절한 것은 하늘이 그 재주에 성낸 것과 관련된 것인지도 모르겠으니, 어찌 그것을 원망하겠는가?[5]

5   채제공, 『번암집』 「烟巖遺稿序」 : 居數年, 余直禁中, 聞君病矣. 人或爲君危之, 余曰 : "此子天所生. 天旣生其才, 亦必愛惜而扶護之." 已而君死, 嗚呼! 余則恃君之才, 以爲天必不夭君, 而不知君之夭, 正坐於天之怒其才耳, 何其寃也?

이렇게 허망하게 그는 죽었다. 그의 안타까운 죽음에 대해 신경준은 "만약 가기를 빨리 하려면 어찌 꼭 올 것이 있었던가? 또 어찌 반드시 재주가 있을 것이 있었던가? 좋은 손님이 내 집에 머물다가 이틀 밤도 자지 않고 돌아간 것 같으니 아! 그 슬프도다"[6]라고 하였고, 채제공은 "아! 내가 어찌 차마 이 책에 글을 쓸 것인가? 내가 어찌 차마 이 책에 글을 쓸 것인가? 다만 '하늘에 유감이 없을 수 없다'는 것을 써서 덕휘(德輝)에게 돌려보내 인쇄에 맡기도록 한다. 그대가 나 때문에 썩지 않게 될 것인가? 아니면 내가 그대의 시에 이름을 맡겨서 썩지 않게 될 것인가?"[7]

지금까지 이좌훈의 생애를 간략히 알아보았다. 죽은 사람에 대한 기록이야 과장되고 아유(阿諛)하는 관습이 없지 않다 하더라도, 그의 죽음에 대한 선배 문인들의 진심어린 안타까움이 느껴진다.

3

이좌훈은 205제 237수의 시를 남기고 있다. 5, 7언 절구, 율시, 고시뿐 아니라 사(詞), 행(行), 가(歌) 등도 문집에 많이 남아 있다. 특히 「苦雨行」(7언 70구), 「鑿氷行」(7언 32구), 「進宴詞」(7언 66구) 등 장편시에서는 웅장함마저 느껴진다. 악부시와 회문시 등도 몇 편 보인다. 그는

---

6   신경준, 『여암유고』「李君國輔墓誌銘」: 如其去之速也, 何必來乎? 又何必才乎? 如嘉客之館我, 不信宿而歸, 吁其悲!
7   채제공, 『번암집』「烟巖遺稿序」: 嗚呼! 吾何忍題此卷? 吾何忍題此卷? 只書不能無憾於天者, 歸之德輝甫, 俾付剞劂, 不知君由吾而不朽耶? 抑吾託名君詩而不朽也耶?

여러 형식을 통해 다양한 시적 실험을 시도했던 것으로 보인다.

이좌훈 시의 특징적인 면모로는 그림에 대한 제화시(題畵詩)가 눈에 많이 띄고,[8] 북한산과 송도(松都) 등을 유람한 시가 많이 남아 있으며, 또 일상적인 사물과 풍경을 시화(詩化)했다는 점 등을 들 수 있다. 자세한 것은 뒤에서 다시 언급하기로 하고, 먼저 그의 시가 실려 있는 한시 선집에 대해 간략히 살펴보면 다음과 같다.

그의 시는 여러 한시 선집에 자주 등장한다. 이러한 사실은 그의 시가 어린 나이임에도 불구하고 동몽시(童蒙詩) 수준을 뛰어넘었음을 증거하는 것이다. 그의 시가 실려 있는 책으로는 『조야시선(朝野詩選)』, 『대동시선(大東詩選)』, 『한중기문(閑中記聞)』 등을 들 수 있다. 우선, 『조야시선(朝野詩選)』에는 9제 14수가 실려 있다. 이 책은 모두 223인의 1,130여 수가 수록되어 있다. 이 가운데 10수 이상의 시를 남긴 사람은 50인으로 그들이 모두 620수 가량을 남겼으니 수록 편수로만 따지면 이좌훈의 시는 수위(首位)를 차지한다 할 수 있다. 여기에 그의 짧은 생애를 감안한다면 매우 드문 경우임에 틀림없다. 수록된 작품의 목록은 다음과 같으니, 「僮伐桑」, 「題四時畵」(4수)[9] 「除夜」, 「故漏院」, 「漫咏」, 「奉贈蔡記注(弘履), 求和」, 「松京途中, 拜辭祖父, 夜店書懷」, 「鍊戎臺」, 「故都雜絶」(3수)[10] 등이다.

『대동시선』에는 10제 10수가 실려 있다. 수록된 작품의 목록은 「長干曲」, 「發楊州」, 「採蓮詞」, 「春咏」, 「江上古寺」, 「發淮陽, 歸京, 到昌道

---

8 「題吳楚陰晦圖」, 「畓雲八疊畵竹歌」, 「題岳陽樓圖」, 「題日出圖」, 「題洞庭湖圖」, 「題廬山瀑布圖, 仍次大陸蟾韻」, 「題陳搏畵壽福障子」, 「題四時禽畵」, 「題輿地圖」, 「題畵」 등이 있다.
9 원문집에는 제목이 「題四時禽畵」라 되어 있다.
10 이좌훈의 문집에는 같은 제목으로 5수가 있다.

有吟」,「出樓院」,「神勒寺」,「題輿地圖」,「臨湍道中」 등이다. 『조야시선』과 비교해 보면 거의 중복된 작품이 없으니 우연하게 재기(才氣)가 번득이는 한두 편의 작품만 남긴 것만이 아님을 알 수 있다.

『한중기문(閑中記聞)』에는 간략한 기록과 함께 「嘗自淮陽還京, 到昌道有吟」,「過麥坂」,「途上作」 등이 실려 있다.[11] 모두 11살 때 지은 작품들을 선별하였다.

4

18세기 시인들은 주변에서 늘 접하는 일상적 경물, 자연 풍물, 사회현상, 인정물태(人情物態)를 창작의 대상으로 삼아서 묘사하였다. 눈으로 확인한 구체적 소재를 선택해서 대상의 생생한 모습을 전달하는 데 집중적인 노력을 기울이고 있었다.[12]

이좌훈은 어린 나이임에도 불구하고 인간에 대해 깊이 있게 응시한다. 계급이나 나이를 넘어서서 그의 시선은 따스하다. 자연스레 민중의 삶을 직시하고, 고단한 모습에 연민을 가진다. 이것은 계급에 대한 투철한 각성이 있어서라기보다는, 살아있는 것에 대한 일종의

---

11 수록된 전문은 다음과 같다. 李佐薰, 字國輔. 前承旨東顯之子也. 生有異才, 自七八歲, 造語輒驚人.「嘗自淮陽還京, 到昌道有吟」曰, "晚到昌道店, 崢嶸峽勢長, 千峯猶濕雨, 獨樹見斜陽, 谷靜鳥多語, 山深花自香, 洛城三百里, 歸路正中央." 又「過麥坂」, 詩曰, "入洞疑風雨, 過林又日月, 壯哉造化力, 鍾靈固密勿." 又「途上作」曰, "客發楊州里, 鞍馬犯曉寒, 家人候我來, 馬首問平安." 皆十一歲作也. 充其才, 可以高步一世, 而年十八夭, 惜也. 其父安邊時, 刊遺稿, 行于世.

12 안대회, 『18세기 한국한시사 연구』, 53면 참조.

서글픔이 담겨져 있기 때문이다.

秋虫聲感激　가을벌레 소리에 느낌이 있어,
荒店着眠遲　궁벽한 여관에서 잠 더디 오네.
兩地共愁坐　두 곳에서 함께 시름하고 앉았으니,
孤燈同此時　외론 등불 이때에 같았으리라.
江雲低隔望　강 구름 낮게 깔려 시선을 막고,
關月逈含思　관산 달에 아득히 그리움 품네.
却恐征衣薄　도리어 옷가지는 얇기만 하니,
北風連夜吹　된바람이 밤새껏 불까 두렵네.

—「松京途上, 拜辭祖父, 夜店書懷」

　이 시는 『조야시선』에도 실려 있다. 개성에 가는 도중에 역관에서 조부를 생각하며 지은 시이다. 그는 특히 조부와의 정이 각별했다. 이 시는 조부와 아쉽게 이별하고 돌아올 때의 심회를 담았다. 할아버지를 그리는 손자의 마음이 잘 표현되어 있다. 1~2구는 낯선 역관에서 가을벌레 소리에 잠들지 못하는 모습이 선하다. 3~4구는 자신이 등불을 보면서 동시에 다른 곳에서 할아버지도 자신을 그리워할 것을 떠올린다. 1~4구에서 추충(秋虫), 수좌(愁坐), 황점(荒店), 고등(孤燈) 등에 쓰인 추(秋), 수(愁), 황(荒), 고(孤) 등의 단어는 작가의 감정을 직접적으로 노출시켰다. 이러한 시어들은 그의 시 전반에서 매우 빈번하게 등장하여, 자신의 이른 죽음을 암시라도 하듯이 그의 시에 비극적이고 애상적인 정조에 한 몫을 하고 있다. 5~6구의 강운(江雲)과 관월

(關月)을 대비하여 배치한 것이 절묘하다. 강운은 멀리 떨어진 거리를 말하고, 관월은 그러한 장애물과 상관없는 그리움을 말한다. 7~8구는 자신의 얇은 옷(征衣薄)을 제시하여 우회적으로 추위에 조부의 건강을 걱정하였다.

巷僻苦寒多	골목이 후미져서 몹시 추운데,
凍雪埋古木	얼어붙은 눈들이 고목 덮었네.
寢衣薄如鐵	잠옷이 얇아서는 쇠 같이 차며,
擁爐生芒粟	화로 안고 있어도 소름 돋누나.
柴扉聞剝啄	사립문 두드리는 소리 들리니,
知是楡村兄	유촌의 형님인 줄 알 수 있었네.
令我忽忘寒	나에게 추위를 싹 가시게 하니,
起坐且復驚	맞이해 앉아서는 다시 놀라네.
君來不足驚	형님 온 건 놀랄 일 아니라지만,
感此雪中至	이런 눈에 와 준 것 시큰하구나.
促膝話懷抱	바짝 앉아 회포를 이야기하니,
款款歲暮意	은근한 세모의 뜻 담겨 있었네.
山廚急烹茗	부엌에서 헐레벌떡 차를 다려서
土銼細斟杯	주전자로 가만히 잔에 따르네.
隔溪兩三友	시내 너머 두세 명 벗이 있지만
天寒却不來	날씨가 추워지자 오지 않누나.

—「雪中 楡村從兄見過」

유촌(楡村)은 삼종형(三從兄)인 이응훈(李應薰)이다. 시집에는 그와 관련된 시가 2편 더 실려 있다.[13] 1~4구는 추운 겨울에 대해 묘사하였다. 1, 2구는 집 밖의 풍경을 3, 4구는 집 안의 풍경을 각각 제시했다. 3, 4구에서는 얇은 잠옷을 입고서 화로를 안은 채 추위에 떨고 있는 모습이 눈에 선하다. 5~8구에서는 이러한 맹추위에 찾아온 삼종형에 대해 놀라며 반가워하고 있는 장면이다. 9~14구에서는 놀란 마음을 추스르고 담소하는 모습과, 추위에 온 형님을 위해 차를 준비하는 모습을 묘사했다. 마지막 15~16구에 날씨가 추워지면 발길을 끊는 친구들의 모습을 제시함으로써 삼종형에 대한 고마움과 감사함을 우회적으로 표출했다. 또, 이것은 염량세태의 우도(友道)에 대한 우의(寓意)적인 표현으로도 보인다.

이 시는 사람에 대한 그리움을 진솔하게 보여준다. 그의 시에는 인간에 대한 사랑과 그리움이 노출된 시가 적지 않다. 「思家」에서도 "옛 정원에 가을바람 불어오더니 저녁에 수심들이 이어지누나. 상 앞에 앉아 있을 내 어린 누이는 머리카락 이마를 덮고 있겠지"[14]라고 누이에 대한 그리움을 드러내고 있다. 사람에 대한 이러한 연민과 사랑은 가족에 국한되지 않는다. 그것은 자연스럽게 다른 사람의 삶에 대한 따스한 시선으로 전이된다.

少婦炊黃黍 젊은 아낙 기장밥 지어내어서

---

13 제목은 다음과 같다. 「楡村三從兄應薰 作夢天詩二十韻 寄煙巖子 煙巖子 迨然而笑曰 渢渢乎詩也 煥乎其有文章也 乃不拘其韻 而和其旨 以拜嘉焉 盖效唐人有和無次之意也」, 「溪閣吟寄楡村」
14 「思家」: 古園秋風生, 日夕愁脉脉. 床前吾少妹, 鬢髮應覆額.

日午餉東菑　점심에 동쪽 밭에 참을 내가네.
歸時不敢緩　돌아올 시간 늦출 수가 없으니
儂家饞易飢　내 집 누에 배곯기가 쉬워서라네.

—「田家春詞」

青青雨滿野　푸릇푸릇 들판 가득 비가 내리니
細細稻生畦　야들야들 밭두둑에 벼가 돋누나.
兒孫出平莽　아들 손자, 들판에 나가 놀다가,
飮牛在前溪　앞 시내서 소에게 물을 먹이네.

—「田家夏詞」

丈夫入官家　젊은 남자, 관청에 들어와서는,
輸糧及淸晨　새벽까지 곡식을 옮겨 나르네.
囊中少許錢　주머니 속에 있는 약간의 돈은,
更防官吏嗔　관리 성냄을 다시 막아야 했네.

—「田家秋詞」

老木枝不多　늙은 나무 가지가 많지가 않고,
孤村殘雪白　외딴 마을 남은 눈 희기만 하네.
童子挾竹矢　아이는 대 화살을 끼고 가서는,
行射籬間雀　다니면서 울 사이 참새를 쏘네.

—「田家冬詞」

그는 삶의 현장을 다루기를 즐겨했다. 그래서 농촌에 대한 시도 적지 않다. 위의 시는 농촌의 일상이 춘하추동 네 계절로 나뉘어 잘 그려져 있다. 밭에 참을 내가는 며느리, 시내에서 물을 마시는 소, 관청에서 사역하는 사내, 참새 사냥을 하는 아이의 모습 등이 파노라마처럼 제시된다. 그는 관념적으로 풍경을 음풍농월하지 않고, 풍경 안에 자리 잡고 있는 역동적인 인간의 부면에 집중한다. 이러한 관심은 그의 시에 등장하는 인물군(人物群)들만 살펴보아도 쉽게 알 수 있다. 「田家翁」, 「樵童」, 「汲井女」 등에 나오는 촌노인, 땔감 하는 아이, 물 긷는 여자 아이 등으로 일상에서 흔히 접할 수 있는 인물들이다.

牧童樵爲業 　목동이 땔나무로 생업을 삼아
牧牛山南北 　치는 소가 산남과 산북에 있네.
伐木載牛背 　나무를 베어 소의 등에 싣고서,
行行山日落 　가고 갈 제 산의 해가 지고 있었네.
山木剪復生 　산 나무는 베어도 다시 자라니,
生長復剪之 　다 자라면 다시금 베어 버리네.
剪盡拾榾柮 　다 베어서 삭정이 주워서가니,
松栢半無枝 　소나무 잣나무 절반쯤 가지가 없네.
上山多蕀藜 　산 오를 젠 가시덤불 많이 있더니,
下山多苦雨 　하산할 때 빗줄기 몹시 퍼붓네.
樵歌入細逕 　나무꾼 노래 하며 샛길로 드는데
微月不畏虎 　희미한 달밤에 범도 두렵지 않네.

― 「樵童」

주인공은 땔감을 생업으로 하는 목동이다. 고단한 목동의 일상이 잘 그려져 있다. 이좌훈의 시에는 신분이 낮은 사람들의 일상이 자주 제시된다. 그는 그들의 삶을 진정으로 이해하려 애썼고, 있는 그대로 보여준다. 1~4구는 나무를 베어 소 등에 싣는 장면을, 5~8구는 사실적으로 나무를 하는 모습을, 9~10구는 목동의 어려운 작업 환경을 각각 보여 주고 있다.

이좌훈이 다루는 인물들은 매우 사실적인 면모를 띠는데, 이것은 인간에 대한 애정을 바탕으로 직접적인 관찰을 했기에 가능한 일이다. 인간에 대한 관심은 자연스레 민중의 삶에 대해 집중하는 계기가 된다. 부친의 친구들인 채제공, 목만중, 정재원, 홍명한 등이 외직으로 나갈 때 지어 주었던 이좌훈의 송시(送詩)에서는 그러한 민중의 삶에 대한 그의 애정이 나타난다.[15] "옛 정자에 동백이 피어 있는데, 그 잎사귀는 날마다 푸르러지네. 나 위해 뿌리 다치지 말 것이니, 뿌리 상하면 꽃 피지 못하리니"[16]라고 해서 백성들을 아낄 것을 당부하고, 또 다른 시에서는 "세모에 서리, 눈 뒤섞인 데도, 가는 길 더디게는 하지 마시고, 맡은 고을 작다고 말하지 말고, 관사(官舍)가 변변찮다 탄식마시길. 봄날 같은 은택 베풀길 노력을 하고 백성이 있으면 또 치료해 주길"[17]이라고 하여 백성을 위한 목민관의 자세를 강조하였다. 이러한 시각은 좀 더 확장되어 게를 공물로 바치느라 고초를 겪는 백

---

15 이러한 시로는 「拜呈洪丈[日恒]北嶽祠官之行」, 「鬼門關歌 奉贐李丈命俊通判鏡州」, 「奉贐睦丈萬中出宰湖邑」, 「奉贐丁丈[載遠]之任漣川」, 「謹奉洪侍郎丈[名漢]關東按節之行」, 「咸關歌三疊 謹奉蔡侍郎丈[濟恭]北藩觀察之行」 등이 있다.

16 「奉贐睦丈萬中出宰湖邑」: 古亭有冬柏, 其葉日以靑. 爲我莫傷根, 傷根花不生.

17 「奉贐丁丈[載遠]之任漣川」: …… 歲暮霜雪繁, 去矣莫遲遲. 莫謂縣境小, 莫歎官居卑. 努力布陽春, 有民亦可治. ……

성의 모습을 담고 있는 「蟹戶歌」, 땔감이 없어서 뽕나무를 베야 하지만, 내년에는 누에 키울 나무가 없어지는 참담한 현실을 그린 「僮伐桑」에서는 보다 더 비근한 거리에서 백성들의 삶을 그리고 있다.

이처럼 그는 일상적인 공간에서 접하는 인물들에게 집중을 하였다. 피붙이로부터 보잘 것 없는 종에 이르기까지 신분을 초월하여 한결같이 진솔한 생활을 그려냈다. 똑같은 사람으로서 같은 사람들이 겪는 고초와 고충을 외면하지 않고 이문목도(耳聞目睹)한 것을 시로 형상화 냈다.

이좌훈의 시에는 그와 같은 또래가 가지는 포부와 야망에 대한 토로가 드러나지 않는다. 그것은 화려한 인생의 부면에 있는 허망함을 먼저 깨닫고, 허무한 인생의 배면(背面)에 있는 진실함을 포착했기 때문이다. 그렇다고 그의 시가 무조건적으로 염세(厭世)에만 흐르는 것은 아니다. 삶의 진정성에 대해 끊임없이 고뇌하고, 삶의 모습들에 관심을 가졌다. 살아있는 사람들의 살아가는 장면은 그것 자체만으로도 감동과 진정(眞情)이 있었음을 일찍 깨달았기 때문이다.

5

이좌훈은 적지 않은 수의 영물시(詠物詩)를 남겼다. 영물시는 사물 그 자체를 세밀하게 관찰하거나, 사물에 대한 우의(寓意)나 풍자(諷刺)를 담는다. 그래서 영물시는 사물에 대한 태도를 통해 작가의 심리를 읽어 내기에 적합하다. 왜냐하면 특정 주제나 특정 제재의 애호는 작가의 세계관이 반영되기 때문이다.

특히 그의 시는 계절이나 절기에 관한 것이 많고, 또 자연물 또는 자연현상을 다룬 시도 적지 않다. 이좌훈은 매우 민감하게 자연을 감지하고 호흡한다. 이러한 자연에 대한 관심과 기호는 자연스럽게 사물에까지 확대되는데, 여러 사물 중에서도 특히 동식물을 다룬 시가 유독 눈에 많이 띈다.

院中楊柳細於絲　　동산 안의 버들일랑 실보다 더 가는데,
和雨籠煙却倒垂　　비 맞고 안개 싸여 거꾸로 드리웠네.
落絮翻隨何處蝶　　버들개지 휘날려 어느 곳 나비 따라 가나.
柔條似欲不勝鸝　　여린 가지 꾀꼬리를 견디지 못할 듯.
西施鬢髻新梳曉　　서시가 막 빗질한 새벽녘 머리채요,
張緖風流正少時　　소싯적 장서의 풍류와 한가지네.
倚檻主人看不足　　난간 기댄 주인이 보아도 부족하게 여기니,
滿庭濃影日遲遲　　짙은 그림자 꽉 찬 뜰에 해가 더디고 더디네.

　　　　　　　　　　　　　　　　　　　　　　　　　　—「垂柳」

그의 시에는 매우 다양한 동식물이 등장한다.[18] 몇몇을 제외하고는 모두 일상생활에서 볼 수 있는 동식물을 대상으로 했다. 보통 영물시에서 사물 앞에 놓인 단어를 통해 시인의 의식 상태를 유추할 수

---

18 들짐승 : 犢, 猾, 猿, 馬; 날짐승 : 鳩, 雀, 鷄, 鳳雛, 鵝, 鷹, 鴈, 白鷗, 白鷺, 啄木鳥; 물고기 : 魚; 곤충 : 絡緯, 蜻蜓, 蝶, 蜂; 식물 : 柳, 花, 木, 杜鵑, 樹, 松 등을 들 수 있다.

있다. 그의 시에서 식물을 다룰 경우 유독 노(老), 병(病), 낙(落)과 같은 단어들이 많이 쓰인다. 이러한 단어가 붙음으로써 쇠락하고 어두운 이미지를 시 전반에 풍기게 된다.

버드나무는 섬약하고 여성적인 이미지를 띠는데, 그가 시에서 자주 사용했던 시제 중에 하나이다. 위의 시를 분석해 보면 다음과 같다. 1, 2구에서는 버들의 전체적인 모습을 그려내고 3, 4구에서는 지는 버들개지[落絮], 약한 가지[柔條]를 나비, 꾀꼬리와 대비시켜서 버들의 가녀린 모습을 부각시켰다. 5, 6구에서는 버들을 서시가 새벽에 빗질한 머리채와 젊을 적 장서(張緖)의 풍류에 비교했으니 매우 감각적이다. 버드나무를 다룬 다른 시에서도 "봄바람 언덕 위 버들에 부는데, 와서 앉는 무심한 새가 있구나. 앉을 때는 실이 못 이기었고, 간 후에는 가지가 산들거리네"[19]라고 하여 버드나무의 모습을 섬세하게 포착하고 있다. 이러한 섬세한 관찰을 보다 적극적인 의미로 확대한 시 한 편을 더 살펴보자.

屋西種桃樹　집 서쪽에는 복숭아나무 심고,
屋南種杏花　집 남쪽에는 살구나무 심었네.
東風晩相過　동풍이 저물녘에 지나게 되면,
落花日以多　지는 꽃이 날마다 많아진다네.
辭枝故宛轉　가지에서 질 땐 짐짓 뒹굴었고,
落地細無聲　땅에 질 땐 작아서 소리 없었네.

---

19 「陌上柳」：春風陌上柳, 來坐無心鳥. 坐時絲不勝, 去後枝嫋嫋.

氤氳滿紅泥　왕성하게 홍니처럼 가득했으니,
寂寞保遺香　적막하게 남은 향 보존하였네.
數點如有意　여러 점이 뜻을 가진 듯하여,
無風更飄颺　바람 없어도 다시 날아가누나.
攀條以躑躅　가지를 휘어잡고 머뭇거리니,
新葉過人頭　새로 핀 잎, 사람의 머리 스치네.
不惜花零落　꽃 지는 것 아깝지는 않으나,
感此年光流　이 세월이 흘러감에 울컥하노라.

ㅡ「落花歌」

　　낙화(落花)란 소멸, 늙음, 애상을 상징한다. 이 시는 꽃이 지는 장면을 통해 삶의 비극성을 표현한 동시에 마지막 구에 이르러서는 필연적인 소멸의 과정에 대한 달관의 자세까지 보인다. 꽃은 그 자체가 만개(滿開)와 영락(零落)의 두 가지 표상을 동시에 지닌다. 그런 의미에서 죽음과 삶이 동시에 극명하게 교차되는 것이 꽃이라 할 수 있다. 꽃이 피는 것은 하나의 과정이지만 꽃이 지는 것은 명징한 현실이다. 그렇다면 꽃이 화려할수록 꽃은 더 슬플 수밖에 없다. 이러한 그의 생각은 "그대 집에 꽃을 심지 마오. 꽃이 지면 몹시 수심 깊어지리라. 누워 남쪽 처마의 대나무 대하니, 어느 날인들 청춘이 아닐쏜가?"[20]라고 하며 아예 지는 꽃 대신에 대나무를 심겠다는 언명을 하기에 이른다.

　　「江上病柳」에서는 "…… 늙은 줄기 오히려 움직이어서, 서로 도와

20　「莫種花」: 君家莫種花, 花落愁殺人. 臥對南軒竹, 何日不靑春.

억지로 소리 내누나. 거죽에 물이 굄은 추울 때 가까워서니, 배는 뚫려서 파도 소리를 내네. ……"[21] 병든 버드나무의 모습을, 「老樹」에서는 "밤 깊자 소나무 처마에 달 더디 뜨는데, 겨울날 늙은 나무 그림자 거꾸로 드리웠네. 잎이 진 푸른 산은 문 앞에 마주하니, 밝은 별은 가장 높은 가지에 많이 걸렸네."[22] 늙은 나무의 모습을, 「落木」에서는 "늙은 나무 사람같이 서 있어서 잎새 지면 전신을 보게 된다네. 추운 밤에는 살고 있던 참새 놀라고 별과 달의 정신이 있는 듯하네."[23] 잎이 다 진 나무의 모습을 각각 제시하였다. 마치 생로병사의 순환을 보는 것 같다. 그는 생명이 가지는 탄생과 환희의 순간보다는 그것이 필연적으로 겪을 수밖에 없는 쇠락과 소멸의 순간에 집중한다. 그러기에 살아있는 것은 그 자체가 슬프다는 인식을 가지게 된다.

君雞金其觜	그대 닭은 부리가 금과 같은데,
我雞鐵以距	내 닭은 뒷발톱이 쇠와 같다네.
脩尾落滿地	긴 꼬리털 땅에 져서 가득하였고,
丹冠低不擧	붉은 벼슬 쳐져서 들리지 않네.
有時玄脣合	때때로 모가지가 한데 합쳐서,
拍拍其聲巨	푸드득 그 소리는 크기만 하네.
村兒惜勝負	촌 아이들 승부에 가슴 졸이며
望之如軍旅	바라보길 군대와 같이 하누나.

---

21 …… 老幹猶動搖, 扶持强作聲. 皮溜霜雪逼, 腹穿波濤鳴 ……
22 松簷夜久月生遲, 老木寒天影倒垂. 葉落靑山當戶立, 明星多在最高枝.
23 老木如人立, 葉落見全身. 夜寒驚棲雀, 星月有精神.

雞兮爲努力　　닭이여! 힘을 좀 더 내어 보아라.

愼勿且齟齬　　조심해서 기대를 저버리지 말라.

—「鬪雞」

白犬已哺雛　　백구는 벌써 이미 새끼 먹였고,

黃犬亦抱子　　누렁이도 새끼를 안고 있다네.

毛色各不同　　털빛이야 제각기 같지 않아도,

面貌稍相似　　얼굴의 모습들은 약간 닮았네.

隨母時學吠　　어미 따라 때때로 짖기 배우니,

聲聲訝許均　　소리마다 어미인가 의심이 되네.

作步雞兒避　　거닐면 병아리들 피해버리고,

仰頭烏圓嗔　　머리 들면 고양이 성을 낸다네.

函育亦二氣　　기르는 것도 음, 양 두 기운이니,

生長近三旬　　태어나서 자란 지 한 달 가깝네.

努力防盜賊　　도적을 막느라고 노력하노니

持此供主人　　이것으로 주인께 이바지 하네.

—「猧兒」

　　그는 평범한 사물을 보고서 독특한 시각으로 재해석하거나,[24] 세밀한 관찰을 통해서 풍속화처럼 그것을 포착해 낸다. 위의 두 시는

---

24 「絡緯」: 계절은 가을의 기운을 얻었는데, 울기를 오경이 나뉠 때까지 이르렀네. 해가 지면 문 앞에서 베를 짜는데, 비바람이 모두 다 무늬가 되네[候得三秋氣, 啼到五更分. 落月當戶織, 風露揚成紋].

우리가 일상적으로 볼 수 있는 닭과 강아지를 소재로 하고 있다.

첫 번째 시에는 투계(鬪鷄)에 등장하는 두 마리 닭과 두 주인의 승부가 풍속화마냥 펼쳐져 있다. 1, 2구는 두 마리 닭의 모습이 묘사되어 있다. 금과 같은 부리의 상대방 닭과 철과 같은 발톱의 주인공 닭은 그 모습만으로도 묘한 긴장감을 일으킨다. 3, 4구에선 일대 접전이 펼쳐진 상황을 사실적으로 묘사했다. 싸우다가 뽑혀진 꼬리털이 마당에 가득하고, 서로 쪼아 벼슬이 들리지 않을 정도로 둘 다 지쳐 있는 모습이 생생하기만 하다. 마지막 두 구에서는 연호하며 응원하는 아이들의 모습이 잘 묘사되었다.

두 번째 시는 강아지의 모습이 시각적으로 그리고 있다. 이 시는 강아지의 행동을 평소에 관찰하지 않으면 나올 수 없을 만큼 묘사 하나하나가 치밀하다. 백구와 누렁이 부부에게서 태어난 강아지들은 털빛이 제각각이다. 어미에게 짖는 법을 배워서 시험해 보는 모습, 병아리는 도망가고 고양이가 성을 내는 모습 등이 모두 다 눈앞에서 보고 있는 것처럼 생생하다. 11, 12구는 태어난 지 한 달 밖에 안 된 강아지들이 낯선 사람들만 보면 밥값이라도 하듯 짖어대는 모습으로 재미나게 마무리 짓고 있다. 이러한 사물에 대한 관찰과 관심을 통해, 그의 시는 생명에 대한 좀 더 구체적인 시선으로 발전된다.

李子適莽蒼	이자(李子)가 교외 향해 떠나가는데,
其驢病而贏	나귀는 병들어서 여위어있네.
不許僮僕驅	아이 종이 모는 것을 허락지 않고.
出門任所之	문 나와 가는대로 맡기어 뒀네.

行行食細草	가고 가며 가는 풀을 뜯어 먹으며,
硉兀過石田	우뚝하게 자갈밭 지나고 있네.
叢薄露濕衣	숲 속에선 이슬이 옷을 적시고,
細蝶飛翩翩	얇은 나비 펄렁펄렁 날아다니네.
山木鳴鳩合	나무에 우는 비둘기 모여 있었고,
荒塿臥牛涼	제방에는 누운 소 쓸쓸도 하네.
煙霞夕翠生	안개와 놀은 저녁 푸름 생기고,
鳥飛大江長	새가 나는 큰 강은 길기도 하네.
驢兮行莫遲	나귀야! 느릿느릿 가지를 말라.
前路已斜陽	앞길은 진작부터 저물녘 되가니.

—「借驢出龍湖」

사물에 대한 관찰은 결국 생명에 대한 경외로 이어진다. 위의 시는 나귀를 빌려 용호(龍湖)를 갈 적에 느꼈던 소회를 담고 있다. 마침 빌려온 나귀는 병들고 야윈 말이다. 석취(夕翠)에서는 시간이 저물녘이라는 것을, 큰 강이 길다(大江長)는 부분에서는 여정이 앞으로도 많이 남아 있음을 알 수 있다. 마치 부탁하듯 나귀에게 말을 건네는 것에서 시인의 따스한 마음을 엿볼 수 있다. 이 시와 유사한 내용의「馬載柴」에서는 "지는 해는 논두렁 넘어 가는데, 여윈 몸 이미 부러질 것 같구나. 종놈은 말 더디 갏 화를 내는데, 나는 말의 여윔 보고 슬퍼진다네. 외려 우리 집 가난함이 부끄럽구나"[25]라고 하여 좀 더 직접적으로 그러한 연민을 표현했다. 그의 앞선 시들에서 신분을 초월하여

---

25 「馬載柴」: …… 落日踰阡陌, 瘦骨已欲折, 奴嗔馬行遲, 吾見馬瘦悲, 却愧吾家貧 ……

다른 이의 삶을 진심으로 아파하고 이해하려는 모습들을 확인할 수 있었다. 이러한 인간에 대한 사랑은 더 나아가 사물에게까지 확장되어 간다. 그것은 개별적인 사실이 아니라 생명의 소중함에 대한 깨달음이란 의미에서는 같다 할 수 있다.

또, 새 사냥을 하는 아이의 모습을 그린 「臘日見射鳥兒有作」, 「歲暮」에서는 차마 살아있는 것이 죽는 것을 보지 못하겠다는 시인의 섬세한 감성이 엿보인다. 특히 「歲暮」에서는 "…… 내가 꾸짖으며 다투던 일 급히 해결해 주니, 버려두고 다시는 말하지 말라. 새들도 또한 추위를 아니, 휴식함에 곧 여기에 있어라. 따라서 그 고기 이롭게 여김을 군자가 그것을 하지 않노라"[26]라고 하여 새 사냥에 고초를 겪는 새들에 대한 연민을 드러낸다. 또, 「寒雀」에서는 "먼지 날리는 거마가 큰길에도 거의 없고, 온 천지 눈보라에 사람들 사립문 닫네. 고목의 추운 새는 살 곳을 못 정해서, 창 넘어서 밤 새 날갯짓 소리 들리네"[27]라며 추위에 떨고 있는 새를 보고서도 아파했다. 그러한 생명에 대한 경외와 연민은 「放鳩行並小序」, 「放魚」와 같은 시에서처럼 짐승을 풀어 주는 직접적인 행위로 실천된다.

이처럼 그의 시에는 사물에 대한 따스한 응시가 드러난 것들이 많다. 이것은 인간의 삶에 대한 관심과 무관하지 않다. 이 둘은 모두 다 생명에 대한 사랑과 연민에서 나온 것이기 때문이다. 그의 시는 어린 나이에도 불구하고 천진함 보다는 노성함이 묻어난다. 그래서 그의 시는 발랄하기 보다는 쓸쓸하다. 삶의 밝은 면보다는 삶의 그늘에 초점을 맞춘다.

---

26 「歲暮」: …… 吾叱急解紛, 棄棄勿復說. 羽族亦知寒, 休息乃在玆. 從而利其肉, 君子不爲之.
27 「寒雀」: 紅塵車馬九街稀, 風雪滿天人掩扉. 古木寒禽棲不定, 隔牕拍拍夜聽飛.

6

사람은 떠나면서 비로소 자기에게 돌아올 수 있다. 반복된 일상이 생활이 되고, 그러한 생활이 삶이 된다. 반복되는 삶이란 재방송에 다름 아니다. 여행은 삶의 그러한 단조로운 반복을 변주(變奏)시킨다. 또, 예기치 않은 풍경이나 사람과의 조우(遭遇)는 삶의 향배(向背)를 뒤바꿔 놓기도 한다. 그러한 의미에서 젊은 날의 여행이란 그 자체가 커다란 사건이며 변화의 서곡(序曲)이 된다.

기록에 따르면 이좌훈은 두 번의 여행 체험을 갖는다. 9세 때 그의 조부를 따라 임지인 회양에 갔으며, 16세에도 역시 조부가 관서 지방으로 부임하자 송도(松都)를 유람했다.[28] 이좌훈은 이때의 체험을 시로 많이 남겨 놓았다. 회양에서 집으로 돌아올 때의 여정을 기록한 시가 약간 있기는 하지만, 대부분은 송도와 북한산의 공간을 대상으로 지어진 시들이다.

晚到昌途店 늦어서야 창도관에 이르렀는데,
峥嶸峽勢長 가파른 골의 기세 길게 퍼졌네.
千峰猶濕雨 봉우리들 여태 비에 젖어 있는데,
獨樹見斜陽 외딴 나무엔 석양이 보이는구나.
谷靜鳥多語 계곡이 조용하니 새소리 시끄럽고,
山深花自香 산 깊으니 꽃은 절로 향기롭구나.

---

28 목만중, 『여와집』 「李生佐薰烟巖集跋」 : "九歲隨大父之官淮陽, 淮故山水窟. 十六其大父爲官關西, 送之至故都, 登滿月臺而歸, 其學習之勤, 游覽之壯, 已足以充其才具."

洛城三百里 서울은 삼 백리나 떨어졌으니,

歸路正中央 서울로 가는 길 딱 절반쯤이네.

—「發淮陽 歸京 到昌道有吟」

　이 시는『대동시선』과『한중기문』에도 실려 있다. 특히,『한중기문』에서는 이 시와「過麥坂」,「途上作」등을 함께 소개하면서 모두 이좌훈이 11살 때 지은 시라 소개하고 있다.[29] 조부를 따라 회양에 있다가 먼저 서울로 돌아올 때를 기록한 시로 고단한 여정을 담담하게 적고 있다. 회양을 출발해 늦게야 험한 기세가 펼쳐진 창도에 도착하였다. 3, 4구는 비 내리는 저물녘의 모습을 5, 6구는 외진 산골의 모습을 잘 표현해 냈다. 7, 8구에서는 11살의 어린아이에게 감당키 어려운 긴 여정에 대한 걱정이 드러나 있다. 이러한 고단함은「昌道店」에서 "종일토록 또 한참 걸어가노니, 푸른 산이 말 앞에 많기도 하네. 연기, 나무 몇몇 겹 끼여 있는 곳에, 어디쯤 주인의 집 있을 것인가?"[30]라고 토로하기도 하고,「過麥坂」에서 "마을 들 땐 비바람 불었었는데, 숲 지나자 또 해와 달 뜨는구나. 굉장하구나! 조화옹의 힘이여 신령함 모여 진실로 치밀하네"[31]처럼 나이답지 않은 원숙함으로 힘겨운 도정(道程)에 대해 달관한 모습도 보인다.

---

29 『한중기문』：李佐薰, 字國輔. 前承旨東顯之子也. 生有異才, 自七八歲, 造語輒驚人.「甞自淮陽還京, 到昌道有吟」曰, "晚到昌道店, 崢嶸峽勢長, 千峯猶濕雨, 獨樹見斜陽, 谷靜鳥多語, 山深花自香, 洛城三百里, 歸路正中央." 又「過麥坂」, 詩曰, "入洞疑風雨, 過林又日月, 壯哉造化力, 鍾靈固密勿." 又「途上作」, 曰, "客發楊州里, 鞍馬犯曉寒, 家人候我來, 馬首問平安." 皆十一歲作也. 充其才, 可以高步一世, 而年十八夭, 惜也. 其父安邊時, 刊遺稿, 行于世.

30 「昌道店」：終日且行行, 靑山馬首多. 數重煙樹裏, 何處主人家.

31 「過麥坂」：入洞疑風雨, 過林又日月. 壯哉造化力, 鍾靈固密勿.

회양에서 서울로 오는 지점인 회양(淮陽), 창도점(昌道店), 맥판(麥坂), 금성(金城), 철원(鐵原), 송우(松隅), 양주점(楊州店)에 대해 순차적으로 시를 남기고 있다.[32] 서울에 가까이 올수록 집에 대한 그리움을 더 간절히 표현하였다. 「鐵原道上」에서는 "…… 장안일랑 하나도 볼 수 없는데, 안개 낀 나무 멀리 삐죽 보이네[長安不可見, 煙樹遠參差] ……", 또 「到松隅」에서는 "가게 등불에 말소리 들리는데, 별 성겨서 나그네 옷 차가웁구나. 우는 나귀 갑자기 골짝 지나니, 먼빛에 장안이 보이려 하네"[33] 라고 하여, 그 나잇대 아이들의 집을 그리워하는 어린 마음이 드러나긴 하나, 그것조차 노성한 시각으로 능숙하게 표현해 내고 있다. 집에 대한 단순한 설렘과 그리움만이 아닌 절제된 감성이 느껴진다.

繫馬楊州驛　　말을 양주역에 매어두나니,

藤蘿客路斜　　덩굴이 객의 길에 비껴 있도다.

歸鞍不須促　　가는 말을 재촉할 필요 없으니,

到此似到家　　여기 오면 집에 다 온 것과 같네.

─「發楊州」

이 시는 『대동시선』에 실려 있다. 집이 가까워질수록 고단함은 설렘으로 바뀐다. 이러한 설렘은 『한중기문』에도 실려 있는 「途上作」에 "손님이 양주를 떠나가는데, 말 위로 새벽 한기 스며든다네. 집사

32　그의 시집에서 회양에서 서울로 올 때 까지를 배경으로 한 시는 다음과 같다. 「發淮陽 歸京 到昌道有吟」,「昌道店」,「過麥坂」,「曉發金城」,「鐵原道上」,「到松隅」,「楊州店敬次大家大人道上韻」,「發楊州」,「途上作」.

33　「到松隅」: 店燈人語起, 疎星客衣寒. 鳴驢忽過洞, 遠色欲長安.

람이 내가 오길 기다리다, 말 머리서 평안함 물어보겠지"[34]라고 한 데서도 잘 드러나 있다.

지금까지 살펴본 시들은 매우 어린 나이에 지어졌음에도 불구하고 일정한 수준을 유지하고 있다. 이러한 여행의 체험은 16세 때 조부를 따라 관서 지방을 유람한 시에서 더욱 본격화 된다.

斜陽隔水女娘歌　해질녘 물 건너서 아가씨들 노래하니,
衰草宮墟吊奈何　시든 풀의 궁터에 조문한들 무엇하랴.
毬馬場前看月處　격구장 앞에 있는 달구경 하던 곳엔
當時麗主笑新羅　당시의 고려왕이 신라를 비웃었으리.

—「故都雜絶」

고도(古都)란 그 자체가 인간사의 허망함을 담보하고 있다. 그러한 의미에서 고도란 부재의 공간이며 상실의 공간이다. 고려의 고도였던 송도(松都)를 배경으로 한 작품들은 매우 많다. 송도를 고려에 대한 회귀나 거창한 역사의식의 발로가 아닌, 인간이 가진 보편적인 허무감과 상실감으로 다룬 작품들이 다수를 이룬다. 역사도 무화(無化)되는 공간에서 한 개인의 삶에 대한 무상성과, 허무감은 증폭될 수밖에 없다. 그러한 의미에서 송도는 비탄의 정조가 투사되기에 가장 매력적인 공간임에 틀림없다.

이좌훈의 시에는 송도의 남루(南樓), 만월대(滿月臺), 숭양서원(崧陽書院), 두문동(杜門洞), 여왕릉(麗王陵), 선죽교(善竹橋) 등이 등장하는데,[35]

---

34 「途上作」: 客發楊州星, 鞍馬犯曉寒, 家人候我來, 馬首問平安.

이를 통해 유적지와 명승지를 주로 그 대상으로 하고 있음을 알 수 있다. 위의 시는 「故都雜絶」이란 제목으로 된 5편의 연작시이다. 이 시는 『조야시선』에도 실려 있다. 아가씨들의 노래[女娘歌]와 시든 풀의 궁터[衰草宮墟]의 대비에서 존재하는 것과 소멸하는 것 사이의 서글픔이 엿보인다. 마지막 구에서는 지금은 패망한 고려도 그 예전 신라의 패망을 비웃었을 것이라는 가정을 통해 인간 역사의 무상성을 제시한다.

崧陽殘月照荒臺	숭양(崧陽)의 잔월이 황량한 대 비추는데,
王氏山河有客來	왕씨의 산하에 어떤 객 찾아왔네.
石砌半欹衰草沒	돌 섬돌 절반쯤은 시든 풀에 덮여있고,
土城全缺暮鴉回	다 무너진 토성에 저녁 까마귀 돌아오네.
前朝如夢水仍去	전 왕조는 꿈과 같고 물은 절로 흐르는데,
廢苑無情花自開	폐원(廢苑)엔 무정하게 꽃이 절로 피었구나.
天壽門前冠冕散	천수문 앞에서 벼슬아치 흩어지니,
遺墟空作後人哀	남은 터 부질없이 뒷사람 슬프게 하네.

―「滿月臺」

그의 송도 관련 시는 거의 예외 없이 비(悲), 수(愁)라는 단어가 직접적으로 제시된다. 그밖에도 잔하(殘霞), 고연(孤煙), 쇠초(衰草), 목락(木

---

35 그의 시집에서 송도를 배경으로 한 시는 다음과 같다. 「尋松都」, 「松京」, 「南樓」, 「滿月臺」, 「故鍾」, 「謁崧陽書院」, 「杜門洞」, 「麗王陵」, 「故都雜絶」, 「石燈」, 「野田」, 「善竹橋」, 「銅狗歌」, 「過宮墟」, 「故漏院」, 「馬巖寺遺址」.

落), 추풍(秋風), 추엽(秋葉), 심태(深苔), 고홍(孤鴻), 잔비(殘碑) 등이 거의 모든 시의 매 구마다 사용되고 있다. 이좌훈의 시에 등장하는 애상적인 시어 자체는 그가 삶을 바라보는 시각을 반증한다.

위의 시에서도 어김없이 잔월(殘月), 쇠초(衰草), 모아(暮鴉) 등이 등장하고 있다. 그는 역사의 무상함 속에서 인간 삶의 허망함을 본다. 보통 옛날, 지금, 번영, 쇠락, 현존과 부재의 대비를 통해 허무감은 극대화된다. 5, 6구의 전조(前朝)와 물(水), 폐원(廢苑)과 꽃(花)의 대비는 역사의 무상함에 대한 자연의 영원성을 상대적으로 부각시켰다.

寂寂杜門洞　조용하고 적막한 두문동에는
秋草與人齊　가을 풀이 사람 키와 나란하구나.
飮馬野溪傍　들판의 내에 가서 물 마시던 말,
水寒濺馮蹄　차가운 물 말굽으로 흩뿌리누나.
悲風日暮起　슬픈 바람 저물녘에 불어대노니,
纍纍見荒原　많은 무덤 황량한 언덕에 뵈네.
緬憶古節士　그 옛날의 절사를 떠올리노니
蒼碑至今存　푸른 빗돌 지금껏 남아 있구나.
廢巷殘薇綠　폐허된 마을엔 남은 고사리 푸르고,
空郊老柏多　빈 교외엔 늙은 잣나무 많기도 하네.
村墟化煙蕪　마을 터가 안개 낀 들로 바뀌었으니,
萬事已逝波　온갖 일 이미 지난 물결 되었네.
遺民或餘悲　유민 중에 더러는 슬픔 남았고,

過客自來歌 나그네는 원래부터 노래를 했네.

孤鴻下天末 기러기가 하늘에서 내려와서는,

悲鳴奈爾何 슬프게 운다한들 널 어찌하리?

―「杜門洞」

시인은 이러한 공간에서 자신의 부재를 본다. 그래서 보이는 풍경이 예사롭지 않다. 의미가 있든 없든 다 사라진다. 두문동(杜門洞)은 지금의 경기도 개풍군 광덕면(光德面) 광덕산(光德山) 서쪽에 고려 왕조의 충신들이 모여 살던 곳이다. 끝내 이성계에게 협조하지 않다가 72명 모두가 몰살당했다.

그가 찾아간 두문동 마을은 가을 풀로 뒤덮여 있다. 다만 남아 있는 것은 빗돌뿐이다. 그나마 허망한 삶을 극복하는 것은 절개로 이름을 남기는 일이다. 「謁崧陽書院」에서는 "천년의 왕조 기운 물처럼 갔지만은, 공의 마음 백번 죽어도 저 하늘은 알리라王氣千年流水去, 公心百死彼蒼知"라고 하였다. 긴 세월은 의미가 있는 것도 의미가 없는 것도 모두 사라지게 한다. 의미가 있다는 것도 끝내는 허름한 빗돌로 남게 되고 그마저도 이끼만 끼어가고 있다.

지금까지 그의 고도(故都)를 다룬 시들을 주로 살펴보았다. 그는 이곳에서 역사의 소멸을 목도한다. 유한할 것 같은 거대한 역사도 스러진다. 그렇다면 개인의 삶이란 얼마나 가벼운가? 거대한 왕조의 몰락과 그 자취 속에서, 그는 개인의 삶이란 얼마나 허망한가를 더 절실하게 체험한다.

송도의 모든 공간이 고도의 슬픈 역사를 담고 있지만은 않다. 또 다른 의미에서 송도는 연락(宴樂)을 즐기는 유흥의 공간으로 유명했다. 그러나 그는 그러한 양면성을 지닌 공간에서조차 화려함에 빠지지 않고 상실감에 침잠한다. 이러한 삶의 비애에 대한 집중이야 말로 그의 시에 주된 특질이라 할 수 있다.

7

지금까지 이좌훈의 『연암시집(煙巖詩集)』을 텍스트로 하여 요절한 천재 시인의 비애의식에 대해서 살펴보았다. 전종서(錢鍾書)는, "이는 모두 (작가가) 슬퍼하는 바가 있어서 그러므로 만물과 같은 감회를 느껴서 새 또한 내 마음을 놀라게 하고, 꽃도 눈물을 흘리게 한다此皆有所悲悼, 故覺萬彙同感, 鳥亦驚心, 花爲濺淚"[36]라고 하였다. 자신이 슬프면 세상 모든 일이 슬프게 보인다는 뜻이다. 그는 누구보다 더 세상에서 비애를 느꼈다. 나무 하나를 보아도 그랬다. 꽃이 만발한 나무를 보기 보다는, 잎이 모두 떨어진 나무를 보았다. 그러나 삶의 정수(精髓)는 오히려 비극성에 있다. 유한한 삶이란 그 자체로 비극적이기 때문이다. 그는 그러한 의미에서 삶의 비의(秘意)를 보았던 작가였다. 그가 보는 풍경은 쓸쓸하지만 그렇다고 모두 다 염세적이지는 않다. 살아있는 생명에 대해서 누구보다 따스하게 연민과 사랑을 표현했다. 세상의 풍상을 겪고, 이런저런 신산(辛酸)함을 느끼기도 전에 그는 죽었다. 인생의

---

36 전종서(錢鍾書), 『談藝錄』, 중화서국(中華書局), 1985, 52면 참조.

많은 경험을 통해 삶의 그늘을 읽어내는 것이 아니라, 탁월한 통찰력으로 삶의 그늘을 읽어냈다는 것이 그의 남다른 면모라 할 수 있다.

이좌훈의 시에는 첫째, 인간에 대한 연민과 응시가 엿보인다. 그는 주변에서 보던 인물들에 집중했고 또 신분을 초월하여 한결같이 진솔한 생활을 그려냈다. 매우 지근(至近)한 거리에서 사람들의 고초와 고충을 연민어린 시선으로 바라보았던 것이다.

둘째, 사물에 대한 애수(哀愁)가 동식물에게까지 확대된 따스한 시선을 읽을 수 있다. 이좌훈의 시는 어린 나이에도 불구하고 천진함보다는 노성함이 묻어난다. 그래서 그의 시는 발랄하기 보다는 쓸쓸하다. 삶의 밝은 면보다는 삶의 그늘에 초점을 맞추었다.

셋째, 고도(故都)의 유람을 통해 깨닫게 된 나이답지 않은 무상함이 보인다. 송도(松都)라는 공간을 통해 그는 이곳에서 역사의 소멸을 목도한다. 거대한 왕조의 몰락과 그 자취 속에서, 이좌훈은 개인의 삶이란 얼마나 허망한가를 더 절실하게 체험한다.

조선 후기에 짧은 인생을 살고 간 시인이 있다. 그가 남긴 230여 수의 시들은 다행히 시집으로 남아 있다. 천재라는 평가가 어린 나이에 볼 수 없는 곳에 닿는 그의 비범한 시선에 대한 칭찬은 아니었을까? 이러한 요절한 천재의 시를 문학사에서 복원해 내는 것도 의미가 없지는 않을 것 같다. 그의 시에 대한 연구는 아직 본격적으로 이루어지지 않았다. 이 번역을 통해 앞으로 다양한 방면으로 그에 대한 연구가 진행될 것을 기대한다.

참고문헌

『樊巖集』

『石北集』

『旅菴遺稿』

『煙巖遺稿』

『耳溪集』

김혈조, 「한문교육의 방향—煙巖遺稿의 분석—」, 『민족문화논총』 제8집, 1987.

박동욱, 「이좌훈(李左薰) 한시에 나타난 비애 의식 연구」, 『한국언어문화』 제35집, 2008.

_____, 「혜환 이용휴의 문학 연구」, 성균관대 박사논문, 2007.

백원철, 『낙하생 이학규 문학연구』, 보고사, 2005.

안대회, 『18세기 한국한시사 연구』, 소명출판, 1999.

전종서, 『談藝錄』, 중화서국, 1985.

차례

煙巖詩集

연암유고 서문 烟巖遺稿序

1. 채제공

하늘은 사람에 대해서 사랑과 인자할 따름이다. 수많은 생명들이 사람으로 하여금 무성하게 이루어서 그 속성(屬性)을 꺾이고 막히지 않게 하려는 것이 진실로 하늘의 이치이다. 그러나 많은 생명들 중에 하나라도 총명함이 특별해서 많은 생명들 중에서 빼어난 것이 있으면, 이에 도리어 그것을 막아서 꺾기를 오직 못 이길까 두려워하니 이 까닭은 무엇인가? 하늘의 권능(權能)은 조화(造化)가 이것이다. 하늘은 이러한 권도를 사람에게 옮겨가게 하려 하지 않는다. 그러나 총명함이 뛰어난 자들은 신령한 맘과 식견이 일찍이 깨닫고 도달한다. 붓대를 잡고 종이를 펼치면 만물을 희롱하였다. 어두운 데로는 귀신과 밝은 데로는 해와 달이며, 조용한 것으로는 산악(山嶽)이 누르고 있는 것과 움직이는 것으로는 강하(江河)가 흐르는 것으로부터 하늘을 날고 물에 잠기는 동물이나 식물에 이르기까지 그의 수집함과 골라냄을 입어서 정을 궁진하고 변화를 다하지 아니하는 것이 없어서 능히 형상을 숨길 수 없다. 이에 하늘의 권한이 옮겨지는 것이다. 비록 하늘과 같은 사랑과 인자함으로서도 사람에게는 그 노함이 여기에 있지 않을 수가 없으니 곧 꺾이어 막히고 막아서 꺾이었다. 이러한 이치가 없다고 말할 수 없으니 동오(童烏)와 자안(子安)[1]의 무리들이 곧 그 징험이었다.

오호! 이좌훈(李佐薰) 군이 홀로 어찌 능히 오래 살 수 있었겠는가? 군은 나이 열다섯에 지어 두었던 시 한 묶음을 옷소매에 넣어 가지고 와서 나에게 가르침을 청하였다. 그 기록들은 대개 모두가 열두세 살에 지은 5언, 7언, 각체로 수준이 높은 것은 이미 위진(魏晉)에 필적할 만 하였고[2] 좀 수준이 떨어지는 것도 모두 이당(李唐)을 맛본 것이었다.[3] 지금 세상에는 물론이거니와 옛 사람들도 이러한 것이 있었는지 알 수 없다. 내가 일찍이 못났다는 것을 헤아리지 못하고 망령되이 후진들을 자상히 지도해 주려고 했다. 내 문하에 오는 젊은 사람들이 없지는 않았지만 한번 그대를 보자 곧 문득 스스로 생각하기를 의발(衣鉢)을 맡길 수 있다고 여겼으니 어찌 다만 한유(韓愈)가 「안문행(鴈門行)」이라는 시 한 편을 보고서 신을 거꾸로 신고 이하(李賀)를 맞이한 것과 같을 뿐이겠는가?

몇 년 뒤에 내가 금중(禁中)에서 숙직을 할 때에 군이 병에 걸렸다는 소식을 들었다. 사람들이 혹은 그대가 위급하다고 여겼으나, 나는

---

1 자안(子安): 왕발(王勃)의 자. 어려서부터 문재(文才)가 뛰어났다고 한다. 9세에 안사고(顔師古)가 주(注)를 단 『漢書』를 읽고 적하편(摘瑕編)을 지어서 잘못된 부분을 지적하였다 한다. 『新唐書』 「王勃傳」 참조.
2 종무(踵武): 다른 이의 발자취를 뒤따름. 선인(先人)의 사업을 계승함을 비유한다.
3 염지(染指): 국솥에 손가락을 찍어 맛을 봄. 춘추시대 정 영공(鄭 靈公)이 초(楚)에서 보낸 자라를 요리하여 대부(大夫)들에게 먹이면서 자공(子公)에게는 주지 않자, 자공이 성을 내며 국솥에 손가락을 찍어 맛을 보고 갔다는 고사에서 유래하였다.

말하기를 "이 아이는 하늘이 낳았다. 하늘이 이미 그만한 재주를 낳았으니 또한 꼭 아껴서 보호해 줄 것이다"라고 했었는데 얼마 안 있어 그대가 죽었다. 아! 나는 그대의 재주를 믿어서 하늘이 반드시 그대를 요절케 하리라고는 여기지 않았다. 그런데 그대가 요절한 것은 하늘이 그 재주에 성낸 것과 관련된 것인지도 모르겠으니, 어찌 그것을 원망하겠는가? 그대가 죽고난 지 1년 뒤에 그대의 아버지인 덕휘(德輝)가 『연암만영(烟巖漫詠)』 한 권을 옷소매에 넣어 가지고 와서 눈물을 흘리면서 나에게 주고 말하기를 "내용을 덜어내 주시고 또 한 말씀을 아끼지 말아서 불행하게 단명한 자가 흙 속에서 썩지 못함이 없게 하기를 원합니다"라고 하였다. 나도 또한 울면서 받아 꼼꼼히 읽어보니 대개 전날 그대가 소매에 넣고 가져와 나에게 가르침을 청한 것이었는데, 그 후 몇 해 동안 과거 공부에 정신이 팔리어서 더 지은 것이 없었다. 아! 내가 어찌 차마 이 책에 글을 쓸 것인가? 내가 어찌 차마 이 책에 글을 쓸 것인가?

다만 "하늘에 유감이 없을 수 없다"는 것을 써서 덕휘(德輝)에게 돌려보내 인쇄에 맡기도록 한다. 그대가 나 때문에 썩지 않게 될 것인가? 아니면 내가 그대의 시에 이름을 맡겨서 썩지 않게 될 것인가? 지금 임금 49년 계사년 중추에 번암 채제공[4] 백규가 쓰다.

---

4   채제공(蔡濟恭, 1720~1799) : 본관은 평강(平康)이다. 자는 백규(伯規), 호가 번암(樊巖)이다. 희암(希菴) 채팽윤(蔡彭胤)의 종손이며, 호주(湖洲) 채유후(蔡裕後)의 5대손이다. 남인(南人) 내 정계의 지도자로서 영·정조의 정국을 주도하였다. 시사(詩社)를 통한 동인의 결집에도 힘을 기울였다. 이 같은 정계의 활약과 폭넓은 시회를 통해 안산 15학사에도 거론되었다.

天之於人, 仁愛而已. 衆萬之生, 欲使之遂以茂, 不挫閼其性者, 固天之理也. 然衆萬之中, 一有聰穎特達, 拔乎衆萬之萃, 則乃反遏以折之, 惟恐其不勝, 此其故何也? 天之權, 造化是已. 天不欲以是權見移於人, 而彼聰穎特達者, 靈竅慧識, 夙悟早詣. 搦管伸紙, 役嬲萬象. 幽而鬼神, 昭而日月, 靜而山嶽之鎭, 動而江河之流, 以至於飛潛動植, 無不被其搜羅剔抉, 窮情盡變, 莫能遁形. 於是乎天之權, 移矣. 雖以天之仁愛, 於人, 其怒不能不在是, 則挫閼過折, 不可謂無是理, 童烏子安輩卽其驗耳.

嗚呼! 李君佐薰, 獨安能久生也? 君十五, 袖所著詩一編, 請敎於余. 其錄蓋皆十二三歲所得五七言各體, 高者已能踵武魏晉, 下者亦皆染指李唐. 今世卽無論, 未知古人亦有是否也. 余嘗不揆謭劣, 妄擬以誘掖後進. 及門諸年少, 不爲無人, 一見君, 便自謂衣鉢有托, 豈止如韓文公見「鴈門行」一篇, 倒屣以迎長吉也.

居數年, 余直禁中, 聞君病矣. 人或爲君危之, 余曰: "此子天所生. 天旣生其才, 亦必愛惜而扶護之." 已而君死. 嗚呼! 余則恃君之才, 以爲天必不夭君, 而不知君之夭, 正坐於天之怒其才耳, 何其寃也? 君死之一年, 君之大人德輝甫, 袖『烟巖漫詠』一卷, 涕泣以授余曰: "願賜之刪, 仍且無惜一言, 俾不幸短命者不朽於土中也." 余亦涕泣而受, 細閱之, 蓋前日君之所袖而來請敎於余者也, 伊後數年, 爲公車業所分, 未有以加. 嗚呼! 吾何忍題此卷? 吾何忍題此卷?

只書不能無憾於天者, 歸之德輝甫, 俾付剞劂. 不知君由吾而不朽耶? 抑吾託名君詩而不朽也耶? 上之四十九年, 癸巳仲秋, 樊巖蔡濟恭伯規書.

2. 홍명한

나의 친구 이덕휘(李德輝)에게는 재주 있는 아들 연암자(烟巖子)가 있었는데 나이 열여덟에 불행히도 단명하여 죽었다. 아! 하늘이 재주 있는 이를 낳는 것은 이미 어렵고 이미 낳더라도 그 재능을 다하는 것은 더욱더 어렵다. 두 기운이 끝없이 어긋나 가지런하지 않아서, 아름답고 맑은 자는 두텁지 못하고, 물러난 자는 오래가지 못하니 이것은 예로부터 재능을 아끼는 자들이 마음을 썩이는 바이다. 덕휘(德輝)가 그 슬픔을 막을 수 없어서 어렸을 때에 읊었던 수백 편을 거두어 장차 인쇄에 넘기려고 하는 것은 후세 사람들에게 이와 같은 재주가 있었는데 그 수명은 없었다는 것을 알게 하려는 것이니, 그 뜻이 아주 서글픈 것이다.

무릇 사람의 재주라고 하는 것은 더러는 일찍 깨달았어도 만년에는 이루지 못한 것이 있다. 혹은 여러 번을 쌓고 오랜 부지런함이 있어서야 비로소 성취하는 것이 있으며, 또한 더러는 이것에는 장점이 있으나 저것에는 단점이 있는 것도 있으니, 연암자의 시와 같은 것은 곧 어려서 배울 때의 말이 찬란하게 문장을 이루어서 가르치는 것을 기다리지 않았으며, 공력을 쓰지 않고서도 작자의 문호(門戶)를 늠름(凜凜)[5]하게 하였다.

7~8세 때로부터 12~13세에 이르기까지 아득하게 순서에 대한 계급의 자취가 없었다. 비록 시학(詩學)에 노련한 자라도 혹시라도 그보다 나은 사람은 없었다. 율시와 절구나 장편시는 청경(淸警)하고 웅건

---

5   늠름(凜凜) : 외경(畏敬)함. 여기서는 남들이 함부로 내리쳐 보지 못하게 한다는 뜻이다.

(雄健)하여 각각 그 법도에 적중 되었다. 영화로운 좋은 소리가 일시적으로 갑자기 나타난 것만 같은 것은 아니었다. 곧 나이가 채 약관(弱冠)이 안 되었어도 재능이 있어서 '꽃은 피지 못하고 열매도 맺지 못했다'고는 이를 수는 없었다.

무릇 사람의 생애는 비록 황함(黃醎)⁶과 백분(白紛)⁷에 이르기까지 초목과 함께 썩게 되는 것이 많다. 연암자와 같은 이름은 곧 위로는 홀(笏)을 꽂은 대부(大夫)로부터 아래로는 여항(閭巷)의 하인에 이르기까지 칭찬하고 자랑하여 즐겁게 말하지 않는 사람이 없어서 위로 임금에게 도달하여 자주 기재(奇才)라는 포양이 내리었으니, 그 생애는 갑작스러웠으나, 세상에서 죽으면 이름이 언급되지 않는 자에 비교한다면 또한 어떠하겠는가? 그렇다면 하늘이 이미 이런 재능(才能)을 내었고, 또한 그 재능을 다하였다. 불행하여 수명이 짧기는 하였으나 그것이 조물자(造物者)와 같음에는 어찌하겠는가?

비록 인쇄하여 오래도록 전하게 할 수는 없으나 이것은 덕휘의 슬픔을 조금은 막아 줄 수가 있는 것이다. 신묘(辛卯)년 5월 하순에 풍산홍군평⁸은 쓰다. 둥글둥글한 돌 가운데 물건은 옥도 아니고 황금도 아니네. 밤마다 새가 정을 머금고서도 소리를 토하지 못하겠음을 알

---

6 황함(黃醎) : 황함(黃頷)과 같은 것으로 보인다. 황함은 노란 털이 난 턱. 나이가 어림을 형용한다.

7 백분(白紛) : 늙도록 이룬 것이 전혀 없음을 형용하는 말. 어렸을 때부터 학문(學問)을 닦았지만 머리가 하얗게 서도록 혼잡하고 어수선하여 분명하지 못함을 이른다.

8 군평(君平) : 홍명한(洪名漢, 1724~1774)의 자. 조선 후기의 문신. 본관은 풍산(豊山). 1754년 문과에 급제하였다. 1758년에는 승지(承旨)가 되었다. 1763년에는 경기도관찰사(京畿道觀察使)가 되었다. 1771년 형조판서(刑曹判書)를 역임한 뒤 개성유수(開城留守)가 되었다. 그는 영조의 문예진흥책의 하나인 편찬사업에 관여하여 1770년 『동국문헌비고(東國文獻備考)』의 감인당상(監印堂上)이 되어 이의 간행에 책임을 맡았다.

겠도다. 청양군(青陽郡) 적곡면(赤谷面) 미당리(美堂里).

吾友李德輝, 有才子烟巖子, 年十八, 不幸短命死. 嗚呼! 天之生才, 旣難,
旣生矣, 盡其才爲尤難. 二氣块軋, 參差不齊, 清淑者不厚, 退逸者不久, 此從
古, 惜才者之所爲腐心也. 德輝無以塞其悲, 收其髫齔時吟咏數百篇, 將畀剞
劂, 使後之人, 知有如此才而無其命, 其志絶可悲也.

凡人之才, 或有夙悟, 而晚無成者. 或有積累勤久而始成就者, 亦或有長於
此而短於彼者, 若烟巖子之詩, 則孩提學語, 爛然成章, 不待敎, 不用工, 而凜
凜乎作者門戶.

自七八歲, 至十二三歲, 泂然無先後階級之跡. 雖老於詩學者, 莫或過之.
律絶與長篇, 清警雄健, 各中規矱. 非如榮華好音之瞥然於一時者. 則齡未及
弱冠, 而才不可謂不秀而不寀也.

凡人之生, 雖至黃馘白紛, 而多有與草木同朽者. 若烟巖子之名, 則上自薦
紳大夫, 下至閭巷輿儓, 莫不稱誦. 而樂道之以至於上徹重宸, 亟降奇才之
褒, 則其生也, 忽焉, 而視諸沒世而名不稱者, 亦何如也. 然則天旣生是才矣,
亦得以盡其才也. 不幸短命, 其如造物者何哉.

雖無剞劂之壽傳, 此可以小塞德輝之悲也夫. 歲辛卯長至月, 下浣豐山洪君
平識. 團團石中物, 非玉非黃金. 夜夜知鳥含情未吐音. 青陽郡赤谷面美堂里.

1. 장간¹의 노래 長干曲

1)

百綰老鴉髮	백번 틀어 묶은 것은 늙은 머리털,
九華杏黃裳	꽃송이가 무성한 건 살굿빛 치마.
花前有儂影	꽃 앞에 내 그림자 비추는 것은
明月出西塘	밝은 달 서쪽 못서 떠올라서네.

2)

烏棲烏臼樹	새는 오구 나무²에 깃들었는데,
歡子去犯昏	정다운 님 저물녘에 떠나가시네.

---

1   장간곡(長干曲) : 장간(長干)은 지금의 강소성(江蘇省) 강령현(江寧縣)에 있는 마을 이름
     이다. 장간곡은 악부시제(樂府詩題)의 하나이다.
2   오구수(烏臼樹) : 오구 나무. 씨는 기름을 짜서 비누나 초 따위를 만들고 관상용으로 재배한다.

曉看落花路　　　새벽엔 꽃 진 길을 쳐다봤더니,
跡在蘇小門　　　자취가 소소(蘇小)³의 집, 문에 있었네.

3)

採蓮吳江水　　　오강의 물 속에서 연꽃 캐다가
見郎吳江湄　　　오강의 물가에서 낭군(郎君) 보았네.
蓮花盡贈君　　　연꽃 모두 그대에게 갖다 주노니,
還似不採時　　　캐지 않았을 때와 도리어 같네.

4)

紅袖弄香線　　　미녀⁴가 좋은 실을 잘 다루면서
脉脉閨燈前　　　말없이 규방 등불 앞에 있도다.
阿郎不須喚　　　낭군을 모름지기 부를 것 없으니,
作君繡行纏　　　그대의 행전에다 수를 놓노라.

---

5)

採蓮蓮子落   연 캐다가 연밥을 떨어뜨려서

秋水沾羅衣   가을 물에 비단 옷 적시었노라.

前塘有鴛鴦   앞 못에는 원앙이 떠서 있다가

見我雙雙飛   나를 보자 쌍쌍이 날아갔노라.

6)

歡子賣珠去   정다운 그대, 구슬을 팔러 떠나가

蘭船下瀟湘   소상(瀟湘)⁵으로 목란선 떠내려가네.

不惜蘭船遠   목란선 멀리 감은 괜찮다지만,

愛此船上郎   이 배 위의 낭군 만이 아까웁노라.

7)

七月錢塘水   칠월 달에 전당(錢塘)⁶의 물 위에서는,

荷花自妖嬈   연꽃이 저 스스로 요염하구나.

郎君太多意   낭군은 너무나도 생각이 많아

5　소상(瀟湘) : 중국(中國) 호남성(湖南省) 동정호(洞庭湖)의 남쪽에 있는 소수(瀟水)와 상강 (湘江)을 아울러 이르는 말. 그 부근에는 경치가 아름다운 소상(瀟湘) 팔경이 있음.

6　전당(錢塘) : 항주시(杭州市) 일대를 이르는 말이다.

不許弄夜潮　　밤 조수 희롱함을 허락 않았네.

8)

艶粧明如月　　고운 화장 밝기가 달과 같은데

涉江採蘭華　　강을 건너 난초꽃 채취하누나.

櫓柔風力急　　노 젖기 수월함은 바람이 빨라서니

難過沈郎家　　심낭의 집 지나기가 어려웁구나.

9)

玲瓏玳瑁簪　　영롱한 대모(玳瑁)[7]로 만든 비녀가

落日麗芳草　　지는 해의 방초에 화려하구나.

不獨儂愛惜　　다만 나를 애석히 여길 뿐 아니라,

歡子亦言好　　정다운 그대 또한 좋다 말하네.

10)

嬋娟如花女　　이쁜 모습이 꽃과 같은 여인을

7　대모(玳瑁) : 바다거북과에 속하는 거북의 일종. 황갈색의 등딱지에 검은 반점이 있고 광택이 난다. 장식용이나 약용으로 쓰인다.

偶逢花下嶼　　꽃 아래의 섬에서 우연히 만났네.

折花笑相問　　꽃을 꺾어 웃으며 서로 물으니

俱是江南女　　모두들 강남 땅의 여자였노라.[8]

2. 도르래[9] 노래 轆轤行

金井夜深桐花壓　　금정[10]에 밤 깊은데 오동 꽃 뒤덮었고,

仙人轆轤垂千尺　　신선의 도르래는 천 길을 드리웠네.

寒玉動搖青鳳背　　찬 옥은 푸른 봉황 등에서 움직이고,

蟠螭口吐芙蓉碧　　이무기[11] 입에서는 푸른 부용 토해내네.

十二闌干迎白曉　　열두 구비 난간에서 흰 새벽 맞이하여

樓頭捲簾秦妃宿　　누각에서 발 걷으니 진비(秦妃)[12]가 묵고 있네.

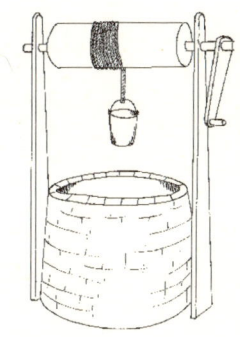

녹로(轆轤)

3. 「오초음회도」에 쓰다 題吳楚陰晦圖

畫師筆法工山水　　화사(畫師)의 필법은 산수를 잘 그려서,

8　이 시는 『大東詩選』에도 나온다.

9　녹로(轆轤) : 도르래의 원리를 이용해서 물을 긷는 장치.

10　금정(金井) : 조각한 난간을 설치한 우물. 흔히 궁중의 우물을 이른다. 일설에는, 돌로 쌓은 튼튼한 우물이라고 한다.

11　반리(蟠螭) : 서리고 있는 이무기. 기물을 장식할 때 이 형상을 많이 사용하였다.

12　진비(秦妃) : 진 목공(秦穆公)의 딸 농옥(弄玉)을 이르는 말.

古綃怳惚精神聚　　오래된 생사에는 황홀히 정신 번쩍 나네.

黑風驅雲過瀟湘　　거센 바람 구름 몰아 소상(瀟湘)을 지나가니

楚山欲霽吳山雨　　초산은 개려하고 오산엔 비 내리네.

崩崖古木如鬼物　　산비탈의 고목들은 귀물(鬼物)과 같아서는,

白日陰森光怪吐　　대낮에도 음침하게 괴상한 빛 토해내네.

煙霞逈扶孤島立　　연기와 노을은 멀리 외딴 섬 부축해 서 있는데,

大江茫茫天墨色　　큰 강은 아득하고 하늘은 시커머네.[13]

筆下浮動元氣濕　　붓 끝에 젖은 원기 흘러서 움직이는데,

半壁慘憺吳楚黑　　반 벽에 참담하게 오, 초가 시커멓네.

憑軒彷彿無丹靑　　난간 기대니 단청이 없는 것과 비슷한데,

湘妃錦瑟淸且哀　　상비[14]의 비파 소리 맑고도 애달프네.

寒燈驚罷五更夢　　찬 등불에 놀라서는 오경에 꿈을 깨니,

洞庭飛雨過江來　　동정호 나는 비는 강 위를 지나오네.

4. 누런 송아지가 물을 마시다 黃犢飮水行

溪邊水動春田綠　　시냇가 물 흐르고 봄 밭은 푸르른데

茆屋煙深午鷄唱　　연기 깊은 초가에서 낮 닭이 우는구나.

大牛小牛垂頭立　　큰 소나 작은 소나 고개 숙여 서 있다가,

13　천묵(天墨) : 천자(天子)의 묵적(墨迹)을 가리킨다.
14　상비(湘妃) : 순(舜) 임금의 두 비(妃)인 아황(娥皇)과 여영(女英). 순임금이 죽은 뒤 상수(湘水)에 투신하여 상수의 신(神)이 되었다고 한다.

當溪飮水微波漾　　　시내에서 물 마시니 잔물결 출렁대네.
牧童不來春草短　　　목동은 오지 않고 봄풀은 짤막한데,
前村落日明中沚　　　해질녘 앞 마을은 물가가[15] 환하구나.
水暖沙軟聞簇簇　　　따순 물 부스런 모래에 여유로움 넘치는데
母子相將蘆花裡　　　어미와 새끼 서로 갈대꽃에 나아가네.
飮盡溪水水還生　　　시냇물 다 마셔도 물 다시 생겨나니,
懶臥沙邊眠不起　　　게을리 모래 누워 잠들어 아니 이네.

5. 강가의 병든 버드나무 江上病柳

江水深且淸　　　강물은 깊고도 또 맑기만 한데
病柳枝不多　　　병든 버들, 가지가 많지 않구나.
春光不到根　　　봄빛이 뿌리까지 닿지를 않아
筋力困滄波　　　근력이 파도 땜에 곤욕 치루네.
水急多天風　　　물살은 세차 바람 많기도 하여
蛟龍常力爭　　　교룡은 언제나 늘 힘껏 다투네.
老幹猶動搖　　　늙은 줄기 오히려 움직이는데,
扶持强作聲　　　서로 도와 억지로다 소리 내누나.
皮溜霜雪逼　　　거죽에 물이 괴믄 상설(霜雪)이 가까워서니,

15　중지(中沚) : 물가를 가리킨다. 『시경』 「小雅」 '菁菁者莪'에, "무성한 다북쑥이 저 물가에
　　있도다菁菁者莪, 在彼中沚'라 하였다.

腹穿波濤鳴　　배는 뚫려 파도 같은 소리를 내네.

春帆過爾高　　봄 배는 너를 높이 지나가는데

偃臥依江亭　　벌렁 누워 정자에 의지하였네.

保得江心春　　강 복판의 봄날을 보존하여서,

作意數葉青　　뜻 있는 듯 몇 개의 잎이 푸르네.

6. 유덕장[16]의 팔 첩 화죽에 대한 노래 峀雲八疊畵竹歌

峀雲平生工畵竹　　수운은 평생토록 대나무 잘 그리어

峀雲去後留眞跡　　수운이 죽은 후에도 그림은 남아 있네.

扶踈病竿活欲動　　무성한 병든 대는 살아서 움직일 듯,

天風瑟瑟吹高葉　　바람은 간들간들 높은 잎에 불어오네.

素壁凍垂青珊瑚　　흰 벽[17]엔 푸른 산호 얼어서 드리웠고,

古綃八疊神靈入　　옛 비단의 팔 첩 그림 정신이 들어 있네.

一疊寒山夜生白　　일 첩은 찬 산 밤에 하얀 빛 생기니,

槎枒古枝山雪壓　　삐죽 나온 마른 가지 산 눈이 쌓였구나.

二疊前溪筍細綠　　이 첩은 시내 죽순 가늘고 푸르르니,

玉兒幷脫錦綳頭　　미인들이 비단 두건 모두 벗은 듯 하네.[18]

---

16 유덕장(柳德章, 1694~1774) : 조선 영조(英祖) 때의 화가. 본관은 진주(晉州). 자는 자고(子固), 성유(聖攸), 호는 수운(峀雲), 가산(茄山). 벼슬은 동지중추부사(同知中樞府事)에 이르렀다. 묵화(墨畵)로 대를 잘 그렸고, 작품에 묵죽도(墨竹圖), 설죽도(雪竹圖)가 있다.

17 흰 벽[素壁] : 벽에 붙어 있는 화폭을 말한다.

18 시내 대나무의 푸른빛이 마치 미인들이 비단 두건을 벗어 머리의 푸른빛이 드러난 것과 같음을 말한다.

유덕장(柳德章, 1694~1774), 〈설죽도(雪竹圖)〉

取次襤襬穿石出　　제멋대로 돌을 뚫고 이곳저곳 솟았는데,

犖龍瘦碧全身抽　　죽순의 야윈 푸름 온 몸이 빼어났네.

三疊淋漓別作奇　　삼 첩은 왕성하게 유달리 기이하여,

寒雨爲我吹颯颯　　찬 비는 나 위해서 주룩주룩 불어대네.

老幹垂頭鳴脩然　　늙은 줄기 자유롭게 늘어져서 우는데

空山夜靜琅玕泣　　빈산의 고요한 밤 대나무가 울어대네.

四疊古梢微有煙　　사 첩은 옛 가지에 아스라한 안개 있고,

五疊淸風不禁秋　　오 첩은 맑은 바람 가을 기운 감도누나.

六疊怳惚元氣濕　　육 첩은 황홀하게 원기가 젖었는데,

老節偃寒山之幽　　늙은 마디 산 속의 깊은 데 솟아있네.

七疊倒簹當崖垂　　칠 첩은 벼랑에 거꾸로 드리웠고,

八疊病幹臨江寒　　팔 첩은 병든 줄기 강가에 싸늘하네.

歌罷溪燈颯欲滅　　노래 마치자 시내 등불 바람에 꺼지려 해,

四壁脩脩葉聲乾　　사방 벽엔 바람 휙휙 잎소리 바스락.

7. 봉화 烽

古戍黃昏靜　　옛 수자리 황혼에 고요만한데,

靑烽耿耿寒　　푸른 봉화 반짝임 쓸쓸하구나.

數星連大漠　　별 몇 개는 사막에 이어져 있어

初夜照陰山　　초저녁에 음산(陰山)을 비추어주네.

郡國遙傳點　군국(郡國)에서 멀찍이 시간 알리니

長安始閉關　장안에서 그제서야 관문 닫노라.

吾東無一事　우리나라에는 아무 일도 없으니

花漏聽雲端　구름 끝에 물시계 소리[19] 듣노라.

8. 강아지 猧兒

白犬己哺雛　백구는 벌써 이미 새끼 먹였고,

黃犬亦抱子　누렁이도 새끼를 안고 있다네.

毛色各不同　털빛이야 제각기 같지 않아도,

面貌稍相似　얼굴의 모습들은 약간 닮았네.

隨母時學吠　어미 따라 때때로 짖기 배우니,

聲聲訝許均　소리마다 어미인가 의심이 되네.

作步雞兒避　거닐면 병아리들 피해버리고,

仰頭烏圓嗔　머리 들면 고양이 성을 낸다네.

函育亦二氣　기르는 것도 음, 양 두 기운이니,

生長近三旬　태어나서 자란 지 한 달 가깝네.

努力防盜賊　도적을 막느라고 노력하노니

持此供主人　이것으로 주인께 이바지 하네.

---

19 화루(花漏) : 연화루(蓮花漏)를 가리키는 것으로 보인다. 진(晉)나라 때의 중 혜원(慧遠)이
고안하였다는 연꽃 모양의 물시계.

이암(李巖), 〈화조구자도(花鳥狗子圖)〉

9. 회문체[20]를 흉내 내어 效回文體

虛窓幽氣積	빈 창에 그윽한 기 쌓여 있는데,
拍拍聽禽飛	푸득푸득 날개 짓 들리는구나.
舒柳條風暖	따스한 봄바람[21]에 버들 눈 떴고,
濕梅溪雨微	시냇가 부슬비에 매화 젖었네.
驢鳴時客過	나귀 울 제 때마침 손님 지나고,
燕語共人歸	제비 지저귀며 사람과 함께 가누나.
居僻常寥寂	궁벽한데 살아서 늘 적막하나
碧山深掩扉	푸른 산 깊은 데서 사립문 닫네.

10. 비둘기를 놓아주는 노래(소서와 함께) 放鳩行(幷小序)

집에 있는 어린 하인은 새끼 비둘기를 길들이는 사람이다. 내가 곧 새장을 열고 풀어 주니, 비둘기가 생각이 있는 듯 그 뜻을 베풀어 감사하게 여기는 뜻이 있는 것과 같았다. 내가 말하기를 "비둘기야! 많이 감사할 것 없다. 내가 장차 너를 위해 시를 지어주리라"라고 하였다.

---

20 회문체(回文體) : 한시체의 한 가지. 순역종횡(順逆縱橫) 어느 쪽으로 읽어도 시체(詩體)를 이루고, 의미가 통하는 시(詩). 진(晉)나라 소백옥(蘇伯玉)의 아내가 지은 반중시(盤中詩)가 그 효시이다.
21 조풍(條風) : 입춘 무렵에 부는 바람. 융풍(融風)이라고도 한다.

家有小僮, 馴鳩子者. 余乃開籠而放之, 鳩以意宣其旨, 如有所謝者. 余曰
: "鳩乎無多謝, 吾將爲汝賦詩."

二月鳩子生　　2월에 비둘기가 새끼 낳는데
斑斑羽毛爲　　깃털이 얼룩얼룩 되어가누나.
村童手將去　　촌 아이가 손으로 가져 와서는,
市中生賣之　　저자에서 산 채로 팔려고 하네.
放爾歸故巢　　너를 놓아 옛 둥지로 가게 했으나
躑躅不能飛　　뒤뚱 뒤뚱 날지를 못하는구나.
也應深樹裏　　또한 응당 깊숙한 나무속에선
汝母見汝悲　　네 어미 너를 보고 슬퍼할 거네.

11. 봄비가 내릴 때에 홍정환 형에게 부치노라 春雨, 寄洪從士凝(鼎煥)

東風日以動　　봄바람이 날마다 불어대는데
春雨鳴西林　　봄비는 서쪽 숲서 울어대노라.
氷坼池魚陟　　얼음 터지니 못 물고기 오르고,
簾垂濕鳥深　　드린 발엔 젖은 새 도사려 있네.
隔溪添柳色　　시내 건너에는 버들 빛 더해가고,
遠砌潤花心　　뜰을 두른 꽃술은 윤이 나누나.

芳草城南路　　향기로운 풀이 핀 성남 길에는

與君芳草吟　　그대와 함께 방초 읊어보리라.

12. 집을 생각하며 思家

古園秋風生　　옛 정원에 가을바람 불어오더니

日夕愁脉脉　　저녁에 수심들이 이어지누나.

床前吾少妹　　"상 앞에 앉아 있을 내 어린누이는

鬖髮應覆額　　머리카락 이마를 덮고 있겠지."

13. 검은 곰 노래 玄熊行

峽樹十里長　　골짜기 나뭇길이 십 리나 긴데,

其下有玄熊　　그 아래에는 검은 곰이 있었네.

怒吼蒼崖坼　　성내 울면 벼랑이 쪼개질 것 같았고,

手折千年松　　손으로 천년 솔을 꺾어버리네.

淮陽官砲手　　회양 땅의 관청 소속 포수는

曉獵山之東　　새벽녘 산 동쪽에 사냥을 갔네.

颼颼菫澤蒲　　우수수한 동택(菫澤)[22]의 부들 풀에서

瞥捩驚雌雄　　별안간 돌아서 자웅을 놀라게 했네.

崚嶒毛骨倒　　두려움에 모골이 송연한데,

山谷來陰風　　산골짝엔 삭풍(朔風)이 불어오누나.

獻之蓬萊閣　　봉래각(蓬萊閣)[23]에 곰을 갖다 올리니,

殺氣動玄冬　　살기가 겨울철[24]에 진동을 하네.

14. 회양을 출발하여 서울에 돌아오다가, 창도[25]에 이르러 읊은 것이 있어서[26] 發淮陽歸京, 到昌道, 有吟

晚到昌途店　　늦어서야 창도관[27]에 이르렀는데,

崢嶸峽勢長　　가파른 골의 기세 길게 퍼졌네.

千峰猶濕雨　　봉우리들 여태 비에 젖어 있는데,

獨樹見斜陽　　외딴 나무엔 석양이 보이는구나.

谷靜鳥多語　　계곡이 조용하니 새소리 시끄럽고,

山深花自香　　산 깊으니 꽃은 절로 향기롭구나.

---

22 동택(董澤) : 동택(董澤)과 같음. 중국 산서성(山西省) 문회현(聞喜縣)의 동북쪽에 있는 호수(湖水) 이름.

23 봉래각(蓬萊閣) : 산동성(山東省) 봉래현(蓬萊縣) 북쪽 단애산(丹崖山)에 있는 누각 이름. 송(宋) 가우(嘉祐) 연간에 창건하여, 명(明) 만력(萬曆) 연간에 여조전(呂祖殿)·삼청전(三淸殿) 등을 증축하였다. 예로부터 문사(文士)들이 모임을 갖는 곳으로 유명하였다.

24 현동(玄冬) : 겨울. 오행설(五行說)에서 겨울은 북방 물(水)에 해당하는데, 물의 빛깔이 검기 때문이다.

25 창도관(昌道館) : 강원도 김화군 창도면 창도리에 있는 여관(旅館). 현재의 김화군 창도리인데, 옛 역이 있었다.

26 이 시는 『대동시선(大東詩選)』에도 실려 있다.

27 점막(店幕) : 길손에게 음식(飮食)을 팔거나 묵게 하는 여관(旅館)과 같은 집.

洛城三百里   서울은 삼 백리나 떨어졌으니,
歸路正中央   서울로 가는 길 딱 절반쯤이네.

15. 창도의 여관 昌道店

終日且行行   종일토록 또 한참 걸어가노니,
靑山馬首多   푸른 산이 말 앞에 많기도 하네.
數重煙樹裏   연기, 나무 몇몇 겹 껴 있는 곳에,
何處主人家   어디 쯤 주인의 집 있을 것인가?

16. 맥판[28]을 지나다[29] 過麥坂

入洞疑風雨   마을 들 땐 비바람이 불까 했더니,
過林又日月   숲 지나자 또 해와 달이로구나.
壯哉造化力   굉장하구나! 조화옹의 힘이여
鍾靈固密勿   신령함을 모음이 진실로 치밀하네.

---

28 맥판(麥坂) : 금강산을 내려와 회현과 만나는 곳의 지명(地名).
29 이 시는 『한중기문(閒中記聞)』에도 나온다.

정선(鄭敾), 〈맥판(麥坂)〉

17. 새벽에 금성을 출발하며 曉發金城

靑驢鳴出小蓬萊	검은 나귀는 울면서 작은 봉래를 나와
行到金城路始開	금성에 당도하자 길 처음 열렸도다.
落月遙分昌道店	지는 달의 멀리에는 창도점(昌道店)이 갈려 있고,
歸雲頻失衆香臺	구름 땜에 빈번히 중향대(衆香臺)[30] 잃었노라.

---

30 중향대(衆香臺) : 금강산의 중향성(衆香城)에 있는 돈대(墩臺)를 이른다.

天邊獨樹朦朧出 하늘 가 외딴 나무 흐릿하게 나오고,

霧裏孤峰彷佛來 안개 속 외 봉우리 어렴풋이 다가오네.

芳草披襟亭下路 방초에서 옷깃 푸는 정자 밑의 길에서

主人留客暫徘徊 주인이 손님 잡아 잠시 동안 배회했네.

18. 철원 가는 길 위에서 鐵原道上

行到鐵州驛 가다가 철주역에 이르렀으니,

溪村短短籬 시냇가 마을은 울타리 짧았네.

斷雲歸峽遠 끊긴 구름 협곡에 돌아옴 멀고,

寒日上樓遲 찬 해는 누대 위에 더디 오르네.

古木鳥吟靜 고목 위에 새들은 조용히 울고,

層巒客立危 험한 산에 손님은 위태로이 서 있네.

長安不可見 (여기에서) 장안을 볼 수 없는데,

煙樹遠參差 안개 낀 나무 멀리 들쭉날쭉 하구나.

19. 송우[31]에 이르다 到松隅

店燈人語起	가게 등불에 말소리 들려오는데,
疎星客衣寒	성근 별엔 나그네 옷 차가웁구나.
鳴驢忽過洞	우는 나귀 갑자기 골짝 지나니,
遠色欲長安	먼 빛에서 장안이 보이려 하네.

20. 양주의 여관에서 삼가 아버지의 「도상」이라는 시운에 차운하다 楊州店. 敬次家大人道上韻

瓠花自落碧溪回	박꽃이 절로 지고 푸른 시내 도는데,
草屋蕭條晝未開	초가집은 적막하게 낮에도 닫혀 있네.
主人勸客黃粱飯	주인이 나그네에게 기장밥 권하는데,
犬吠雞鳴太古來	개 짖고 닭이 우니 태고시대로구나.

21. 양주를 출발하며[32] 發楊州

繫馬楊州驛	말을 양주역에 매어두나니,

---

31 송우(松隅) : '솔모루'라는 마을 이름을 한자(漢字)로 바꾸어 쓴 것이다.
32 이 시는 『대동시선』에도 실려 있다.

藤蘿客路斜　덩굴이 객의 길에 비껴 있도다.
歸鞍不須促　가는 말을 재촉할 필요 없으니,
到此似到家　여기 오면 집에 다 온 것과 같네.

22. 길 위에서 짓다[33] 途上作

客發楊州星　손님이 양주 땅을 떠나가는데,[34]
鞍馬犯曉寒　말안장에 새벽 한기 스며드노라.
家人候我來　집 사람이 내가 오길 기다리기로,
馬首問平安　말 머리서 평안한가 물어보았네.

23. 밤에 앉아 회포를 쓰다 夜坐賦懷

雨餘蕉葉綠抽心　비 온 뒤 파초 잎은 푸른 새싹 쑥 나오고,
嫋嫋涼風吹北林　간드러진 서늘바람 북쪽 숲서 불어오네.
床下寒虫啼夜月　상 밑에 찬 벌레는 달 밤에 울어대고,
竹簾秋色坐樓深　주렴 드는 가을빛에 누대 깊이 앉았노라.

33　이 시는 『한중기문』에도 실려 있다.
34　양주성(楊州星) : 『한중기문』에는 양주리(楊州里)로 되어 있으니 성(星)은 리(里)의 오자(誤字)일 것이다.

24. 밤에 회양을 생각하다 夜思淮陽

書樓靜夜憶淮州	고요한 밤 서루에서 회양(淮陽) 고을 생각하니
枕外西江彷彿流	베개 밖에 어렴풋이 서강(西江) 물 흐르누나.
楓嶽羣仙無恙否	금강산 여러 신선 아무 사고 없는가?
洞天星月五更秋	별과 달 뜬 동천이 새벽녘 가을이네.

25. 두보의 「병마」 시에 차운하다[35] 次杜工部病馬韻

天寒芳草歇	하늘 차고 방초는 시들었는데,
歲暮關山深	세모 때의 관산은 깊기만 하네.
毛骨三秋氣	털과 뼈가 (오싹한) 삼추의 절기(節氣)이니,
風沙萬里心	바람부는 백사장(白沙場)에 만 리 가는 맘이로다.
馴良猶似舊	예전 두보의 말처럼 잘 길들였는데,
挫秣秖如今	지금에는 꼴풀만 먹이는구나.
微物感人意	미물인 말도 사람 뜻에 감격하여서,

---

35 전반적으로 두보의 작품에 많은 영향을 받았다. 두보는 자신이 평생 타고 다닌 말이 병든 모습에 서글픈 마음을 담았고 이좌훈은 자신의 병든 말을 두보의 말에 견주면서, 두보처럼 자신의 말을 제대로 보살피지 못한 것에 대한 탄식을 담아냈다. 두보의 작품은 다음과 같다. 두보의 「병마(病馬)」 "너를 탄지 너무도 오래되었네. 추운 날에 머나먼 변방 땅에서. 세상 풍진 속에 늙었고 힘도 다하여, 늘그막에 병이 드니 가슴 아프네. 털과 뼈야 무리 중에서 뛰어나지만, 지금까지 너는 잘 길들여졌도다. 미물이지만 마음이 쓰이게 되니, 감격하여 깊이 읊조리노라乘爾亦已久, 天寒關塞深. 塵中老盡力, 歲晚病傷心. 毛骨豈殊衆, 馴良猶至今. 物微意不淺, 感動一沈吟."

斜陽一苦吟　　　해질녘에 한 차례 괴롭게 읊네.

26. 추위에 떠는 참새 寒雀

紅塵車馬九街稀　　먼지 이는 거마가 큰 길에도 거의 없고,
風雪滿天人掩扉　　온 천지 눈보라에 사람들 문 닫았네.
古木寒禽棲不定　　고목의 추운 새는 깃들 곳 못 정해서,
隔牕拍拍夜聽飛　　창 너머서 밤새껏 날갯소리 들리네.

27. 뭉게구름 노래 積雲行

西北黑雲如翻鴉　　서북쪽 먹구름이 깃 치는 까마귀 같은데
龍尾曳天天墨色　　용꼬리를 하늘에 끄니 하늘빛 검어졌네.
鱗間夜掣金蛇光　　비늘 사이로 밤에 금사(金蛇)[36]의 빛 당겨지고,
玻璃千疊凝愁碧　　천 첩의 유리는 시름 엉겨 푸르도다.
鬼神幽黑塞寒空　　귀신이 시커멓게 찬 공중 막았으니,
萬里慘慘太陰積　　만 리길 컴컴하게 큰 어두움 쌓였네.
向晚黑風驅雨去　　해질 무렵 검은 바람 빗줄기 몰아가고,

36　금사(金蛇) : 황금색 뱀. 여기서는 번갯불에 비유하는 말.

微明迥覺天東開　희미한 빛에 멀리 하늘 동쪽 열림 알겠네.

大江龍歸湫下眠　큰 강의 용이 가서 못 아래서 잠자는데,

雲端火輪從西來　구름 끝 태양은 서쪽 따라 오는구나.

28. 회양을 꿈꾸다 夢淮陽

立馬衆香看遠山　중향성(衆香城)에 말을 세워 먼 산을 바라보고,

振衣萬瀑聞滾水　만폭동(萬瀑洞)에서 옷 떨치며 물 소리 들었노라.

覺來月落鷄三鳴　깨고나자 달이 지고 닭 세 번 울었는데,

燈下淮陽四百里　등불 밑에 회양 땅이 사 백리나 떨어져 있네.

만폭동

29. 할아버지께서 동쪽 고을에서 돌아온다는 말씀을 듣고 동쪽 교외로 나아가서 맞이하며 聞祖父, 自東邑還, 出迎東郊

秋光寥落碧溪回　　가을빛 쓸쓸하고 푸른 시내 도는데
十里杉松遠色開　　십 리길 삼나무, 소나무는 먼 빛이 열리었네.
道上忽聞行子語　　길에서 갑작스레 행인의 말 들으니,
楊州驛裡使君來　　양주역의 안에는 사군 와 계시다네.

30. 동교에서 돌아오는 길에 東郊歸路

1)

芳草萋萋客路回　　방초가 우거지고 나그넷 길 돌은 곳에,
曉雲中斷洞天開　　새벽 구름 뚝 끊기고 동천이 열리었네.
煙嵐滴翠渾如畫　　연람[37]에서 푸른빛 져서 마치 그림 같은데,
近水樓臺白鳥來　　물가의 누대에는 흰 새가 오고 있네.

37　연람(煙嵐) : 산속에서 피어오르는 안개 따위의 기운인 남기(嵐氣)를 이른다.

2)

水色山光面面開　　물빛과 산 빛이 어디서나 보이는데,

老槐搖影碧溪回　　늙은 홰나무 그림자 흔들리고 벽계는 굽었도다.

青驢嘶向東門道　　푸른 나귀 울면서 동문 길 향하노니

粉堞斜陽御氣來　　해질녘 성가퀴 따라 바람타고 오노라.

31. 유촌 삼종형 이응훈[38]이 「몽천시」 20운을 지어 연암자(이좌훈)에게 부치자, 연암자가 빙그레 웃으며 말하기를 "맑고 곱구나! 시여, 빛나는구나! 그 문장이 있음이여"라고 하면서 이내 그 운자에 구애받지 않고, 그 뜻에만 화답하여 올리니, 대개 당나라 사람의 "화답은 하되 차운은 하지 않는다"는 뜻을 본뜬 것이다 楡村三從兄應薰, 作夢天詩二十韻, 寄煙巖子, 煙巖子, 逌然而笑曰, "灑灑乎詩也, 煥乎其有文章也!" 乃不拘其韻而和其旨, 以拜嘉焉. 蓋效唐人有和無次之意也

溟涬之水東南流　　명행(溟涬)[39]의 물줄기가 동남으로 흐르는데,

上有碧天何冥冥　　위에 있는 푸른 하늘 어찌나 아득한지.

---

38 이응훈(李應薰, 1749~1770) : 자가 화국(華國)이다. 이동운의 아들이었으나, 이동우가 후사가 없어 출계하였다. 이학규의 아버지이며, 이용휴의 사위이다. 이용휴는 그의 문집에 「李華國遺草序」라는 서문을 써주었다. 목만중의 『餘窩文集』에 그에 대한 제문인 「祭李生應薰」이 남아 있다.

39 명행(溟涬) : 천체(天體)가 형성되기 이전의 자연 원기를 말한다.

籠以風雲之浩淼	바람과 구름의 광활함에 덮여서
照以日月之光晶	해와 달의 광채로 비춰지고 있었네.
三十六帝羅列坐	36명의 천제(天帝)[40]가 줄지어서 앉으면,
玉樓珠箔光玲瓏	옥루[41]의 구슬 주렴 빛깔이 영롱하리.
貯之一團玄黃氣	한 덩어리 하늘과 땅의 기운 쌓어서,
世人不得窺其中	세상 사람 그 안을 엿 볼 수 없었네.
楡村之兄好事者	유촌 사는 삼종형은 호사가(好事家)로서
淸狂半世能天說	청광(淸狂)한 반평생에 능히 하늘 말했네.
借問前宵夢維何	간밤에 꾸었던 꿈 어땠는지 물어 보니
靑鳥邀君蓬萊闕	"청조[42]가 봉래궁[43]에 자네를 초대했는데,
茅齋讀書有二英	초가에는 독서하는 두 영재(英才)가 있어서,
月宮偸折丹桂枝	월궁에서 단계[44] 가지 훔쳐서 꺾었지."
我聞此語莞爾笑	내가 이 말 듣고서는 빙그레 웃은 것은
之子之言狂且奇	이 분의 이 말씀이 광기이고 기이해서네.
天地相去九萬里	하늘, 땅 거리가 9만 리나 되거늘,
其間眇爾人生之	그 사이 아득한 데 사람이 살고 있네.
況復月殿多玉女	하물며 또 월전에는 옥녀[45]가 많이 있고
帝閽九重深且幽	제혼[46]은 구중이라 깊고 그윽함이라

---

40 삼십육제(三十六帝) : 도가(道家)에서 말하는 천지(天地) 사이의 36천제(天帝)를 이른다.
41 옥루(玉樓) : 천제(天帝)나 신선이 거처한다는 곳이다.
42 청조(靑鳥) : 소식을 전하는 사자(使者)를 이르는 말.
43 봉래궐(蓬萊闕) : 봉래궁(蓬萊宮)과 같은 뜻이다. 신선(神仙)이 사는 지방(地方)을 말한다.
44 단계(丹桂) : 계수나무의 한 가지라는 말로서, 과거(科擧)의 급제(及第)를 뜻한다.
45 옥녀(玉女) : 선녀(仙女)를 가리킨다.
46 제혼(帝閽) : 천제(天帝)가 살고 있다는 궁성(宮城)의 문.

上仙不曾識君面　　상선(上仙)이 일찍이 그대 얼굴 몰랐는데

何故與君逍遙游　　어떻게 그대하고 소요하며 놀겠는가?

欲問瓊樓造化翁　　경루(瓊樓)[47]의 조화옹(造化翁)께 물어보려 하니

玻瓅漠漠煙霞秋　　허공은 아득하고 연하(煙霞) 깔린 가을이네.

32. 악양루도에 쓰다 題岳陽樓圖

煙波浩渺千峰遠　　연기 낀 파도 아득하여 천 봉우리 멀찍하고,

吳楚微茫獨鳥來　　오, 초는 아득한데 새 한 마리 날아오네.

壁上吹燈寒雨入　　벽 위 등불 불어대는 찬 비가 들이치는데,

湘妃錦瑟不勝哀　　상비(湘妃)의 금(琴) 소리에 슬픔 맘 그지없네.[48]

조백구(趙伯駒), 〈악양루도(岳陽樓圖)〉

47　경루(瓊樓) : 달 속에 있다는 궁전.

48　상비고슬(湘妃鼓瑟)을 가리킨다. 상수(湘水)의 여신(女神)이 슬(瑟)을 연주함.

33. 장지화[49]의 「어부가」에 차운하다 次張志和漁父歌韻

磯邊白鷺翩翻飛　　물가의 백로는 훨훨 날아오르고

波際鱸魚潑剌肥　　물결 사이 농어는 살져서 파닥대네.

盡日坐垂江上釣　　종일 앉아 강에다 낚시를 드리우고,

菱花疎雨澹忘歸　　마름꽃에 비 오는데 돌아가길 잊었네.

34. 포도 그림 병풍 노래 葡萄畵屛行

我家碧玉障　　우리 집의 푸른 옥빛 병풍엔

纍纍葡萄垂　　주렁주렁 포도가 매달려 있네.

夜雨新沾葉　　밤비가 새로 내려 잎새 적시고,

天風欲動枝　　바람은 가지들을 움직이려 하네.

連翩鵬垂翼　　이어진 건 붕새 날개 드리운 것 같고,

詰屈龍抱兒　　구부러진 용이 새끼 안은 것 같네.

却憶李將軍　　도리어 이장군(李將軍)이

移種大宛時　　대원(大宛)[50]에서 옮겨 심은 때 생각나네.[51]

49　장지화(張志和, 약 730~약 810) : 자는 자동(子同). 또 자호를 현진자(玄眞子)라고 했다. 전
　　해지는 작품은 그리 많지 않으며, 대부분 은거생활(隱居生活)을 소재로 한 것이었으며, 특
　　히 그의 「漁父歌」 5수는 후인들의 찬사를 받은 시로서 후대에 많은 영향을 미쳤다.
50　대원(大宛) : 우즈베키스탄 페르가나 지방을 가리킨다.
51　본래 포도는 대완국(大宛國)에 생산되던 것이다. 포도의 종자를 한(漢)나라 때 장건(張騫)
　　이 가져왔다고도 하고, 이광(李廣)이 가져왔다고도 한다. 『事文類聚』 卷25 「葡萄」 참조.

35. 상원날 다리 위에서 홍정환 형을 만나서 上元橋上, 遇洪兄士凝

樓臺殘雪逈參差	눈 덮인 누대는 멀리 들쭉날쭉 한데
遙夜西風動桂枝	긴 밤에 서풍 불자 계수나무 가지 흔들리네.
故故携君成久立	짐짓 형님 데리고 오래서서 있노라니
第三橋上月生遲	세 번째 다리 위에 달 더디 떠올랐네.[52]

36. 홍일항[53] 어른이 북악에 사관[54]으로 가는 데에 받들어 올리다
拜呈洪丈(日恒)北嶽祠官之行

北嶽之高橫揷天	높은 북악 가로질러 하늘에 꽂혔는데
每年正月祀其靈	해마다 정월에는 신령에게 제사 지내네.
祠官暝踏煙霞立	저물녘에 사관이 연하에 서있으니,
天寒劍佩蹌蹌鳴	찬 날씨에 검패(劍佩)가 쟁그랑 울리누나.
谷口陰森積風雪	어두운 계곡 입구 눈보라 쌓였으니,
氷崖凍僵蛟龍骨	얼어붙은 얼음벼랑은 교룡의 뼈이로다.
盡日崎嶇行木末	진종일 험하게 나무 끝을 가는 듯하니,
瘦馬凌兢避危石	야윈 말 무서워서 가파른 바위 피하네.

---

52 여기서는 전삼교(轉三橋)를 가리킨다. 상원절(上元節)에 여자들이 가마를 타고 세 곳의 다리를 지남으로써 벽사(辟邪)하던 풍속.
53 홍일항(洪日恒, 1701~?) : 본관은 남양(南陽). 상세한 행적은 알 수 없다.
54 사관(祠官) : 사당을 맡아보는 관리 또는 제사하는 관리.

嶽靈嶽靈	산의 정령아! 산의 정령아!
願得汝之扶將	원컨대 너의 도움을 얻어서
愼勿傷我洪典籍	우리 홍전적[55]을 상치 않게 하라.

37. 닭싸움 鬪雞

君雞金其觜	그대 닭은 부리가 금과 같은데,
我雞鐵以距	내 닭은 뒷발톱이 쇠와 같다네.
脩尾落滿地	긴 꼬리털 땅에 져서 가득하였고,
丹冠低不擧	붉은 벼슬 처져서 들리지 않네.
有時玄膺合	때때로 모가지가 한데 합쳐서,
拍拍其聲巨	푸드득 그 소리는 크기만 하네.
村兒惜勝負	촌 아이들 승부에 가슴 졸이며
望之如軍旅	바라보길 군대와 같이 하누나.
雞兮爲努力	닭이여! 힘을 좀 더 내어 보아라.
愼勿且齟齬	조심해서 기대를 저버리지 말라.

---

55 전적(典籍) : 조선 시대 성균관의 정6품직(正六品職).

38. 붕새 새끼(소서와 함께) 鵬雛(並小序)

　붕새 새끼는 까마귀의 목에 물수리의 몸인데, 작은 참새를 먹을 수 있고, 매번 회오리바람 소리를 듣다가 날아올라 갑자기 볼 수 없게 되거나 매양 꼼짝 않고서 날지 않고 양쪽 날개로 활개를 치기도 한다. 낙양(洛陽)에서는 풍작(風雀)이라 이르고, 관동(關東)에서는 상구(爽鳩)라 이르며, 해빈(海濱)에서는 봉추(鵬雛)라 이르는데 지금은 해빈(海濱)에서 부르는 이름을 따른다.

　鵬雛者, 烏頸而鶚身, 能食鳥雀, 每聞風飇而發, 倏焉不見, 或停而不飛, 以兩翼敲之. 洛陽謂之風雀, 關東謂之爽鳩, 海濱謂之鵬雛, 今從海濱.

鵬雛飛復立	봉추는 날아가다 다시 서서는
空中以扶持	공중에서 지탱을 하고 있구나.
向晚風力健	저물녘에 바람이 거세어지면
翾翾遂不支	푸득대다 끝내는 지탱 못하네.
有時離哉翻	때때로 떠나 비로소 날게 되면
彷彿磨太淸	하늘을 가는 것과 비슷하였네.
胡爲棲東國	어찌해 동국에서 살게 되었나?
爾族在南溟	네 종족은 남명[56]에 살고 있는데

56　남명(南溟) : 남쪽에 있는 큰 바다.

39. 낙화가 落花歌

屋西種桃樹	집 서쪽에는 복숭아나무 심고,
屋南種杏花	집 남쪽에는 살구나무 심었네.[57]
東風晚相過	동풍이 저물녘에 지나게 되면,
落花日以多	지는 꽃이 날마다 많아진다네.
辭枝故宛轉	가지에서 질 땐 짐짓 뒹굴었고,
落地細無聲	땅에 질 땐 작아서 소리 없었네.
氤氳滿紅泥	왕성하게 홍니[58]처럼 가득했으니,
寂寞保遺香	적막하게 남은 향 보존하였네.
數點如有意	여러 점이 뜻을 가진 듯하여,
無風更飄颺	바람 없어도 다시 날아가누나.
攀條以躑躅	가지를 휘어잡고 머뭇거리니,
新葉過人頭	새로 핀 잎, 사람의 머리 스치네.
不惜花零落	꽃 지는 것 아깝지는 않으나,
感此年光流	세월이 흘러감에 울컥하노라.

---

57 종도(種桃) : 진(晉)나라 반악(潘岳)이 하양(河陽)의 현령이 되어, 온 현에 두루 도화(桃花)
    을 심어서 다른 사람들이 "하양일현화(河陽一縣花)"라 했다. 그리고 백낙천(白樂天)이 3년
    임기의 충주 자사(忠州刺史)에 부임한 뒤에 "앞으로 충주에서 보내야 할 삼 년 세월, 복숭
    아며 살구 심어 꽃이나 볼까 하외忠州且作三年計, 種杏栽桃擬待花]"라는 구절의 시를 지
    었다 한다. 『白樂天詩集』「種桃杏」 참조.
58 홍니(紅泥) : 빨갛게 임금의 어보(御寶)가 찍히는 것을 뜻한다.

40. 낙목 落木

老木如人立	늙은 나무 사람같이 서서 있는데,
葉落見全身	잎새 지니 온 몸이 드러나누나.
夜寒驚棲雀	추운 밤에 깃든 참새 깜짝 놀라니
星月有精神	별과 달에는 정신 있는 것 같네.

41. 납일[59]에 새를 쏘는 아이를 보고 짓노라 臘日見射鳥兒有作

北風吹積雪	북풍이 쌓인 눈에 불어대는데,
有鳥中林飛	새들이 숲 속에서 날고 있구나.
天寒羽毛薄	하늘도 차가운데 깃털 얇아서,
疎柳不堪依	성긴 버들 기댈 만하지 못하네.
村兒解彈丸	촌 아이가 탄환을 풀어 대서는,
薄暮遶樹行	어두울 때 나무 사이 에워싼다네.
藏身故未發	몸 숨겨서 일부러 쏘지를 않고,
翹足立經營	발을 들고 서서는 재어보누나.
聞絃棲不定	활 소리 듣자 깃든 곳에 못 있다가,
箇箇枝邊落	하나하나 가지에서 떨어지누나.

---

59 납일(臘日) : 민간이나 조정에서 조상이나 종묘 또는 사직에 제사 지내던 날. 동지 뒤의 셋째 술일(戌日)에 지냈으나, 조선 태조 이후에는 동지 뒤 셋째 미일(未日)로 하였다.

叢薄翳欲暝　떨기 성거도 가려서 어두워서는

雌雄工竄伏　암컷, 수컷 숨기를 잘도 한다네.

啁啾終夜鳴　슬프게도 밤새도록 울어대면서,

不敢下人家　인가로 내려 옮을 감히 못하네.

鳳凰棲碧雲　봉황이 푸른 구름에 머무는 건,

天上無網羅　하늘에는 그물이 없어서이리.

42. 봄 얼음에 대한 사 春氷詞

江水西南流　강물이 서남쪽으로 흘러가는데,

水動春氷滑　물 흘러서 봄 얼음 미끄러움네.

東風吹殘雪　동풍은 남은 눈에 불어대어서,

鏡面寒氣結　거울 표면 찬 기운 맺혀있는데,

寒亦不生骨　썰렁해도 얼음은 얼지 않았네.

43. 두견화 杜鵑

杜鵑花欲綻　두견화 봉우리가 터지려하니,

勝於已開時　이미 활짝 폈을 때보다도 낫네.

直恐春易歇　　다만 두려운 것은 봄이 쉬이 끝나고
花發又風吹　　꽃 피면 또 바람이 부는거라네.

44. 일출도에 쓰다 題日出圖

天際雲濤萬頃紅　　하늘가 구름 물결, 만이랑 붉디 붉은데,
金鴉飛出石門東　　금까마귀[60] 석문의 동쪽으로 날아가네.
扶桑海動高麗國　　부상 바다 움직이는 고려국에는,
半夜鷄鳴水伯宮　　한밤중에 닭이 우는 해신[61]의 궁전이리.
吳楚平低猶未曉　　평평하게 낮은 오(吳)·초(楚), 아직 새벽 안됐는데,
海山高下欲爭雄　　높낮은 바다·산은 웅장함을 다투려네.
魚龍積氣蒸成霧　　어룡은 기를 쌓아 쪄서 안개 이루고,
堆着琉璃靜不風　　쌓인 유리 고요해서 바람도 아니 부네.

---

60 금까마귀[金鴉] : 금오(金烏)와 같은 말. 태양(太陽)에 산다는 전설상의 까마귀. 전의되어
　　태양을 이르는 말이다.
61 수백(水伯) : 수신(水神). 보통 황하(黃河)의 물귀신을 가리킨다.

45. 귀문관[62]이라는 노래로 이명준 어른이 경주[63] 통판[64]으로 나아가는 것을 전별하며 鬼門關歌, 奉贐李丈命俊通判鏡州

鬼關黝而黑	귀관(鬼關)은 시커멓고도 검으니
壯哉造化力	장엄하도다! 조화옹의 힘이여.
青磴路愈險	푸르른 비탈길이 더욱 험한데,
大地山半坼	대지는 산이 절반쯤 트여 있네.
層崖屹相向	층층벼랑 우뚝하여 서로 향했고,
其下大江流	그 아래엔 큰 강이 흘러가누나.
慘憺風雲合	처량하게 바람·구름 합치어지니,
陰森鬼物幽	어두침침한 귀물이 그윽하구나.
地勢連肅愼	땅의 형세 숙신국[65]과 이어져 있고,
山形入靺鞨	산의 형세 말갈로 들어가 있네.
有時風雨至	때때로 비바람이 불어대는데,
下臨凜毛髮	아래 보니 털들이 곤두서누나.
五馬懸石壁	오마(五馬)가 석벽에 걸리어 있고

---

62 귀문관(鬼門關): 마천령을 넘어 명천을 거쳐 북쪽으로 향하면 귀문관이 있다. "사방 벽이 모두 검고, 바위에는 벌집 같은 구멍이 나 있으며, 너무나 음산해서 이승 같지가 않다"고 한다.

63 경주(鏡州) 경성(鏡城)과 같다. 함경북도 경성군에 있는 읍. 남쪽으로 경성만에 임하여 수륙 교통이 발달하였다.

64 통판(通判): 판관(判官)과 같다. 조선시대에는 종5품 관직으로 중앙 및 지방에 두었다. 조선 후기에 이르러서는 경기·평안도를 제외한 각 도 및 수원(水原)·강화(江華)·광주(廣州)·춘천(春川) 등의 유수영(留守營)과 제주(濟州)·경성(鏡城)·청주(淸州) 등 특정지역에 판관을 두었다.

65 숙신(肅愼): 지금의 만주(滿洲)와 연해주(沿海州) 지방에 살던 퉁구스 겨레에 딸린 민족(民族). 고구려(高句麗) 광개토왕(廣開土王) 때 이들을 완전히 병합(倂合)하였다.

暝渡此江濱　어두울 때 이 강가를 건너가누나.

不惜馬蹄穿　말발굽 뚫리는 것 애석해 말고,

但愛馬上人　다만 말 위 사람만 아끼는누나.

46. 빗속에 손님을 만류하다 雨中留客

客子衣上濕　나그네의 옷 위를 적시더니만,

前溪水平臍　앞 시내 배꼽까지 물 차올랐네.

明朝陌上花　다음날 아침 되면 길 위의 꽃은

多上君馬蹄　그대의 말발굽에 많이 오르리.

47. 나무꾼 아이 樵童

牧童樵爲業　목동이 땔나무로 생업을 삼아

牧牛山南北　치는 소가 산남과 산북에 있네.

伐木載牛背　나무를 베어 소의 등에 싣고서,

行行山日落　가고 갈 제 산의 해가 지고 있었네.

山木剪復生　산 나무는 베어도 다시 자라니,

生長復剪之　다 자라면 다시금 베어 버리네.

剪盡拾榾柮　다 베어서 삭정이 주워서가니,

松栢半無枝　소나무 잣나무 절반쯤 가지가 없네.

上山多蒺藜　산 오를 젠 가시덤불 많이 있더니,

下山多苦雨　하산할 때 빗줄기 몹시 퍼붓네.

樵歌入細逕　나무꾼 노래하며 샛길로 드는데

微月不畏虎　희미한 달밤에 범도 두렵지 않네.

48. 제비를 맞이하는 사 迎燕詞

三月綠陰　삼월 달에는 녹음이 지고,

人家杏花　인가에는 살구꽃 피어 있는데,

凉雨纖纖　부슬부슬 시원한 비가 올 때에,

堂上主人　당 위에는 주인이 있네.

徘徊落日　느긋이 가고 있는 지는 해는

不滿半簾　주렴의 절반에도 차지를 않네.

區區謝燕子　부지런히 하직했던 제비가

春還燕亦來　봄이 오자 다시금 돌아왔도다.

燕莫東　제비야 동쪽으로 날지를 말라.

明月笙歌多少樓臺　밝은 달 뜬 누대에 생가 소리 요란하니,

燕莫西　제비야 서쪽으로 날지를 말라

花落雕樑去年棲　꽃 지는 대들보[66]에서 지난 해 깃들었으니,

燕莫南	제비야 남쪽으로 날지를 말라
日暮碧雲低	해 저물면 푸른 구름 나직하니까.
莫向乞巧樓上坐	걸교[67]하는 누대 위를 향하여 앉지 말고,
莫向王謝堂前飛	왕도(王導)와 사안(謝安)의 당 앞을 향하여 날지 말아라.
年年訪我城北居	해마다 나의 성 북쪽 찾으니,
花影日遲遲	꽃 그림자는 해가 더디고
褭娜春陰重淡蕩	건들건들 봄 그늘이 거듭 화창하네.
春風起可憐深巷	봄바람 불어 아름답고 깊은 골짝과,
微雨茅簷底	부슬비가 나리는 초가집 처마 밑에,
坐說主人	앉아서 이야기를 하는 주인은
恩愛斜陽裡	사양(斜陽) 속에 은혜롭고 사랑스럽네.

49. 들에서 바라보다 野望

芳草連村合	방초가 이어진 마을에 합쳐졌으니
蒼然野望時	들에서 바라볼 때 시퍼렇도다.
曲池含雨淨	굽은 못은 비를 깨끗이 머금고,
高郭出雲遲	높은 성곽은 구름 더디 나오네.
樹木渾齊影	나무는 모두 다 가지런한 그림자요,

---

66 조량(雕樑) : 무늬를 새기거나 그려 넣은 대들보.
67 걸교(乞巧) : 음력 7월 7일의 칠석(七夕)에 부녀자들이 마당에 음식을 차려놓고 직녀성(織女星)에게 바느질과 길쌈 재주가 좋아지게 해주기를 비는 일이다.

鷄豚各自私　　닭과 돼지는 제각기 멋대로 노네.
虛襟受爽氣　　빈 가슴에 시원한 기를 받으며,
把酒更題詩　　술잔 잡고 다시금 시를 쓰노라.

50. 산길 가다 베 짜는 소리 듣고 山行, 聞機杼聲

不見織錦人　　비단 짜는 사람은 볼 수 없는데,
唯聞機杼幽　　베틀 소리만 그윽이 들려오누나.
札札竹間聲　　찰칵찰칵 대 숲에서 나는 소리는
十里猶回頭　　십 리서도 머리를 돌리게 되네.

51. 목만중[68] 어르신이 호읍[69]의 수령으로 나가는 것을 받들어 전별하며 奉矙睦丈萬中出宰湖邑

1)

海山三十六	해산의 서른여섯 개 봉우리엔
崢嶸湧雲濤	구름 같은 파도 높직하도다.
主人題詩罷	주인이 제시(題詩)를 마치자마자,
詩與海山高	시가 해산과 함께 높아졌노라.

2)

古亭有冬柏	옛 정자에 동백이 피어 있는데
其葉日以靑	잎사귀는 날마다 푸르러 갔네.
爲我莫傷根	나를 위해 뿌리를 다치지 말라.
傷根花不生	뿌리가 상하면 꽃 피지 못하리니.

---

68 목만중(睦萬中, 1727~1810) : 본관은 사천(泗川)이다. 자는 유선(幼選) 또는 공겸(公謙)이고, 호는 여와(餘窩)이다. 1759년 문과에 급제, 대사간을 거쳐 판서에 이르렀다. 1801년 신유박해(辛酉迫害) 때 영의정 심환지(沈煥之)와 함께 천주교도에 대한 박해와 학살을 감행했다. 시문(詩文)을 잘 지었다. 채제공(蔡濟恭)의 번리시사(樊里詩社)와 함께 남인(南人)의 대표적인 시사였던 서원시사(西園詩社)를 이끌었다. 저서로는 『餘窩集』이 있다.

69 호읍(湖邑) : 여기서는 비인(庇仁, 충청남도 서천군 비인면)을 가리키는 것으로 보인다. 목만중은 1765년 6월에 비인현감에 임명 되었다.

52. 계합에서 읊은 시를 이응훈에게 부치다 溪閣吟, 寄楡村

危樓高出水聲西	누대는 물소리 나는 서쪽에 높직한데,
簷角閒雲每夜棲	처마 밑 한가론 구름 밤마다 머무르네.
煙渚分飛鷗遠近	안개 낀 물가에 나눠 갈매기 여기저기 날며,
風簾來坐燕高低	바람 부는 주렴에 와서 제비는 높낮게 앉아 있네.
雨過柳色遙當陌	비 지나니 버들 빛이 멀리 거리에 늘어져 있고,
春冷梅花不滿溪	봄 쌀쌀하니 매화는 시내에 만발하지 않았네.
十里明波磨翠黛	십 리길 밝은 파도, 푸른 눈썹 갈아대니,
夕陽帆影與欄齊	석양에 돛배 그림자 난간과 나란하네.

53. 봄에 읊다[70] 春詠

一年春色隔簾多	한 해의 봄빛은 주렴너머 많은데
芳草初生謝朓家	방초는 처음으로 사조[71] 집에 생겼네.[72]
日暖池塘煙水碧	따스한 날 지당(池塘)에 안개 낀 물 푸르고,

---

70 이 시는 『대동시선』에도 실려 있다.
71 사조(謝朓) : 중국 육조(六朝)시대 제(齊)나라의 시인으로 자는 현휘(玄暉)이다. 선성태수 (宣城太守)를 지냈으므로 사선성(謝宣城)이라고도 일컬어진다. 시는 오언체(五言體)에 능 하고 사경(寫景)에 묘하였으며 청신(淸新)한 기풍이 풍부하였다. 사영운의 시풍과 비슷하 나 착상과 표현이 영운보다도 섬세하였다 한다. 그의 시는 당시의 사람들에게서도 칭찬을 받았고, 당나라의 두보(杜甫)와 이백(李白)도 크게 추복(推服)하였다.
72 사령운의 시에 "池塘生春草, 園柳變鳴禽"이라 나온다. 여기에서는 저자가 사령운의 시를 사조의 시로 착각한 것으로 보인다.

滿庭微雨壓楊花　　온 뜰에 가랑비가 버들을 누르누나.

54. 언덕 위 버드나무 陌上柳

春風陌上柳　　봄바람 불어대는 언덕 위 버들에,
來坐無心鳥　　무심한 새 와서는 앉아 있구나.
坐時絲不勝　　앉을 땐 버들가지 못 감당터니,
去後枝嫋嫋　　떠난 후엔 가지가 산들거리네.

55. 해호가 蟹戶歌

前江水平臍　　앞 강 물은 배꼽만큼 차올랐는데,
蟹戶生夜煙　　게막에선 밤안개 피어오르네.
鋤歌帶月歸　　김매는 노래하며 달빛에 오는데,
兒報蟹在田　　아이는 뻘에 게가 있다 알려주네.
土黑漚沫滴　　흙들은 시커먼데 거품이 지고,
曳腹沙有痕　　배를 끄니 모래에 흔적이 났네.
網疎多脫漏　　그물 성글어 많이 빠져 나가니,
呼童拾取勤　　아이 불러 부지런히 줍게 하였네.

歸來供夜炊　　돌아와서 저녁 밥 올리고 보니,

茄子壓蔬根　　가지가 채소의 뿌리 위에 덮어 있네.

昨夜捉里正　　간밤에는 이장(里長)을 잡아가면서

縣吏當門嗔　　고을 관리 문 막고서 화를 내었네.

官廚蟹未登　　관가(官家)의 부엌에 게젓이 못 오르니,

鞭扑又加民　　백성에게 채찍질을 또 때리누나.

吾鄕願無蟹　　내 마을에는 게가 없길 원하며,

白頭抱兒孫　　늙은이가 손자를 안고 있었네.

56. 귀뚜라미 絡緯

候得三秋氣　　가을철의 절후(節侯)를 기다리어서,

啼到五更分　　오경이 갈릴 때까지 울어대누나.

落月當戶織　　지는 해에 문 앞서 베 짜노라니,

風露摠成紋　　바람과 이슬 모두 다 무늬가 되네.

57. 족형 이상훈을 전송하고 인주[73]로 돌아오며 送族兄(商薰)歸仁州

隔水農謳春事多　물 건너 농사 노래 봄 일이 많은데,
萊山盡處是君家　내산(萊山)이 다한 곳이 그대의 집이구나.
寒食東風離別路　한식날 동풍 부는 이별하는 길에서,
斜陽不滿古楊花　지는 해에 옛 버들이 활짝 피지 않았네.

58. 가을 밤 秋夜

燈火依微更漏長　등불은 희미하고 경루[74]는 기다란데,
闌干倚遍月生凉　난간에 두루 기대니 달빛은 서늘했네.
蕭蕭木葉鳴相響　쓸쓸한 나뭇잎 울음소리 울리는데,
樓外西風夜欲霜　누 밖에 서풍 부니 밤에 서리 내리겠네.

59. 울 아래 박에 대한 노래 籬下匏行

七月陰陰苦多雨　7월에 흐려서는 비 잦아 괴로운데,

---

73 인주(仁州) : 충청남도 아산군 인주면 밀두리가 있으며, 경기도 수원시의 다른 이름이기도 하니, 어디라고 단언할 수는 없다.
74 경루(更漏) : 조선 시대에, 밤 동안의 시간을 알리는 데 쓰던 물시계.

疎籬種匏匏葉大	성근 울에 심은 박은 잎새가 커다랗네.
脩蛇屈曲老蛟走	긴 뱀이 구불구불, 늙은 이무기가 닫는 듯,
石根拏攫如青盖	돌 뿌리 움켜쥘 땐 푸른 일산 같았다네.
葉底白白齊作花	잎 아래 희고 희게 가지런히 꽃 폈는데,
籬短蔓長緣上屋	울은 짧고 덩굴 길어 집 위로 타올랐네.
大實枵然懸蔕黃	큰 열매 커다란데 누런 꼭지 달려 있고,
小實纍纍垂頭綠	작은 열매 줄줄이 푸른 머리 드리웠네.
露華旖旎凝不動	이슬꽃 무성하게[75] 엉겨서 그대론데,
朝暉照之生新濕	아침 햇빛 비추자 새로이 젖었도다.
小婢日向屋頭摘	계집종 날마다 지붕에서 박을 딸 제,
秋風嫋嫋吹苦葉	가을바람 산들산들 쓴 잎[76]에 불어대네.
山厨向晚調新羹	저물녘 주방에서 국에 새로 간 맞출 제,
前溪一抹炊煙生	앞 시내선 한줄기의 밥 짓는 연기 나네.

60. 박생이 회양으로 돌아가는 것을 전송하며 送朴生歸淮陽

鞍馬戒昏征	말을 타고 어둔 길을 경계하여서
爲我宿金城	나를 위해 금성에서 유숙하였네.
窮峽多草樹	깊은 골짜기에는 초목 많아서,

---

75 기이(旖旎) : 성한 모양이다. 『楚辭』 「九辯」에 "竊悲夫蕙華之曾敷兮, 紛旖旎乎都房"이라 했다.
76 고엽(苦葉) : 『詩經』 「邶風」 '匏有苦葉'이라 나온다. 곧 "박은 잎이 쓰대匏有苦葉"라는 뜻이다.

微月虎欲行　초승달 뜰 때 범이 다니려 하네.

61. 가을밤에 읊다 秋夜吟

郊虛聲淅瀝　빈 들에는 소리가 우수수한데,
凉意百虫知　시원한 기운을 온갖 벌레 알고 있네.
天逈孤雲薄　하늘 먼데 외로운 구름은 엷고,
林疎片月遲　숲 성그니 조각달 더디 가누나.
風凄螢落砌　쌀쌀한 바람에 반디는 섬돌에 지고,
霜重鵲飜枝　무서리에 까치는 가지서 나네.
夢覺寒砧作　꿈 깨자 찬 다듬이 소리 들리고,
闌干斗柄移　난간에서 보니 북두성 자루 옮겼네.

장승업(張承業), 〈원도(猿圖)〉

62. 원숭이 猿

峽中多怪物　골짜기엔 괴이한 동물이 많아,
掛在靑楓枝　푸른 단풍 가지에 매달려 있네.
啼處巖花落　우는 곳엔 바위에 핀 꽃들이 지고,
眠時山月知　잘 적에는 산에 뜬 달이 알으리.

跳梁緣木巧	뛰어서 나무 타길 재주껏 하니,
隱約見機奇	어렴풋이 기미보길 기이하게 했네.
夜雨瀟湘客	밤 비가 내릴 때에 소상의 객은
三聲怨別離	세 번 우는 소리[77]에 이별 원망하리라.

63. 나귀를 빌려 용호로 출발하다 借驢, 出龍湖

李子適莽蒼	이자(李子)가 교외[78] 향해 떠나가는데,
其驢病而贏	나귀는 병들어서 여위어있네.
不許僮僕驅	아이 종이 모는 것을 허락지 않고.
出門任所之	문 나와 가는대로 맡기어 뒀네.
行行食細草	가고 가며 가는 풀을 뜯어 먹으며,
硉兀過石田	우뚝하게 자갈밭 지나고 있네.
叢薄露濕衣	숲 속에선 이슬이 옷을 적시고,
細蝶飛翩翩	얇은 나비 펄렁펄렁 날아다니네.
山木鳴鳩合	나무에 우는 비둘기 모여 있었고,
荒堭臥牛涼	제방에는 누운 소 쓸쓸도 하네.
煙霞夕翠生	안개와 놀은 저녁 푸름 생기고,

---

77 삼성(三聲) : 제삼성(第三聲)을 이른다. 사람의 마음을 처량하게 하는 원숭이의 울음소리
    를 이르는 말. 삼협(三峽) · 무협(巫峽)에서 원숭이의 울음소리를 세 번 들으면 눈물이 옷
    깃을 적신다는 고사에서 유래하였다.
78 망창(莽蒼) : 근교(近郊)의 빛을 이름. 『莊子』「逍遙遊」에, "適莽蒼者三飡而反"이라 했다.

김명국(金明國), 〈기려도(騎驢圖)〉

烏飛大江長　　새가 나는 큰 강은 길기도 하네.
驢兮行莫遲　　나귀야! 느릿느릿 가지를 말라.
前路己斜陽　　앞 길은 진작부터 저물녘 되가니.

64. 봄의 뜻 春意

太和流一氣　　원기가 하나의 기운으로 흐르니,
羣物受春輝　　모든 사물 봄빛을 받게 되누나.
池暖蜻蜓立　　따뜻한 못 물에는 잠자리 서있고,
野長蝴蝶飛　　긴 들판엔 호랑나비 날아가네.
草芽爭茁柝　　풀 싹은 다투어서 무수히 트고,
花樹弄芳菲　　꽃나무는 좋은 시절 희롱하누나.
晩院苔錢濕　　늦은 정원엔 이끼[79]가 축축하였고,
微雲作小霏　　솜털 구름, 부슬비 되어 내리네.

65. 선비를 시험한다는 말을 듣고 짓다 聞試士有作

羽旗晴拂九重天　　갠 날에 우기(羽旗)[80]가 궁궐에 떨치는데,

79　태전(苔錢) : 동전처럼 둥근 모양의 이끼.
80　우기(羽旗) : 물총새의 깃으로 장식한 깃발.

聖主蔥臺試士年 　상감이 총대(蔥臺)[81]에서 선비 시험하는 해였네.

御座香煙和柳重 　어좌의 향로 연기는 버들과 섞여 무겁고,

掖垣星月共燈懸 　액원[82]의 달과 별은 등불과 함께 매달려있네.

淋漓揮筆三千字 　붓을 흠뻑 적셔서는 삼천 자를 썼으니,

頃刻騎龍二十仙 　삽시간에 용을 탄 스무 명의 신선일세.

遙想笙歌得意處 　멀리서 생각하니 생가(笙歌)가 득의한 곳에,

壯元飛上杏花韉 　장원은 살구꽃 언치[韉]에 날아오르리.

66. 닭이 병아리를 낳다 鷄生雛

雄鷄色赤雌鷄黃 　수탉은 색이 붉고 암탉은 누른데,

五月初旬生九雛 　5월 초순에 병아리 아홉을 낳았도다.

箇箇團圓旋母脚 　(병아리) 하나하나 어울려서 어미 발을 도는데,

毛羽參差各自殊 　털과 깃 들쭉날쭉 제각기 달랐다네.

未過百日能學飛 　백 일도 안됐는데 날개 짓 능히 배워,

朝朝漸高至數尺 　아침마다 높아져서 몇 자에 이르렀네.

日暖沙明古桃畔 　해 따숩고 모래 밝은 옛 복숭아 둑에,

籬下虫蟻細可啄　　울 밑의 벌레들은 작아서 쪼을 만하네.

有時引頸聲不長　　때때로 목 빼지만 소리 길진 못한데,

樹底鼓翼聞拍拍　　나무 밑에 날개 치니 푸드득 소리 나네.

籧中細粒鋪滿地　　바구니 속 낱알들을 땅 가득 뿌리노니,

一時向前羣相呼　　한꺼번에 앞 향하여 서로 무리 부르네.

急喚兒童驅入窠　　새끼 급히 불러서 닭장으로 몰아넣은 건,

上有飛鳶睨平蕪　　하늘 위에 솔개들이 풀밭을 노려서네.

67. 동정호 그림에 쓰다 題洞庭湖圖

洞庭元氣積空淸　　동정호의 원기가 하늘에 푸르게 쌓였는데,

八月東南潮夜生　　8월에 동남쪽서 밤에 조수 생기누나.

동정호(洞庭湖)

曉看汀洲雲濕處　　새벽의 모래톱에 구름 젖은 곳 보니,
波痕直到岳陽城　　파도 흔적 곧바로 악양성에 이르렀네.

68. 채련사 採蓮詞

1)

歡家江南住　　임의 집은 강남에 자리 잡았고,
妾家江北是　　저의 집은 강 북쪽에 있습니다.
相望藕花隔　　서로 바라지만 연꽃에 막혀,
江南似千里　　강남땅이 천 리나 먼 것 같아요.[83]

2)

寄語採花伴　　연꽃 캐는 짝들에게 말 붙이노니,
莫近紅菱磯　　붉은 마름 핀 물가에 가까이 마오.
恐驚水禽起　　물새를 놀라게 해 날게 된다면
濺我白紵衣　　내 흰 모시옷에 물 튈까 두렵소.

---

83 이 시는 『대동시선』에 실려 있다.

3)

何處一艇子　　어디선가 한 명의 뱃사공이
咿啞入花來　　삐걱대며 꽃으로 들어오기에
試上朱樓望　　시험 삼아 붉은 다락 올라와 노니,
明月莫愁迴　　밝은 달 땜에 돌아갈 걱정 없네요.

4)

妾家近江水　　저희 집은 강물의 옆에 있는데,
蓮子碧於玉　　연꽃이 옥보다도 푸르답니다.
芳華欲遠貽　　향기로운 꽃을 멀리 주려고 하니,
所思在西北　　생각하는 사람 서북쪽에 있네요.

5)

樓下春潮急　　누대 아래 봄 조수 급하여서는,
波縠欲生煙　　파문이 연기처럼 생기려네요.
楊子渡頭花　　양자도[84]의 위쪽에 있는 꽃들이
來着繡簾前　　날아와서 수놓은 발의 앞에 붙네요.

84　양자도(楊子渡) : 양자진(楊子津)과 같다. 옛날 양자강에 있는 나루터 이름으로, 지금의 강
　　소성(江蘇省)에 위치해 있다. 역대의 문인들이 많은 시문(詩文)을 남기고 있다.

6)

寶粧開新花	꽃단장은 새 꽃이 핀 것만 같고,
香裙染細草	향그러운 치마는 가는 풀빛 물들었네.
春風度堤郞	봄바람아! 제방 너머 계신 낭군께
言我顔色好	내 얼굴 피었다고 말하여주오.

69. 시골집의 봄노래 田家春詞

少婦炊黃黍	젊은 아낙 기장밥 지어내어서
日午餉東菑	점심에 동쪽 밭에 참을 내가네.
歸時不敢緩	돌아올 시간 늦출 수가 없으니
農家蠶易飢	내 집 누에 배곯기가 쉬워서라네.

70. 시골집의 여름노래 田家夏詞

靑靑雨滿野	푸릇푸릇 들판 가득 비가 내리니
細細稻生畦	야들야들 밭두둑에 벼가 돋누나.
兒孫出平莽	아들 손자, 들판에 나가 놀다가,
飮牛在前溪	앞 시내서 소에게 물을 먹이네.

71. 시골집의 가을노래 田家秋詞

丈夫入官家	젊은 남자, 관청에 들어와서는,
輸糧及淸晨	새벽까지 곡식을 옮겨 나르네.
囊中少許錢	주머니 속에 있는 약간의 돈은,
更防官吏嗔	관리 성냄을 다시 막아야 했네.

72. 시골집의 겨울노래 田家冬詞

老木枝不多	늙은 나무 가지가 많지가 않고,
孤村殘雪白	외딴 마을 남은 눈 희기만 하네.
童子挾竹矢	아이는 대 화살을 끼고 가서는,
行射籬間雀	다니면서 울 사이 참새를 쏘네.

73. 동쪽으로 흐르는 물 東流水

種花流水邊	흐르는 물가에다 꽃을 심는 건,
不如棄道周	큰 길에다 버리는 것만 못하네.
花落盡東去	꽃이 져서 동쪽으로 다 가게 되면,

不復向西流　다시는 서쪽 향해 못 흐르리라.[85]

74. 시냇가 거위 溪鵝

溝水籬前過　도랑물이 울 앞으로 지나가는데,

人家養白鵝　인가에선 흰 거위 기르는구나.

斜陽眠古渚　해질녘엔 옛 물가에서 잠을 자고서,

疎雨聚圓沙　성긴 비에 둥근 모래밭에 모이네.

泥滑矯翎度　진흙 미끄러우면 날개 바로잡아 지나고,

天寒擧足多　날씨 차면 발 들길 자주하였네.

不敎右軍取　왕우군이 갖게 하지 않았으니,[86]

堪與少陵謗　견디어 소릉의 비방에 참여할건가.[87]

---

85 큰 길에 꽃이 버려지면 바람 따라 날리거나, 사람이나 말발굽 따라 이리저리 떠돌 수 있다지만, 동쪽으로 흐르는 물에 떨어지면 한쪽 방향으로 밖에는 흘러갈 수 없으니 답답하다는 의미로 보인다.

86 왕우군으로 …… 않았으니 : 진(晉)나라의 왕희지(王羲之)가 『도덕경(道德經)』을 써주고 도사(道士)로부터 흰 거위를 선사 받은 일이 있었는데, 이 거위는 그런 일을 당하지 않았다는 말이다.

87 7, 8구의 뜻은 두보(杜甫)의 「丹靑引, 贈曹將軍霸」에 "글씨를 처음에는 위부인에게 배웠으나, 다만 왕우군에 불과함이 한스럽구료[學書初學衛夫人, 但恨無過王右軍]이라는 시구를 응용한 말이다.

75. 새해 달력[88] 新年曆

觀臺書雲物	관상대[89]의 서운물[90]은
天上頒新曆	임금께서 신력을 반포하셨네.
新年行不遠	새해가 시작됨이 머지 않으니,
舊曆增愛惜	옛 달력은 아쉬움 더하는구나.

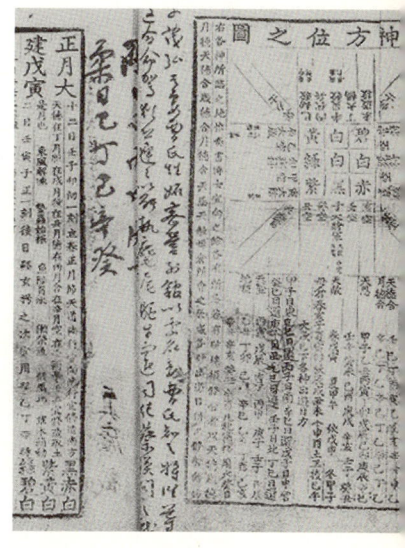

조선의 옛달력(경진년대통력)

---

88 조선시대 관상감(觀象監)에서 책력을 만들어 궁중에 헌납하면 백관에게 나누어 주고, 각 관아의 서리도 동지의 선물로서 책력을 친지들에게 보내던 풍속. 『열양세시기(洌陽歲時記)』에는 "관상감에서 명년(明年)의 책력을 임금에게 진상하면 임금께서 친히 내려 주신다. 상품(上品)은 모두 줄로 동여 장식(粧績)하고, 그 다음은 청장력과 백력(白曆)·월력(月曆)·상력(常曆) 등 각양각색인데, 종이의 품질과 꾸민 모양에 따라 차별을 두었다. 서울 관서의 각 부처에서는 미리 종이를 마련했다가 관상감에 맡겨 인쇄토록 하고, 장관(長官)과 관료(官僚)들에게 차등 있게 나누어주어, 고향 친지와 이웃에게 선물로 보낼 수 있게 했다. 이조(吏曹)의 서리(胥吏)는 고관(高官)의 집을 나누어 담당하는데, 맡은 집으로 한 사람 이상의 이름이 전랑(銓郎)에 속해 있는 집에는 의례 청장력 한 건(件)을 증정한다"라고 하여 동지책력의 반포 경위와 인쇄 종이의 품질과 꾸민 모양에 따라 다양하게 불려지고 있음을 보여주고 있다.

89 관대(觀臺) : 천문 현상을 관측하는 대. 일설에는, 천자(天子)나 제후(諸侯)의 궁문 밖에 있는 쌍궐(雙闕)이라고도 한다. 『左傳』「僖公 5년」에 "公旣視朔, 遂登觀臺以望, 而書, 禮也"라고 했다.

90 서운물(書雲物) : 춘분·추분·하지·동지에 구름의 기색(氣色)을 살펴서 길흉(吉凶)을 점치고 그것을 책(策)에 쓰는 것을 이른다.

76. 당나라 사람의 「망해」[91] 시에서 차운하다 次唐人望海韻

海門深以黑	해문[92]이 깊숙하여 검으니,
漠漠遠人煙	아득하게 밥 짓는 연기 일도다.
欲動高麗國	움직이려는 것은 고려국이고,
微過日本船	잔잔히 지나는 건 일본 배이네.
龍吟迷古窟	용의 울음은 옛 굴이 헷갈리고,
蜃氣積秋天	신기루는 가을 하늘에 쌓여 있네.
博望乘槎後	박망후(博望侯)[93] 장건(張騫)이 뗏목 탄 뒤에,
吾來一萬年	내가 온 건 일 만년 뒤인 듯하네.

77. 삼가 교리 선조의 「무현금」 시에 차운하다(서문과 함께) 敬次校理先祖無絃琴韻(並序)

우리 선조(先祖) 교리공(校理公)[94]께서는 문장으로 나라에 성대하게

---

91 주요(周繇)의 「望海」에 "蒼茫空泛日, 四顧絶人煙. 半浸中華岸, 旁通異域船. 鳥間應有國, 波外恐無天. 欲作乘槎客, 翻愁去隔年"이라 했다.

92 해문(海門) : 바다의 입구. 강이 바다로 들어가는 곳.

93 박망후(博望侯) : 한 무제(漢武帝) 때의 사신(使臣) 장건(張騫)의 봉호이다. 남조(南朝) 양종름(梁宗懍)의 『荊楚歲時記』에 다음과 같은 전설이 실려 있다. "한(漢)나라 장건(張騫)이 황하의 근원을 찾으라는 왕명을 받들고 서역 등으로 갔는데, 뗏목을 타고 한달 쯤 가다가 한 마을에 이르러서, 한 여인이 방안에서 베를 짜는 것을 보았고 한 남자가 소를 이끌고 물가에 와서 물을 먹이는 것을 보았다"라고 했다.

94 교리공(校理公) : 이영서(李永端)를 가리킨다. 『東文選』에 수록된 「無絃琴」에 "도연명이 하나의 거문고가 있었는데, 줄을 매지 않았으니 뜻이 더욱 깊었도다. 참된 취미 어떻게 소리로 얻었으랴? 천기는 모름지기 고요한 속에서 찾아야 하리. 곤어 줄, 쇠 채가 다 부질

이름을 떨쳤다. 서거정(徐居正),[95] 최항(崔恒)[96] 등 여러 공들과 함께 호당(湖堂)에 피선되었다. 세상에서 8문장으로 추대되어서, 중국 사람들 중에서도 입으로 외는 이들이 있었다. 세월이 오래 지나자 집에 간직되었던 것이 흩어지게 되어 남아 있는 향기를 증명할 수 없게 되었다. 내가 우연히 『동문선(東文選)』을 보다가 선조(先祖)의 「무현금(無絃琴)」이라는 시를 얻어 정성스러운 마음으로 본 이후에 슬퍼서 사모하는 마음을 이길 수 없게 되었다. 천하의 소리는 현(絃)이 있는 것보다 더 작은 것이 없고, 현이 없는 것보다 더 큰 것이 없다. 산에는 현이 없어도 나무가 울고, 강에는 현이 없어도 물이 우는 것이다. 장자(莊子)가 이른바 "악출허(樂出虛)"[97]라는 것이니 오직 도잠(陶潛)만이 그것을 터득하였다. 아! 무현금은 음을 아는 사람이 드무니 도연명이 아니라면 내 장차 누구를 따르리오. 삼가 원운에 차운해서 선조께선 남기신 뜻을 적노라.

없는 일. 유수·고산곡도 헛 애만 쓰는거네. 옛 곡조가 속인 귀에 어울리지 않으리니, 기나긴 천 년 간에 그 알아줄 자 없었네[淵明自有一張琴, 不被朱絃思轉深. 眞趣豈能聲上得? 天機須向靜中尋. 鯤絃鐵撥渾閑事, 流水高山謾苦心. 古調未應諧俗耳, 悠悠千載少知音]'라 했다.

[95] 서거정(徐居正, 1420~1488) : 조선 초기 문신이자 학자. 자는 강중(剛中), 호는 사가(四佳) 이다. 학문이 매우 넓어 천문·지리·의약·풍수에까지 통하였으며, 문장에 일가를 이루었고 특히 시(詩)에 능하였다. 그의 학풍과 사상은 이른바 15세기 관학(官學)의 분위기를 대변하는 동시에 정치적으로 훈신(勳臣)의 입장을 반영하였다. 저서로는 『四佳亭集』·『東人詩話』 등이 있다.

[96] 최항(崔恒, 1409~1474) : 조선 초기 때 대신. 학자. 자는 정보(貞父), 호는 태허정(太虛亭), 동량(幢梁), 시호는 문정(文靖). 1434년 알성시(謁聖試)에 장원급제하여 1443년 집현전학사로 정인지(鄭麟趾) 등과 더불어 『訓民正音』을 언해하였고 다시 『龍飛御天歌』를 주해(註解)하였다. 1471년 좌리(佐理)공신의 호를 받고 좌의정이 되어 『세조실록』·『예종실록』을 찬수하고 부원군(府院君)에 진봉되었다. 겸손·근실·과묵했으며 문장에 능하여 당시의 표전(表箋)은 거의 그 손을 거쳤다.

[97] 『莊子』「齊物論」에 "樂出虛, 蒸生菌"이라 나온다.

吾先祖校理公, 以文章鳴國家之盛. 與徐四佳崔太虛諸公, 被選湖堂. 世
推爲八文章, 華人亦有傳誦者. 年代久遠, 家藏散佚, 殘膏賸馥, 無得而徵焉.
余偶閱『東文選』, 得先祖「無絃琴」詩, 敬玩之餘, 不勝愴慕. 夫天下之聲, 莫
小於有絃, 而莫大於無絃. 山無絃而木鳴之, 江無絃而水鳴之. 莊生所謂, 樂
出虛者, 惟陶潛得之. 噫! 無絃之琴, 知音者尠, 微陶潛, 吾將誰從? 敬次原韻,
用述先祖之遺意云爾.

五柳先生有古琴	오류선생에겐 오래된 거문고 있었는데,
滿山松籟白雲深	온 산에 솔바람 불고 흰 구름 짙게 꼈네.
峨洋本自無聲出	아양(峨洋)[98]은 본래 소리 없는 데서 나왔고,
造化渾從不鼓尋	조화는 온전히 북이 없는데서 찾을 수 있네.
仙鶴呌霜難和曲	선학이 서리에 우니 곡을 화답하기 어렵고,
海鷗眠月獨知心	때까치는 달밤에 자니 홀로 그 마음 알 만하네.
繁絃促調今人愛	복잡한 줄과 급한 가락을 요즘 사람 좋아하니,
歲暮寥寥孰賞音	쓸쓸한 세모에 뉘와 소리 감상하리오.

---

98 아양(峨洋) : 백아는 거문고를 잘 탔으며 종자기는 그 소리를 잘 들었다. 백아가 거문고를
탈 때 뜻을 높은 산 오르는 데 두면 종자기가 말하기를 "좋도다. 아아(峨峨)함이 태산과 같
구나!" 했고, 뜻을 흐르는 물에 두면 종자기가 말하기를 "좋도다. 양양(洋洋)하기가 강하(江
河)와 같구나!"라고 하여 백아가 생각한 것을 종자기가 반드시 알아냈다는 고사에서 아양
곡(峨洋曲)이란 말이 나왔다.

78. 진연[99]에 대한 노래 進宴詞

皇極聖人膺五福	황극[100]의 성군(聖君)께서 오복에 응하시어,
雲端穆穆垂山龍	구름 끝에 엄숙하게 산룡[101]이 드리웠네.
上天繽紛送嘉瑞	하느님이 성대하게 좋은 상서 보내니,
風和雨調頻年豊	비바람 조화로워 풍년이 자주 드네.
堯齡海屋添寶籌	요령(堯齡)[102]은 바닷집에 산가지 더하였고,[103]
周寢翼日受神祐	주침(周寢)[104]은 다음날에 신의 도움 받았네.
歲維丙戌八月初	병술년[105] 팔월 달 초에,
大臣趨班有所奏	대신들 나아감은[106] 아뢸 바 있어서네.
是年是月有符合	이 해의 이 달에 부절이 합해짐이 있으니
先朝盛禮今宜述	선조의 성대한 예식을 이젠 써야 하리.
謙謙聖德尙勉循	겸손한 성군의 덕, 오히려 힘써 따라서,
百司聞命委蛇出	백관들이 명령 듣고 느긋하게 나왔네.

---

99 1766년 8월 27일에 행해진 진연(進宴)은 영조(英祖)의 사위(嗣位) 41년과 수 73세를 기리기
위한 것이었다. 이때 진연(進宴)의 전말을 기록한 책으로는 『繼述受宴錄』이 남아 있다.

100 황극(皇極) : 여기서는 황제나 황실을 이르는 말이다.

101 산룡(山龍) : 곤복(袞服)이나 깃발에 수놓은 산과 용의 도안. 또는 그렇게 만든 곤복.

102 요령(堯齡) : 요임금 같은 장수를 말한다. 요(堯) 임금이 재위 98년, 향년 1백 16세였다는 전
설에서, 제왕의 장수를 축원하는 말로 쓰인다.

103 해옥주첨(海屋籌添) : 축수(祝壽)하는 말. 선인(仙人)이 바다가 뽕밭으로 변할 때마다 산가
지를 하나씩 놓았는데, 그 산가지가 열 칸의 집에 가득 찼다는 말에서 유래하였다. 송(宋)
나라 소식(蘇軾)의 『東坡志林』「三老語」에 "嘗有三老人相遇, 或問之年 …… 一人曰: '海
水變桑田時, 吾輒下一籌, 爾來吾籌已滿十間屋'"이라 했다.

104 주침(周寢) : 주 문왕(周文王)이 세자로 있을 때에 하루에 세 차례씩 왕계(王季)에게 문안
을 올렸다는 문안시선(問安視膳)이란 고사를 가리키는 것으로 보인다. 『禮記』「文王世子」에
"文王之爲世子, 朝於王季日三"이라 나온다.

105 병술년(丙戌年, 1766년)은 이좌훈의 나이 14살 때였다.

106 추반(趨班) : 조회할 때 신하들이 종종걸음으로 자기의 반열에 나아감. 또는 경사(京師)에
서 관리가 됨을 이르는 말.

靑臺不用簡元辰　청대(靑臺)[107]에선 길일을 가리지 않고,[108]

二十七日依前軌　27일에 예전에 했던 의궤[儀軌]대로 실시했네.[109]

司饔太官具豊膳　사옹[110]의 태관은 음식 잘 갖추었고,

敎坊阿監選舞妓　교방의 아감(阿監)[111]은 춤추는 기생을 선발했네.

戶部尙書作補階　임시로 호부상서 앉을 자리[112] 만들어,

崇政殿前雲幰起　숭정전[113] 앞에다가 천막을 치었도다.

千門玉漏催曉籌　궁궐의 시계들이 새벽 시간[114] 재촉할 때,

輝輝瑞旭生於東　눈부시게 상서로운 햇볕이 동쪽에서 생기는데.

寶仗旟旎太液池　보배로운 의장[115]이 펄럭이는 태액지[116]와,

香煙裊娜西淸宮　향기로운 연기가 나부끼는 서청궁[117]일세.

一聲淸蹕九天來　하나의 벽제소리[118] 구천(九天)[119]에서 나오니

珠琉不動紅雲中　주류(珠琉)[120]가 붉은 구름[121] 속에서 안 움직이네,

---

107 청대(靑臺) : 여기서는 푸른색으로 단장한 누대. 화려함을 형용한다.

108 길일을 뽑아서 날짜를 정한 것이 아니라, 관례대로 정했다는 말이다.

109 원문에는 범(軓)으로 나왔으나, 궤(軌)의 오자이다.

110 사옹(司饔) : 조선 시대 대궐(大闕) 안에서 쓸 음식(飮食)을 관장(管掌)하던 사옹원(司饔院)
이라는 부서(部署)이다.

111 교방(敎坊)의 아감(阿監) : 여기서는 조선왕조 때 장악원(掌樂院)의 내시(內侍)를 가리킨다.

112 보계(補階) : 잔치 같은 큰일을 치를 때에 마루를 넓게 쓰려고 마루 앞에 잇대서 임시(臨時)
로 설치한 앉을 자리.

113 숭정전(崇政殿) : 경희궁(慶熙宮) 안에 있던 조선(朝鮮) 시대의 정전(正殿). 이곳에서 임금
의 즉위식(卽位式)과 연회(宴會)도 열렸다.

114 효주(曉籌) : 새벽을 알리는 산가지[更籌]. 곧 새벽 시간.

115 보장(寶仗) : 임금의 의장(儀仗)을 총칭하는 말.

116 태액지(太液池) : 중국에서 만들어졌던 옛 못 이름. 한나라 · 당나라 · 청나라 때 각기 만들
어졌으며, 청의 태액지는 지금의 북경 북해(北海)와 중남해(中南海)에 해당됨.

117 서청(西淸) : 청(淸)나라 때 궁정 안에 있는 하나의 방으로서, 한림학사가 출근하던 곳이다.

118 청필(淸蹕) : 제왕이 거둥할 때 잡인의 통행을 막고 길을 치우던 일.

119 구천(九天) : 여기서는 하늘의 가장 높은 곳이라는 말로서 임금의 행차(行次)를 가리킨다.

120 주류(珠琉) : 주류(珠旒)와 같은 뜻으로 쓴 것일 것이다. 면류관(冕旒冠)의 앞 뒤에 드리운
구슬을 꿰어 만든 술이다.

鴻臚抗聲引朝儀　홍려(鴻臚)[122]가 큰소리로 조의(朝儀)를 이끌으니,

千官劍佩東西分　관원들의 찬 칼과 패옥이 동서[123]로 갈리었네.

文孫侍坐儼德容　문손[124]이 모시고 앉으니 덕스런 모습[125] 의젓하고,

萬年宮酌春氳氳　만 년을 축수하는 궁중 술은 봄기운 짙네.

一爵先歌金尺詞　한 잔 따라 맨 먼저 금척사[126]를 부르고,

二爵齊獻南山壽　두 잔 따라 일제히 남산수[127]를 드렸네.

膳宰取次羞八珍　선재[128]가 차례대로 팔진미[129] 올리니,

熊掌馳背羅左右　곰발바닥, 낙타 등이 좌우에 펼쳐졌네.

禮賓更頒侍臣花　빈객을 예우하여[130] 다시 잠화[131] 나눠주니,

雕紅剪碧明煌煌　알록달록 새긴 것이 환하게 밝도다.

中書袍暎瑤桃葉　중서성(中書省)의 도포는 요도(瑤桃) 잎 비추고,

---

121 붉은 구름(紅雲) : 신선(神仙)이 사는 곳에 감도는 구름을 가리킴. 여기서는 임금이 계신 곳이라는 뜻으로 쓴 것이다.

122 홍려(鴻臚) : 통례원(通禮院)을 가리킨다. 조선 시대에 조회(朝會)와 제사(祭祀)에 관한 의식(儀式)을 맡은 관아(官衙)였다.

123 동서(東西) : 동반(東班)과 서반(西班)이라는 말이다.

124 문손(文孫) : 주(周)나라 문왕(文王)의 손자. 후에 다른 사람의 손자에 대한 미칭(美稱)으로 쓰인다.

125 덕용(德容) : 도덕이 있는 사람의 모습. 남에 대한 존칭으로 쓰는 말이다.

126 금척사(金尺詞) : 궁중의 연회 때 금척무(金尺舞)에 맞추어 부르는 노래의 가사.

127 남산수(南山壽) : 남산이 붕괴되지 아니함과 같이, 이룩한 기업(基業)이 장구하면서도 견고하게 되는 일. 전의되어, 남의 장수(長壽)를 송축하는 말로 쓴다. 『詩經』「小雅」 '天保'에 "如南山之壽, 不騫不崩"이라 했다.

128 선재(膳宰) : 음식을 주관하는 관원.

129 팔진(八珍) : 중국에서 식탁에 성대하게 갖추는 8가지 진미. 곧 순모(淳母)·순오(淳熬)·포장(炮牂)·포돈(炮豚)·도진(擣珍)·오(熬)·지(漬)·간료(肝膋) 또는 용간(龍肝)·봉수(鳳髓)·토태(兎胎)·이미(鯉尾)·악적(鶚炙)·웅장(熊掌)·성순(猩脣)·표제(豹蹄) 등을 가리킨다.

130 예빈(禮賓) : 빈객(賓客)을 예법(禮法)에 맞게 대우함. 여기서는 예법에 맞게 대우하는 빈객이란 뜻이다.

131 잠화(簪花) : 축하연 때 남자 머리에 꽂는 조화(造花).

〈수원릉행8곡병(水原陵幸八曲屛)〉 중 〈진연반차도 (進宴班次圖)〉

學士鬘帶瓊林香	학사의 머리털은 경림(瓊林)[132] 향기 띠었네.
樂官恭趨奏雅聲	악관(樂官)들 공손히 와 아악(雅樂) 소리 연주하니,
均天法譜鳴鏗鏘	균천이란 법보가 쟁그랑 울려댔네.
間以笙鏞和且平	간간히 생황과 큰 종으로 화평하게 연주하니,
禁苑鳥獸來蹌蹌	금원에 조수 와서 너울너울 춤을 추네.[133]

---

132 경림(瓊林) : 여기서는 경림연(瓊林宴)을 가리킨다. 새로 진사시(進士試)에 합격한 선비들
　　에게 제왕(帝王)이 베풀어주는 연회(宴會)였다.
133 창창(蹌蹌) : 새나 짐승이 덩실덩실 춤을 추는 모양. 『書經』「益稷」에 "笙鏞以間, 鳥獸蹌蹌"
　　이라 했다.

五雙舞童分隊進　　다섯 쌍의 무동들이 대열 나눠 나오니,

六幅綃裳繡行纏　　여섯 폭의 비단치마에 수놓은 행전이네.

聽曲高低時擧袖　　곡 듣자 높고 낮게 때때로 소매 들어,

應節回旋更齊肩　　박자 맞춰 돌면서 다시 어깨 나란히 했네.

雙拜丹階作善睞　　쌍쌍이 단계(丹階)에서 절하고 눈짓[134]하여,

稍稍却步花陰穿　　차츰 차츰 물러나서 꽃그늘 뚫고 가네.

羽奏瀏亮倏變聲　　우주(羽奏)[135]는 맑았다가 소리가 싹 변하자,

殿上更進新羅舞　　전상(殿上)에선 다시금 신라무 올리누나.

海龍怳惚神鬼聚　　해용이 황홀하여 귀신들이 모이니,

高冠詭服形俣俣　　고관과 괴이한 옷은 모습이 훤칠하네.[136]

頎然軆製象五方　　헌걸찬 체제는 오방[137]을 상징했고,

廣庭軒昂遶樹羽　　너른 뜰엔 기개 높은 수우(樹羽)[138] 둘려 있네.

風飜錦幕生煙波　　바람이 비단 장막 펄럭이니 연파 끼고,

日轉琬筵澹霞觴　　해 옮길 제 완연(琬筵)[139]에는 좋은 술 맑았네.

尙有宸心戒太康　　오히려 태강[140]을 경계하는 상감 마음[141] 있어서,

風雲一堂頒天章　　군신 모인 한 당에서 천장[142]을 반포하네.

---

134 선래(善睞) : 아름다운 눈짓을 가리킨다. 조식(曹植)의 「洛神賦」에 "明眸善睞, 靨輔承權"이
　　라 했다.

135 우주(羽奏) : 우조(羽調). 우(羽)가 기준이 되는 음계. 우(羽)가 기준이 되는 음계. 감정을
　　격동시키는데 적합한 곡조이다.

136 우우(俣俣) : 훤칠한 모양. 『詩經』「邶風」 '簡兮'에 "碩人俣俣, 公庭萬舞"라 했다.

137 오방(五方) : 동(東)・서(西)・남(南)・북(北)의 사방(四方)에 중앙(中央)을 합친 방위(方
　　位)를 이른다.

138 수우(樹羽) : 옛날의 의장대(儀仗隊) 등에서 모자 위에 깃털을 꽂는 장식을 이른다.

139 완연(琬筵) : 아름답게 모인 자리를 이른다.

140 태강(太康) : 태평하고 평안함.

141 신심(宸心) : 제왕(帝王)의 마음을 가리킨다.

142 천장(天章) : 제왕(帝王)의 시문(詩文)을 가리킨다.

行到五爵禮始成   오작이 당도하면 예가 비로소 완성되어,

湛露歌長樂未央   담로[143] 노래 길게 나니 즐거움 끝이 없네.

黃門侍郞挾寶輦   내시들이 상감의 보연(寶輦)을 옹위하고,

向晚君王入大內   저물녘에 군왕께서 침소로 드시누나.

仙樂逶迤滿碧空   선악(仙樂)이 구성지게 허공에 가득하더니,

三十六宮天香藹   많은 궁전[144] 좋은 향기[145] 자욱했네.

洪恩八域沾耆民   큰 은혜가 팔역의 기민(耆民)[146]들 적셔주시니,

太平萬歲祝聖筭   태평만세에 성산(聖筭)[147]을 축원하네.

羣臣宴罷乘赭白   군신들 잔치 끝나자 자백(赭白)[148]을 타니,

靑煙紫陌簪花亂   청연 낀 도성 길엔[149] 잠화[150]가 어지럽네.

79. 그림에 쓰다 題畵

村踈紅葉岸   마을의 붉은 잎이 성긴 기슭인데,

帆過白雲湖   돛단배가 흰 구름 낀 호수 지나네.

悠然千里意   한적하게 천 리 길을 가려는 뜻은

---

143 담로(湛露) : 『詩經』「小雅」의 편명. 임금의 은택(恩澤)을 비유한다.
144 삼십육궁(三十六宮) : 한(漢)나라 때 궁전(宮殿)이 36개소였던 데에서 많은 궁전을 일컫는 말이다.
145 천향(天香) : 궁중(宮中)에서 사용하는 최고급의 향(香).
146 기민(耆民) : 나이가 많고 덕이 높은 평민.
147 성산(聖筭) : 제왕(帝王)의 수명(壽命)을 높이어 일컫는 말이다.
148 자백(赭白) : 자백마(赭白馬)를 가리킨다. 붉은 털과 흰 털이 섞인 준마(駿馬).
149 자맥(紫陌) : 도성(都城)이나 교외(郊外)의 길을 일컫는다.
150 잠화(簪花) : 예전에 경사로운 모임에서 남자의 머리에 꽂던 조화(造花).

已着瀟湘途　　　진작에 소상 길에 도착했노라.

80. 아이가 뽕나무를 베다[151] 僮伐桑

僮伐小園桑　　아이가 작은 동산 뽕나무 베는데,

雪積僮手寒　　눈이 쌓여 아이 손 차가우리라.

一伐桑根動　　한 번 찍자 뿌리가 움찔거리고,

再伐桑枝殘　　두 번 찍자 가지가 손상이 가네.

小婢呢喃罵　　계집종이 악쓰며 꾸짖는 것은

明年養蠶難　　내년에 누에치기 어려워서네.

81. 외척(外戚)인 교남 최주진에게 주다 贈嶠南崔戚(周鎭)

春雨楊花繫客舟　　봄비 내린 양화진[152]에 나그네 배 맸으니,

知君家近暎湖樓　　그대의 집 영호루[153]에 가까움 알겠도다.

---

151 이 시는『조야시선』에도 실려 있다.

152 양화진(楊花津) : 서울 마포구 합정동 한강 북안(北岸)에 있던 나루. 양화도(楊花渡)라고도
하였다. 조선시대에 한양(漢陽)에서 강화(江華)로 가는 주요 간선도로상에 있던 교통의 요
지였을 뿐만 아니라, 한강의 조운(漕運)을 통하여 삼남(三南) 지방에서 올라온 세곡(稅穀)
을 저장하였다가 재분배하는 곳이었다. 또 한양의 천연방어선을 이루는 요지였으므로 진
대(鎭臺)를 설치하였다.

153 영호루(暎湖樓) : 고려 시대 경상남도 함안(咸安)에 있었던 누각(樓閣) 이름. 남도의 절경
으로 알려져 있다.

魚龍積氣東南海	어룡이 쌓인 기는 동남쪽 바다이고,
橘柚斜陽七十州	굴과 유자에 지는 해는 칠십 주이네.
百世家聲傳道學	백세토록 집안 명성은 도학으로 전하고,
一年春事自農謳	일 년의 봄 일은 농가(農歌)로부터 하네.
秖應鄒魯遺風在	다만 응당 추로[154]의 유풍이 남았기에
我欲從之嶺外游	나는 그걸 따라서 영남(嶺南)에서 노니노라.

82. 세모 歲暮

歲暮多北風	세모에는 북풍이 매우 잦은데,
今夜大雪寒	오늘 밤은 대설(大雪)[155]의 추위로구나.
黃雀不能飛	자그마한 참새는 날 수가 없어,
聚我茅簷端	우리 집 처마 끝에 모여 있노라.
村童太佻巧	촌아이는 영리하게 꾀가 많아서,
執翳網羅設	일산으로 새 그물을 설치했도다.
籬罅作隄防	울 틈으로 제방을 만들어놓고,
屋角鋪細密	지붕의 모서리에 촘촘히 폈네.
翾翾冒暗飛	어둠을 무릅쓰고 퍼덕거리니,

---

154 추로(鄒魯) : 공자(孔子)는 노(魯)나라의 사람이고, 맹자(孟子)는 추(鄒)나라의 사람이라는
뜻으로, 공맹(孔孟)을 가리켜 이르는 말이며, 전의(轉意)되어 공맹학(孔孟學)을 숭상하는
지역(地域)의 아칭(雅稱)이기도 하다.
155 대설(大雪) : 24절기(節氣)의 하나. 양력 12월 7일 전후에 든다.

橫胃勢莫脫	억울하게 그물 걸려 못 빠져 나오네.
啁啾倒垂啼	짹짹대며 거꾸로 매달려 우니,
苦凍羽翼折	심한 추위에 날개깃이 꺾였네.
吾叱急解紛	내가 꾸짖으며 급히 얽힌 것 풀어주니,
棄棄勿復說	버려 두고 다시는 말하지 말라.
羽族亦知寒	날짐승들도 또한 추위를 아니,
休息乃在玆	휴식함에 여기에 자리 잡았네.
從而利其肉	따라서 그 고기를 이롭게 여김을
君子不爲之	군자는 그런 일을 하지 않노라.

83. 눈 속에 종형인 이응훈(李應薰)이 찾아오다 雪中, 楡村從兄見過

巷僻苦寒多	골목이 후미져서 몹시 추운데,
凍雪埋古木	얼어붙은 눈들이 고목 덮었네.
寢衣薄如鐵	잠옷이 얇아서는 쇠 같이 차며,
擁爐生芒粟	화로 안고 있어도 소름 돋누나.
柴扉聞剝啄	사립문 두드리는 소리 들리니,
知是楡村兄	유촌의 형님인 줄 알 수 있었네.
令我忽忘寒	나에게 추위를 싹 가시게 하니,
起坐且復驚	맞이해 앉아서는 다시 놀라네.
君來不足驚	형님 온 건 놀랄 일 아니라지만,

感此雪中至　이런 눈에 와 준 것 시큰하구나.

促膝話懷抱　바짝 앉아 회포를 이야기하니,

款款歲暮意　은근한 세모의 뜻 담겨 있었네.

山廚急烹茗　부엌에서 헐레벌떡 차를 다려서

土銼細斟杯　주전자로 가만히 잔에 따르네.

隔溪兩三友　시내 너머 두세 명 벗이 있지만

天寒却不來　날씨가 추워지자 오지 않누나.

84. 「여산폭포도」에 쓰는데 육섬의 시에 차운하다 題廬山瀑布圖, 仍次陸蟾韻

匡廬萬丈瀑　광려[156]의 만 길이나 되는 폭포가

飛下忽無端　갑자기 날라 오길 끝도 없도다.

風雨蒼茫入　비바람이 아득히 들이쳐대니,

蛟龍偃臥難　교룡이 누워있기 어렵겠구나.

勢吹雲壁倒　물살은 바람 불어 구름 낀 벽을 무너뜨리고,

聲撼洞門寒　소리는 동문을 흔들어서 차갑게 하네.

造化乃如此　조화옹이 곧바로 이와 같은 걸,

吾從畵裏看　내가 그림 속에서 보게 되었네.

---

156 광려(匡廬) : 여산(廬山)의 별칭. 은(殷)나라 말기에 광속(匡俗)이라는 사람의 형제 7명이 은거한 곳이라 하여 붙여진 이름이다.

정선(鄭敾), 〈여산폭포도(廬山瀑布圖)〉

85. 장안에 내리는 눈 長安雪

長安城裏雪埋屋	장안성 안에는 눈이 지붕 덮었고,
長安城上風拔木	장안성 위에는 바람에 나무 뽑혔네.
山谷暟暟積寒氣	산 계곡은 희디 흰데 추운 기운 쌓였고,
滕六憑凌裂坤軸	눈의 신[157]이 업신여겨 지축(地軸)을 찢어놨네.
蓬萊海水欲生骨	봉래도(蓬萊島)의 바닷물은 얼음 얼려 하는데,
踆烏凍僵扶桑柝	삼족오(三足烏)가 얼어 죽어 부상[158]에 터져 있네.
秦妃粧罷剪素裙	진나라 왕비[159] 단장 마치고 흰 치마를 털고서
縈回夕降清而丰	빙빙 돌다 저녁에 내리니 맑고도 어여뻤네.
崑丘破碎千丈玉	곤륜산서 천 길 되는 옥 덩어리 부수노니,
氷龍倒飛鱗墜空	얼음 용 거꾸로 날자, 공중에서 비늘지네.
是時歌樓下錦帷	이때에 가루(歌樓)에서 비단 휘장 내리니,
花麝吐香金猊紅	사향노루 향기 뿜고 금 사자[160]는 붉었네.
雙蛾細掃黛如春	두 눈썹 가늘게 쓰니 눈썹 먹은 봄과 같고,[161]
艶曲未了紗牕煙	염곡(艶曲)을 마치기 전 비단 창에 안개 꼈네.
鏡盒暖着青毛鳳	경대에 따뜻한 건 푸른 털의 봉황이고,
氍毹淺斟紅潮妍	털방석[氍毹]에 술 마시니[162] 홍조가 곱다랗네.

---

157 등륙(滕六) : 전설상의 설신(雪神) 이름으로서 눈을 이르는 말이다.
158 부상(扶桑) : 동쪽 바다의 해가 뜨는 곳을 가리킨다.
159 진비(秦妃) : 진목공(秦穆公)의 딸 농옥(弄玉)을 가리킨다.
160 금예(金猊) : 덮개를 산예(狻猊 : 獅子) 모양으로 만든 향로.
161 춘대(春黛) : 여자의 눈썹을 형용하는 말이다. 남조 양(南朝梁) 오균(吳均)의 「楚妃曲」에
"春妝約春黛, 如月復如蛾"라 나온다.
162 천짐(淺斟) : 저창천짐(低唱淺斟)이라는 고사가 있다. 나지막하게 부르는 노래를 들으며
느긋하게 술을 마심. 곧 편안히 즐기며 자적(自適)하는 심경을 이르는 말이다.

晚浴蘭湯不知寒　　저물녘의 난탕 목욕에 추위를 몰랐는데,

撩亂梨花撲簾前　　어지러운 배꽃이 주렴 앞에 치는구나.

86. 누원[163]을 나서다[164] 出樓院

馬嘶遊子出　　말이 울자 유자가 길을 나서니,

平野自多聞　　평야에서 스스로 듣는 게 많네.

鳥獸寒皆伏　　새와 짐승 추워서 다 엎드렸고,

松杉翳不分　　나무가 우거져서 분간 안 되네.

楊州秋欲雪　　양주는 가을인데 눈 오려 하고,

華嶽暮生雲　　삼각산엔 저녁에 구름이 끼네.

小店臨溪在　　작은 점포 시내를 굽어보는데,

柴扉對夕曛　　사립문서 석양빛 마주하였네.

---

163 누원(樓院) : 흥인문(興仁門)을 지나 보제원을 거쳐 수유리(水踰里)를 지나 한참 가면 누원
(樓院)에 이르게 된다. 기록에 의하면 누원·누원점(樓院店) 또는 누원점막(樓院店幕)이
라고 불리운 이곳은 조선 후기에 독특한 상권(商圈)을 이루면서 번성하였다. 누원점은 한
성부의 권한이 미치지 않는 양주(楊州)땅에 위치하고 있었으므로 금난전(禁亂廛)의 권외
(圈外)에 있어서 상행위(商行爲)에 제약을 받지 않고 있었다.
164 이 시는 『대동시선』에도 실려 있다.

87. 포천에서 새벽에 떠나다 抱川曉行

浮雲日夜去　　뜬 구름 밤낮으로 흘러 가는데,

遊子冒闇征　　유자는 어두운 밤에도 가노라.

平原轉莽蒼　　평원이 아득한 들판으로 바뀌자,

草根虫聲生　　풀뿌리에 벌레소리 흘러나오네.

千峰鬱不開　　천 봉우리 울창해서 안 열리는데,

衆星高愈明　　뭇 별들 높직하여 더욱 밝구나.

亂樹如鬼物　　어지러운 나무는 귀물 같은데,

天寒虎豹橫　　날씨 차자 범과 표범이 가로눕네.

小奴氷結鬚　　작은 종은 얼음이 수염에 맺히고

倦馬踏蕾騰　　게으른 말 어리바리 발을 디디네.

落月在樓院　　지는 달은 누원에 떠서 있는데,

遠雞猶不興　　먼 닭은 오히려 일어나지 않았네.

行到十餘里　　걸어가서 십 여리에 이르노라니,

朝日光如蒸　　아침 햇빛 쩌 대는 것만 같구나.

88. 새벽 주막 曉店

殘月微霜古板橋　　지는 달에 첫서리 내리는 옛 판교에

主人茅屋倚山腰　　주인의 초가집이 산 중턱에 자리했네.

籬横小圃匏花靜　　남새밭 울타리엔 박꽃이 조용하고,

筧引流泉水勢遙　　대 홈통은 먼 데서 샘물을 끌어댔네.

弓裔峯巒來漠漠　　궁예라는 산봉우린 아득한 데서 왔고,

抱川雞犬動蕭蕭　　포천의 닭과 개는 쓸쓸히 움직이네.

如今始信仙源在　　지금에야 비로소 선원 있음 믿겠으니,

一洞儵然隔世囂　　한 동네 조용하여 세상 소리 막혀있네.

89. 백거이[165]의 「앵무」라는 시에 차운하다 次白香山鸚鵡詩

千里隴山夢　　천 리 길서 농산(隴山)의 꿈을 꿨는데,

秋霜使爾驚　　가을 서리 내려서 널 놀래키네.

翠衿憐短薄　　푸른 깃털[166] 짧고 얇은 것이 가엾고,

紅嘴覺分明　　붉은 부리 뚜렷함을 느끼게 되네.

繡箔颼朝影　　수놓은 발에는 아침 그림자 나부끼고,

金籠聞夜聲　　밤에는 금속 새장[鳥籠]에서 새소리 나네.

衆禽無意緒　　뭇 새들은 아무런 생각 없는데,

啁哳遠林鳴　　조잘대며 숲 둘러 울고 있도다.

---

165 백거이(白居易, 772~846) : 자는 낙천(樂天)이고 호는 향산(香山)이다. 또 다른 호는 취음 선생(醉吟先生). 중국 산서성(山西省)에서 태어났다. 시재(詩才)가 뛰어나 이백, 두보, 한 유와 더불어 이두한백(李杜韓白)으로 일컬어졌다. 현재 3,800여 수의 시문이 전한다.

166 취금(翠衿) : 앵무새 가슴의 비췻빛 깃털. 또는 앵무새를 이르는 말이다.

유숙(劉淑), 〈호취응토도(豪鷲凝兎圖)〉

90. 독수리 鷹

天際孤鷹白雪毛	하늘에 외딴 매 흰 눈 같은 털인데,
海山秋色勢爭高	해산의 가을 빛에 높은데 다투네.
離披錦雉隨條落	어지럽게 장끼가 끈을 따라 떨어지니,
繡架前頭朔氣豪	수놓은 시렁 앞에서 기개가 호방하네.

91. 강 위의 오래된 절 江上古寺

薄暮疎鍾度遠林	저물녘 종소리가 먼 숲에서 간혹 날제,
寒山寂寂老僧心	겨울산 적적하니 노승의 맘이로다.
水流鳥語無人到	물소리, 새소리에 오는 사람 없는데,
明月梨花一院深	환한 달에 배꽃은 담 안에 무성하네.

92. 정재원(丁載遠)[167] 어른이 연천의 임지로 가시는 데에 삼가 드리다[168] 奉贐丁丈(載遠)之任漣川

畿甸三十州	경기지역에 있는 서른 주 중에
莽蒼有漣川	교외에[169] 연천(漣川)이란 곳이 있도다.
漣川劇蕭條	연천은 너무나도 쓸쓸하여서,
十室靑山前	작은 마을이 푸른 산 앞에 있네.
橡栗民多貧	백성은 가난해 도토리, 밤을 먹고,
綱紀吏不知	지켜야 할 기강을 아전들 모르네.
況復風土惡	하물며 또 풍토가 좋지 않아서,
病者多尪羸	병든 사람들 많이 야위어 있네.
君今去爲宰	당신께선 지금 가면 수령 되리니,
戚戚意何如	걱정되는 마음이 어떠 하리오?
驛路候晨星	역로에서 새벽 별 기다렸다가,
僕夫將驅車	구종은 장차 수레 몰려고 하리.
吾聞古君子	제가 듣는 말로는 옛날 군자는,
不以夷險移	평탄과 험란한 곳에 안 옮긴다네.

---

168 이때는 1767년으로 당시 이좌훈의 나이 15세였다.
169 망창(莽蒼) : 근교(近郊)의 빛을 이름. 『장자』 「소요유」에, "適莽蒼者三飡而反"이라 나온다.
170 미수(眉叟) : 허목(許穆, 1595~1682)의 호. 조선시대의 문신으로 자는 문보(文甫)이다. 사상적으로 이황(李滉)·정구(鄭逑)의 학통을 이어받아 이익(李瀷)에게 연결시킴으로써 기호 남인의 선구이며 남인 실학파의 기반이 되었다. 사서(四書)나 주희(朱熹)의 저술보다는 시·서·역·춘추·예의 오경(五經) 속에 담겨 있는 원시 유학의 세계에 깊은 관심을 보였다. 특히 전서(篆書)에 독보적 경지를 이루었다. 저서로는 『東事』, 『眉叟記言』이 있다.
171 허미수의 옛 집 : 경기 연천군 왕징면 강서리에 있다.

歲暮霜雪繁	세모에 눈서리가 쏟아 지지만,
去矣莫遲遲	갈지어다! 더디게 하지는 말고,
莫謂縣境小	맡은 고을 작다고 말하지 말며,
莫歎官居卑	관사(官舍)가 변변찮다 탄식을 말고.
努力布陽春	봄날같은 은택 폄에 노력을 하면
有民亦可治	백성들도 다스릴 만 할 것이리라.
井閭雞犬喧	마을에 닭과 개가 시끄러울고,
原野桑柘綠	원야에는 뽕나무 초록빛이네.
眉翁故宅在	허미수[170]의 옛 집이 남아 있으니[171]
爲我訪遺躅	저를 위해 남긴 자취 찾아봐 주오.
興學培儒風	학문을 흥기하여 유풍 늘리고,
講禮救民俗	예(禮)를 강론하여 민속(民俗) 구제해야 하리.
吾將側吾耳	나는 장차 내 귀를 기울여서는,
聽子頌聲起	어르신 칭송 소리 들으렵니다.
絃歌古人治	옛 사람의 다스림을 현가했으니,
武城猶百里	무성[172]은 우리 고을과 같은 것이리.

---

170 미수(眉叟) : 허목(許穆, 1595~1682)의 호. 조선시대의 문신으로 자는 문보(文甫)이다. 사
상적으로 이황(李滉)·정구(鄭逑)의 학통을 이어받아 이익(李瀷)에게 연결시킴으로써 기
호 남인의 선구이며 남인 실학파의 기반이 되었다. 사서(四書)나 주희(朱熹)의 저술보다는
시·서·역·춘추·예의 오경(五經) 속에 담겨 있는 원시 유학의 세계에 깊은 관심을 보였
다. 특히 전서(篆書)에 독보적 경지를 이루었다. 저서로는『東事』,『眉叟記言』이 있다.
171 허미수의 옛 집 : 경기 연천군 왕징면 강서리에 있다.
172 무성(武城) : 공자(孔子)의 제자인 자유(子游)와 관련된 고사이다. 자유가 무성(武城)의 재
(宰)로 있으면서 고을 백성들에게 예악(禮樂)을 가르침으로써 풍속이 순화되어 백성들이
모두 현가(絃歌)를 하였다. 현가(絃歌)는 거문고를 타고 시를 읊곤 하는 것을 말하는데, 전
하여 학문에 힘쓰는 것을 뜻한다.『論語』「陽貨」참조.

허목의 무덤

93. 여름 비 夏雨

洞天多積翠	동천[173]엔 푸른빛이 곱기도 한데,
白日雨鳴林	한낮에 비가 내려 숲을 울리네.
溪霧千峯濕	시내 안개에는 천 봉우리 젖고,
邨煙數樹沉	마을 연기에 나무들 잠기어있네.
槐花新結子	홰나무 꽃은 새로이 열매 맺었고,
蕉葉早抽心	파초 잎은 일찌감치 싹을 틔웠네.
何事廣陵客	무슨 일로 광릉의 나그네께선[174]

---

173 동천(洞天) : 도교(道敎)에서 신선(神仙)의 거처(居處)라고 일컫는 곳이다. 후에 풍경(風景)이 뛰어난 곳이란 의미로 쓴다.

174 광릉객(廣陵客) : 거문고의 곡명에 광릉산(廣陵散)이라는 것이 있는데 진(晋)나라의 혜강(嵇康)이 이 가락을 잘 탔다고 한다.

騎驢芳草吟　　나귀 타고 방초를 읊조리는가?

94. 늙은 나무 老樹

松簷夜久月生遲	밤 깊자 솔 처마에 달 더디 뜨는데,
老木寒天影倒垂	겨울날 늙은 나무 그림자 거꾸러졌네.
葉落靑山當戶立	잎이 진 푸른 산은 문 앞에 마주하니,
明星多在最高枝	밝은 별[175]은 가장 높은 가지에 많이 있네.

95. 시골집의 늙은이 田家翁

數畝荒城外	거친 성 밖 조그마한 밭뙈기에는,
老翁深掩門	늙은이가 깊숙이 문 닫고 있네.
岸沙眠細犢	언덕 모래에서는 송아지 졸고,
浦雨上河豚	비 내린 물가에는 복어 오르네.
隔水聞蘆笛	물 건너 갈대 피리 소리 들으니
穿花數驛村	꽃을 뚫은 몇 몇의 역 마을이었네.
田家無一事	농가에 단 하나의 일도 없어서

---

175 명성(明星) : 금성(金星)을 가리킨다. 여기서는 밝은 별로 해석한다.

| 耕鑿信乾坤 | 밭갈고 우물파며[176] 천지만 믿네. |

96. 기러기 鴈

北風吹汝急	북풍이 불어대자 너는 급해서,
八月度邊州	8월 달에 변방을 건너갔다지.
落葉蕭蕭下	나뭇잎은 우수수 떨어져가고,
寒雲點點浮	찬 구름은 점점이 떠가는구나.
天長遙喚侶	하늘 먼데 멀리에서 짝을 부르며,
海闊欲生愁	바다 넓어 시름이 생기려 했으리.
夜雨金陵渚	밤 비 오는 금릉의 물가에서는,
騷人應怨秋	시인이 응당 가을 원망하리라.

97. 용호의 외가집을 방문하여 訪龍湖外宅

| 晚庭山鳥下 | 해질녘 뜨락에는 산 새 내리고, |
| 晴沙落照明 | 개인 모래사장엔 지는 햇빛 밝았네. |

---

176 경착(耕鑿) : 밭 갈고 우물 파는 것을 이른다. 「擊壤歌」에 "日出而作, 日入而息, 鑿井而飲, 耕田而食, 帝力於我何有哉?"라 했는데 이는 요(堯)임금 때의 태평무사(太平無事)를 형용한 가요로 전한다.

東風氷暫解	동풍 불어 얼음이 잠시 풀리니,
木末半江聲	나무 끝엔 절반이나 강물 소리네.

98. 고요한 밤에 감회가 있어 靜夜有懷

郭南幽以僻	성곽 남쪽 그윽하고 궁벽 하여서,
山意滿簾生	산 빛들이 주렴 가득 생기는구나.
明滅溪邊雪	번쩍대는 것은 시냇가의 눈이고,
高低樹杪星	높낮은 것은 나무 끝의 별들이네.
洞門一犬吠	동구에는 한 마리 개 짖어대었고,
驛店數燈靑	역점에는 등불 몇 개 푸르르구나.
靜聽西樓柝	고요한 데 서루의 딱딱이 소리 들리니,
樵童知五更	초동이 오경임을 알게 되었네.

99. 한유의 글을 읽고서 讀昌黎文

韓子文如海	한유의 문장들은 바다 같아서,
其源未易窺	그 근원을 쉽사리 엿볼 수 없네.
斡旋能入妙	주선함에 묘함에 들어가노니,

渾浩不爲奇	힘차기는 하여도 기이하진 않네.
鬼泣潮州表[177]	귀신도 조주표[177]에 눈물 흘렸고,
龍蟠黃木碑[178]	용도 항목비[178]에 서리었다네.
區區籍湜輩	잗단 장적(張籍)과 황보식(皇甫湜)의 무리와는
羞與倂追隨	(한유가) 나란히 어울림을 부끄러워했네.

100. 제야[179] 除夜

喔喔牕前雞	꼬끼오 울어대는 창 앞의 닭은,
自道報天明	날 샌 것을 알리길 스스로 하네.
戒爾勿復啼	다시는 울지 말라 너에게 경계한다.
啼時已五更	네가 울 때에 이미 오경이리니.

---

177 조주표(潮州表): 당(唐)나라 한유(韓愈)가 불골표(佛骨表)를 올렸다가 조주 자사(潮州刺史)로 좌천된 일이 있다. 여기서 조주표는 한유가 조주에서 헌종(憲宗)에게 올린 상서문(上書文)을 이른다. 헌종은 이 글을 보고 한유를 다시 쓸 마음을 먹었다 한다.
178 황목비(黃木碑): 한유(韓愈)의 「南海神廟碑文」을 말하는 것 같다. 이 글에 "扶胥之口, 黃木之灣"이라는 구절이 나온다.
179 이 시는 『조야시선』에도 실려 있다.

101. 되는 데로 읊다[180] 漫咏

吾廬人不到	우리 집은 사람들이 오지 않으니
日與遠山親	날마다 먼 산들과 친하게 되네.
沈約詩都廢	심약[181]처럼 시작(詩作)을 모두 관두니,[182]
淵明意更眞	도연명처럼 뜻이 더욱 참되게 됐네.[183]
花心初擺雪	꽃술은 처음으로 눈을 헤쳤고,
鳥語已成春	새소리는 이미 벌써 봄이 되었네.
寂寂養疎懶	고요함 속에서 게으름을 기르니
天機一任新	천기는 한결같이 새로움 맡기었네.

102. 이른 봄 무春

犁星陰見小	이성[184]이 어둠 속에 살포시 보이니
今夜出籬東	오늘 밤 울 동편에 별이 떴도다.
城雲如欲雨	도성 구름은 비가 오려는 듯한데,

---

180 이 시는 『조야시선』에도 실려 있다.
181 심약(沈約, 441~513) : 제량(齊梁) 시기의 문인. 자는 휴문(休文), 절강(浙江) 사람이다. 사
조(謝朓) 등과 더불어 영명체(永明體)를 창도했고, 음률을 중시하는 이른바 사성보(四聲
譜)와 팔병설(八病說)을 발표하였다. 극단적 형식주의 문학을 추구했다.
182 시도폐(詩都廢) : 몸이 약해서 시를 못 지었다는 말이다.
183 의갱진(意更眞) : 은거했으니 뜻이 참되다는 말이다.
184 이성(犁星) : 28수(宿)의 하나. 쟁기의 형상과 비슷하여 여성(犁星)이라고 부른다. 오리온
좌(座)에 속한 남쪽의 세 개의 별과 그 부근의 별들을 가리킨다. 다른 말로는 심성(參星)이
라고도 한다.

溪柳始微風　　시내버들에 처음으로 미풍이 부네.

103. 진단[185]이 쓴 '수복'[186] 병풍에 쓰다 題陳摶書壽福障子

古綃颯颯風雨入　　오래된 비단창에 우수수 비바람 들이치니,

華山處士留神筆　　화산[187]처사 신령스런 필묵이 남아있네.

墨瀋汗漫堆渤海　　먹물[188]은 질펀하게 발해처럼 쌓였는데,

健勢欲使蛟龍屈　　굳센 기세 교룡도 굽히게 하려 하네.

元氣如活壁飛動　　원기가 살아있어 벽에서 날 듯 하고,

大字蟠拏天借力　　큰 글자 꿈틀꿈틀 하늘이 힘 빌렸네.

萬里玄雲倒垂地　　만 리의 검은 구름 땅으로 깔리었고,

夸蛾手排靈山碧　　과아[189]는 손으로다 푸른 영산 밀쳐냈네.

珊瑚古枝拂百尺　　산호는 옛 가지에 백 척이나 펼쳐있는데,

---

185 진단(陳摶) : 송(宋)나라 때 사람. 자는 도남(圖南), 호는 부요자(扶搖子), 사호(賜號)는 희
　　이선생(希夷先生)이었다. 무당산(武當山)의 구실암(九室巖)에 숨어살면서 도를 닦고 다시
　　화산(華山)에 옮겨 살았다. 주렴계(周濂溪)의 태극도설(太極圖說)은 주렴계의 창작이 아
　　니라 실은 한(漢)나라 위백양(魏伯陽)이 도사(道士)들의 수련술(修鍊術)을 위하여 지어진
　　설로서, 종리(鐘離), 여동빈(呂洞賓)을 거쳐 진단에게 전해지고 다시 충방(种放)과 목수(穆
　　修)등 여러 사람을 거쳐 주렴계에게 전해진 것이란 설이 있다.

186 수복(壽福) : 중국 등주(登州)에 있는 봉래각(蓬萊閣)의 바위에 진단이 '수복(壽福)'이라고
　　쓴 큰 글자가 있다고 한다.

187 화산처사(華山處士) : 진단이 화산에 은거하면서 도를 닦으며 곡식 대신 기(氣)를 먹고 한
　　번 자기 시작하면 100일도 넘게 일어나지 않고 잤다고 한다.

188 묵심(墨瀋) : 먹물이란 말. 여기서는 진단의 수복(壽福)이란 글씨로 만든 병풍을 가리킨다.

189 과아(夸蛾) : 원문은 과아(夸娥)로 되어 있으나 과아(夸蛾)의 오자이다. 옛날 신선의 이름
　　으로 힘이 매우 세었다고 한다. 『列子』「湯問」에 나온다.

光怪三更直穿屋　　괴이한 빛은 한밤중에 지붕 뚫을 듯 하네.[190]

吾知造化都在此　　조화 모두 여기에 있다는 걸 알아서,

仰首狂叫心恍惚　　머리 들고 부르짖자 마음이 황홀하네.

請看一幅苕溪帖　　한 폭의 초계첩[191]을 청하여 보니,

只能肥大無瘦骨　　그 글씨가 두껍지, 얇은 건 아예 없네.

진단(陳摶)의 수복(壽福)

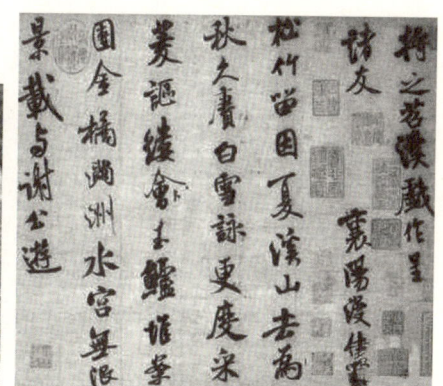

초계첩(苕溪帖)

---

190 천옥(穿屋) : 집을 뚫고 지나감. 『晉書』「張華傳」에 "時華見劍穿屋而飛, 莫知所向"이라 했다.

191 초계첩(苕溪帖) : 이것은 미불의 중년 때의 작품이다. 원풍(元豐) 3년(1080)에 글씨를 썼으니 당시에 이미 38세였다. 이때에 그는 소주현(蘇州縣)과 무석현(無錫縣)을 두루 유람하고 있었다. 이 첩은 그가 출발해서 무석현을 찾기 전에 직접 쓴 글씨이다. 비록 중년이 벌써 되었으나, 글자 중에는 아직도 천진한 기운이 없지 않았다. 가슴 속의 아름다움이 모든 작품을 관류했으니 글씨의 풍모가 사람들을 경탄하게 하였다.

104. 입춘 立春

春盤青菜細扵毛　　봄 쟁반 풋나물은 털보다도 가는데,
綵燕東風不耐高　　채연[192]은 동풍 땜에 높이 날지 못하누나.
紫陌樓臺辰五刻　　오각(五刻)에 큰 길의 누대에 있는데,
新符換却去年桃　　지난해 부적[桃符][193]을 새 부적으로 바꾸었네.

105. 영종도로 가는 사람을 전송하며 送人歸永宗島

君馬連嘶驛路東　　그대의 말 역로(驛路) 동쪽에서 연거푸 우는데,
凄凄離恨草連空　　서글픈 이별 한은 풀이 공중에 닿은 것 같네.
扶桑一面浮來島　　부상(扶桑)의 한 조각이 섬으로 떠 오니,
大海三時不斷風　　큰 바다에 하루 종일 바람이 끊이잖네.
郭畝桑麻春色裡　　성 전답의 뽕과 삼은 봄 빛 속에 있고,
人家雞犬水聲中　　인가의 닭과 개는 물소리 속에 있네.
靑驢踈雨凌虛約　　부슬비 속 나귀 타고 높은데 오르잔 약속은,
四月初旬躑躅紅　　4월 초순에 철쭉화가 붉은 때이네.

---

192 채연(彩燕) : 채색 비단을 잘라 만든 제비 모양의 장식물. 중국 고대 풍속에 입춘(立春)날 머리를 꾸미는 데 사용하였다. 종름(宗懍)의 『荊楚歲時記』에 "立春之日悉剪彩爲燕戴之, 貼宜春二字"라 했다.
193 복숭아 부적[桃符] : 여기서는 입춘축(立春祝)을 가리키는 말이다. 문첩은 『동국세시기(東國歲時記)』에 의하면 중국 황제(黃帝) 때 흉악한 귀신을 쫓기 위해 설날 도부(桃符)에 신도(神荼)와 울루(鬱壘)의 형상을 그려 문에다 걸었다는 것에서, '신도울루(神荼鬱壘)' 넉 자를 써서 붙인 데에서 시작되었다고 한다.

106. 뭇별에 대한 노래 衆星行

夜深淸月低	밤 깊어 맑은 달이 나직해지자,
衆星方煌煌	뭇 별들 곧바로 번쩍이었네.
微雲掩不得	옅은 구름으로는 가릴 수 없고,
朔風吹有光	찬바람이 불어도 빛이 있었네.
眞珠三萬斛	삼만 곡의 진주가 있는 것 같고,
磊落靑琉璃	많은 유리가 쌓인 것도 같았네.
羣芒起虛無	별빛들이 허공에서 일어나니까,
元氣乃扶持	원기 이에 부축해서 유지케 했네.
霏霏露華滋	성대(盛大)하게 이슬꽃 불어나는데,
明河聲在東	은하수[194] 소리 있는 동쪽이었네.
天機孰主張	천기를 그 누가 주장하는가?
吾將問化翁	내 장차 조화옹께 물어보리라.

107. 상원[195] 노래 上元行

蓬萊夜宴傳仙柑	봉래궁 밤 잔치에 선감[196]이 전하는데
寒翠茸茸玉簾前	차가운 비취빛이 촘촘한 주렴 앞이네.

---

194 명하(明河) : 밝은 하수, 밤하늘에 밝게 빛나는 은하수를 가리킨다.
195 상원(上元) : 음력 정월(正月) 15일을 이른다.
196 선감(仙柑) : 신선(神仙)이 좋아하는 감귤(柑橘). 감귤의 미칭(美稱)이다.

姮娥抱月浴江心	항아[197]가 달을 안고 강에서 목욕하여,
玉輪碾空明而圓	허공에서 도는 달이 밝고도 둥글었다.
不殺雲衢着纖埃	허공에는 작은 먼지 붙는 것이 줄지 않아도
遂令萬國御淸輝	드디어 세계가 맑고도 빛나게 하네.
是夜人間作上元	이 밤을 사람들이 상원날로 삼아서,
柳枝揷戶煙霏霏	버들가지 문에 꽂자 연기가 자욱했네.[198]
廣陵誰買瑠毬燈	광릉 땅서 그 누가 유리로 된 구등[199] 샀나.
西都許放金吾巡	평양에서 금오[200]의 순행을 해방했네.[201]
東家少婦掃眉黛	동쪽 집 젊은 여자 눈썹 먹을 칠하고,
小麴作繭迎新春	소면에 새알 지어 새 봄을 맞이하네.
細管繁絃咽紅塵	피리와 거문고는 홍진 세상 울리는데
滿城車馬紛如狂	온 성안의 거마들은 미친 듯 어지럽네.
起喝蟾蜍駐圓光	갈도를 일으키자 달도 둥근 빛 멈추고[202]
夜深直愁銀壺忙	밤 깊으니 곧바로 은호[203]가 바쁜 걸 수심하네.

---

197 항아(姮娥) : 달 속에 있다는 선녀(仙女)의 이름으로, 상아(嫦娥)라고도 한다. 고대 신화에 의하면 항아는 활을 잘 쏘았던 예(羿)의 아내로 매우 아름다웠다고 한다. 본래 신(神)이었던 둘은 천신(天神)의 노여움을 받아 인간으로 살게 되었다. 피할 수 없는 죽음이라는 인간의 한계를 극복하기 위해 서왕모에게서 예가 불사약을 구해 왔다. 항아는 이 약을 남편 몰래 혼자 다 먹고 신이 되어 하늘로 올라가다가, 이를 스스로 부끄럽게 여겨 달에 피해 있으려고 하였다. 그런데 달에 이르는 순간 두꺼비로 변하였다. 그래서 달을 표현할 때는 달 속에 두꺼비가 있는 모습으로 그려진다.
198 이날에는 버드나무를 문에 꽂고 팥죽에 젓가락을 꽂아 제사를 지낸다.
199 구등(毬燈) : 구등(球燈)과 같다. 모양이 둥근 등(燈)이다.
200 금오(金吾) : 의금부(義禁府)의 별칭(別稱).
201 이 시구는 상원날, 곧 음력 정월 보름날 밤에는 야간(夜間)의 통행금지(通行禁止)가 해제되는 것을 이른다.
202 전설에 달 속에서 달을 조금씩 먹어 치운다는 두꺼비를 읊은 것이다.
203 은호(銀壺) : 여기서는 옛날 시간을 알리는 물시계를 가리킨 말이다. 당(唐)나라 최액(崔液)의 「上元夜」 시 중에 "玉漏銀壺且莫催, 鐵關金鎖徹明開"라 했다.

就中何人爭踏歌　그 중에서 어떤 사람 답교하며 노래하나,

中曲淸切仍徘徊　노래 소리 맑기에 서성댔네.

滿空銀河凝不流　온 하늘 은하수는 얼어 아니 흐르는데

一鶴墮聲崑丘來　떨어지는 학 소리가 곤륜산에서 나오네.

畵橋十二明如玉　그림 같은 열두 다리 옥처럼 밝은데

北斗七星垂玲瓏　북두칠성 영롱하게 그 빛을 드리우네.

田家老翁夜不眠　농가의 늙은이는 밤 중에 잠 안자고,

仰看明月徵年豊　밝은 달 우러르며 풍년을 징험하네.[204]

108. 족형인 이상훈이 용궁[205]으로 가는 것을 전송하며 送族兄(尙薰)之龍宮

落日在遠樹　지는 해는 먼 숲에 떠서 있는데,

遊子向龍宮　나그네는 용궁을 향해 떠나네.

龍宮隔重嶺　용궁은 첩첩 고개 막혀 있으며,

大江流西東　큰 강이 동서로다 흐르고 있네.

其水蛟龍怒　그 물에는 교룡이 성나 있으며,

其山虎豹惡　그 산에는 범과 표범 사나웁다네.

征馬縮如蝟　고슴도치처럼 말은 위축됐으니,

四顧意戚戚　사방을 둘러보면 마음 짠하리.

---

204 밤에 뒷동산에 올라가 달맞이를 하며 소원 성취를 빌고 일 년 농사를 점친다. 달빛이 희면 많
　　은 비가 내리고, 붉으면 가뭄이 들며, 달빛이 진하면 풍년이 들고 흐리면 흉년이 된다고 한다.
205 용궁(龍宮) : 경상북도 예천군(醴泉郡)에 속한 지명이다.

別酒寒潑乳	이별 술은 차갑게 젖처럼 괴는데,
郭外無送者	성 밖에서 전송하는 사람 없도다.
擊劍爲悲歌	칼 치며 슬픈 노래 불러대는데,
西風起中夜	가을바람 밤중에 일어나누나.

109. 얼음을 뜨는 노래[206] 鑿氷行

亂雪篩空風捲地	함박눈은 공중에 체질하고 바람은 땅 걷는데,
大江作氷堅如石	큰 강은 얼음 얼어 단단하기 돌 같았네.
魚龍不敢噓雲霧	어룡은 감히 운무 뿜어대지 못하는데,
萬頃際天浮浮白	만경(萬頃)의 하늘까지 하얗게 둥둥 떴네.
每歲十月官有令	해마다 시월에는 관의 명령 있어서,
輸入西江江上屋	서강 가의 집에다 실어다 들이었네.[207]
江上父老競抱杵	강가의 부로들은 다투듯이 공이 잡고,
天寒伐氷洲渚東	추운 날에 물가의 동쪽에서 얼음 뜨네.
練帶平鋪一百里	흰 띠처럼 평평하게[208] 펼쳐진 백 리의 길에
朝日照之暈生紅	아침 해 비추니 햇무리 붉어지네.
齊唱呼許到薄暮	한 소리로 힘을 쓰며 저녁에 이르도록,

---

206 겨울에 한강의 얼음을 깨서 동빙고와 서빙고 등에 얼음을 저장하는 일을 이른다. 이 얼음
　　은 녹지 않게 보관하여 여름에 꺼내서 쓴다.
207 관청(官廳)의 명령으로 얼음을 채취하여 서빙고에 저장하는 일을 이른다.
208 연대(練帶): 누인 명주로 만든 띠를 말하는데, 여기에서는 얼음이 넓게 드리워진 모습을
　　형용하는 것으로 보인다.

一鑿再鑿何冲冲　한 번 깨고 두 번 깨자 어찌 그리 쩡쩡대나.[209]

能使天吳夜遁逃　천오[210]시켜 밤중에 도망을 치게 하니,

應有蛟鼉移舊窟　교타(蛟鼉)가 있다면 옛 굴로 옮겨가리.

颼颼聲動老石根　사각사각 소리가 늙은 돌에서 들려오니,

窪凹欲坼鳴窸窣　웅덩이가 터질듯이 쓱쓱 소리 나는구나.

缺處洶湧生濤聲　깨진 곳서 출렁출렁 파도소리 생기니,

却疑澥渤通其穴　발해[211]가 그 구멍을 통하나 의심되네.

里正驅人未敢息　이정(里正)이 몰아쳐대 사람 쉬지 못하고서,

巨斧破碎琉璃碧　큰 도끼로 유리같이 푸른 얼음 부셔대네.

明年盛夏流金石　이듬해 한 여름에 금석이 녹아대나,

火輪當午凝不去　태양이 정오 돼도 얼음은 그대로네.

畫堂佳妓不成舞　화당(畫堂)의 기생도 춤추지 못함은,

香汗濛濛沾白紵　향기론 땀 줄줄 흘려 모시 적삼 적셔서네.

貯爾三尺瑪瑠盤　저 얼음을 삼 척의 마류 소반에 쌓아두면,

樓臺五月凉如秋　누대가 5월에도 가을처럼 시원하리.

金刀斫鯉飛細雪　금도로 잉어 썰자 가는 눈[雪]이 날리니,

緗簾竹簟寒颼颼　비단주렴 대삿자리 서늘하게 차갑구나.

但愛清輝能辟暑　얼음이 더위 쫓는 것 만 좋아할 뿐,

安知苦寒人咨咄　추위에 사람들이 탄식함을 어찌 알랴.

***

209 충충(冲冲) : 얼음을 깨는 소리. 『詩經』 「豳風」 '七月'에 "二之日鑿氷冲冲"이라 했다.

210 천오(天吳) : 수신(水神) 이름. 두보의 「北征詩」에 "海圖坼波濤, 舊繡移曲折. 天吳及紫鳳, 顚倒在短褐"이라 했다.

211 해발(澥渤) : 발해(渤澥)나 발해(渤海)와 같다. 요동반도(遼東半島)와 산동반도(山東半島) 사이의 바다를 가리키는 말. 곧 황해(黃海)의 일부이다.

願得南風四時吹　　원컨대 따순 바람 사시사철 불어와,
使我長江不生骨　　우리 장강 얼음이 얼지 않게 하기를.

110. 사철의 새 그림에 쓰다[212] 題四時禽畫

1) 봄 비둘기

雄鳩棲園柳　　숫 비둘기 버들에 깃들었는데,
柳搖鳩不墮　　버들이 흔들려도 안 떨어지네.
雌鳩聲局促　　암 비둘기 소리가 움츠러들다,
作態伴雄坐　　맵시내며 수컷과 짝해 앉았네.
雛鳩稍學飛　　병아리는 점차로 날갯짓 배워
低上小花朶　　나직하게 작은 꽃에 오르는구나.

―「右春鳩」

2) 여름 나비

榴花浥新露　　석류꽃 새로 내린 이슬에 젖어
嬋娟艶春輝　　아름답게 봄빛인양 곱기만 하네.

---

212 『조야시선』에도 4수 모두 실려 있다. 제목이 「題四時畫」라 되어 있다.

蝶尾撲花鬚　　나비 꼬리 꽃술을 때려대고는,
團團度羅幃　　빙빙 돌아 비단 휘장 건너가누나.
蝶本抱花上　　나비 본래 꽃을 안고 오르는 건데,
花還逐蝶飛　　꽃잎 되려 나비 따라 날아다니네.

―「右夏蝶」

3) 가을 오리

格格水中鳬　　꽥꽥 우는 물 속의 오리 떼들은
棲在水中荷　　사는 곳이 물 속의 연꽃에 있네.
盡入荷花去　　모두 연꽃 아래로 숨어버리니
惟見荷底波　　연꽃 밑 물결만이 일렁이누나.
兒童折荷花　　아이들이 연꽃을 꺾으노라니,
荷缺見鳬多　　연꽃 틈서 오리들 많이 보이네.

―「右秋鳬」

4) 겨울 까치

寒梅皎如玉　　겨울 매화 희기가 옥과 같은데,
枝頭棲雙鵲　　가지에 까치 한 쌍 깃들어 있네.
夜來山雪壓　　밤 되자 산의 눈이 들이닥쳐서,

雪後花愈白　　눈 온 뒤에 꽃 더욱 희어졌노라.

雌鵲忽飛去　　암컷 까치 홀연히 날아서가니

花動聞雪落　　꽃 흔들려 눈[雪] 지는 소리 들리네.

─「右冬鵲」

111. 암재에서 지은 즉흥시 巖齋卽事

東風日以至　　동풍이 매일매일 불어와서는

動我溪上扉　　내 시냇가 사립문 움직이누나.

綠水滿池塘　　푸른 물은 못 안에 가득 차 있고,

芳草生菲菲　　방초에서 향기가 생기는구나.

園幽柳先動　　동산에는 버들 먼저 움직이고,

簷暖鳥還飛　　따스한 처마에는 새 다시 나네.

主人愛午睡　　주인께선 낮잠을 좋아하더니

見山無所爲　　산을 보며 아무런 하는 일 없네.

112. 우물 물 긷는 아낙네 汲井女

桐花落井欄　　오동 꽃이 우물 속에 떨어지는데,

井水深復清	우물물은 깊고도 다시 맑았네.
女兒夜汲寒	여자 애가 추운 밤에 물을 길으니,
咿啞轆轤鳴	도르래는 두르륵 소리가 나네.
綆長水噴薄	두레박줄이 길어 물을 뿜는데,[213]
明月色倒飛	밝은 달빛 거꾸로 날고 있으며,
小尨逐我來	강아지는 나한테 쫓아와서는
回回不離衣	맴돌면서 옷에서 안 떨어지네.

113. 용호에서 나오다 出龍湖

我馬行溪上	나의 말이 시냇가를 가고 있으니
緣溪馬影微	시내 따라 말 그림자 희미하구나.
泥融草細出	진창에 풀 싹들이 삐죽 솟았고
野潤鳥低飛	들 넓은데 새들은 낮게 나누나.
遠雨江吹氣	먼 데 비는 강물이 우기(雨氣)를 불고
初霞樹閃輝	첫 노을빛 나무에 반짝이노라.
回看城市隔	돌아보니 성시로 막혀 있는데,
蒼翠滿人衣	푸른빛이 사람 옷에 가득하구나.

---

213 분박(噴薄) : 물이 소용돌이치며 출렁거린다는 말. 여기서는 두레박줄이 길어서 올라오느
라 물이 조금 밖에 남지 않았다는 뜻이다.

114. 땔감을 실은 말 馬載柴

吾家養老馬	내 집에서 기르는 다 늙은 말은,
芻乏馬苦飢	꼴 부족해 말이 몹시 굶주리었네.
世遠寒風子	세대가 한풍자(寒風子)[214]와 멀어졌으니[215]
安知萬里姿	어찌 만 리 가는 말의 자질 알겠나.
小奴牽出門	어린 종이 끌고서 문을 나가서
去樵山之坡	산의 언덕에 가서 땔감을 캤네.
載柴高如山	실은 땔감 높기가 산 같았으니,
松根雜檜柯	솔 뿌리에 전나무 가지 섞여 있었네.
努力趁昏歸	애쓰다가 저물녘에 돌아올 때는
踏踏蹄穿雪	뿌득뿌득 말발굽 눈을 뚫누나.
落日踰阡陌	지는 해는 논두렁 넘어 가는데,
瘦骨已欲折	여윈 몸 이미 부러질 것 같구나.
奴嗔馬行遲	종은 말이 더디 감에 화를 내지만,
吾見馬瘦悲	나는 말의 여윔 보고 슬퍼하노라.
却愧吾家貧	도리어 부끄럽네, 내 집 가난해서
使汝辛苦爲	너에게 온갖 고생 시키는 것이.
朱門金絡馬	고대광실 좋은 집안 꾸며진 말은
日日花陰馳	날마다 꽃그늘[花陰]을 달려갈테지.

---

214 한풍자(寒風子) : 옛날에 말 관상을 잘 보던 사람이다.
215 한풍자가 살았던 시대와 너무도 멀어졌기에, 만 리 길을 달릴 만한 능력을 가진 말의 모습
을 분간하지 못하게 되었다는 뜻이다.

115. 종성의 박상사에게 주다(이름은 재춘이다) 贈鍾城朴上舍(載春)

君家在北方	그대 집은 북방에 위치했으니
豆滿江水碧	두만강의 물들이 푸를 것이네.
春耕肅愼田	봄에는 숙신씨의 밭을 갈아서,
時雨自種麥	단비 올 제 스스로 보리 심었네.
夜斫松爲火	밤에 솔을 베어서 불을 만들고,
誦詩聲嘖嘖	시 외우니 소리가 몹시 빠르네.
芳蘭生谷底	향기로운 난초가 골 밑에 났으니,
恐埋幽幽香	그윽하고 그윽한 향 묻힐까 두렵네.
文章豈擇地	문장가가 어찌 땅을 가려서 나랴?
人力破天荒	인력으로 파천황의 공을 이루리.
君子貴其實	군자는 그 실력을 귀히 여기니
聲名不難爲	성명을 짓기가 어렵지 않으리라.
海中珊瑚樹	바다 속에 잠겨 있는 산호수는
沉沉世猶知	깊은 데 있어도 세상에서 알아주노라.

116. 들에서 바라보다 野望

朝日出南郭	아침에 남쪽 성곽 솟아나오니,
蒼蒼眺遠村	아득하게 먼 마을 바라보이네.

遊絲掠地度　　아지랑이 땅을 스쳐 지나가는데,

飛鳥覆溪喧　　나는 새는 시내 덮어 시끄러웁네.

亂嶂如相揖　　많은 산은 서로 읍을 하는 것 같고,

孤松欲自尊　　외딴 솔은 스스로 높으려 하네.

浩歌出門去　　호가(浩歌) 부르며 문을 나서서 감은,

聊以賞春暄　　애오라지 봄 따스함 완상하려 해서네.

117. 벼루의 물 硯水

硯腹藏點水　　벼루 배에다 물을 약간 저장하니,

暗浪中徘徊　　잔물결이 그 안에서 오고 가누나.

欲問爾源派　　네 수원과 물줄기를 물으려 하니,

黃河萬里來　　황하수가 만 리에서 왔다 하누나.

118. 새벽에 바라보다 曉望

曉色來扶桑　　새벽빛이 부상에서 다가오나니

羣動未敢息　　뭇 동물들이 감히 쉬지 못하네.

人聲稍出村　　사람 소리 점차로 마을서 나고

塒雞正膈膊　　횃대 닭은 곧바로 홰를 치누나.

峯高月猶掛　　높은 봉우리에 달이 아직 걸렸고,

花濕露初滴　　젖은 꽃에 이슬 처음 떨어지누나.

開窓受天色　　창 열고 하늘색을 받아보노니,

淸瀅生遠碧　　맑은 빛깔은 멀리 푸른빛 나네.

點雲流西北　　조각구름 서북으로 흘러서가니,

亂披魚鱗白　　쫙 찢긴 것이 고기비늘처럼 희네.

脫我頭上巾　　내 머리 위에 있는 두건 벗고서

浩歌思淡薄　　목청껏 노래하니 생각이 담박하네.

119. 기주 채홍리[216]에게 받들어 올리고 화답을 구하다 奉贈蔡記
注(弘履) 求和

君家藍井在　　그대 집은 남정동(藍井洞)[217]에 있는데,

幽菊日相尋　　그윽한 국화꽃을 매일 찾았네.

寒葉向人落　　차가운 잎새 사람 향해 지는데,

孤燈坐客深　　외딴 등불에 객은 깊이 앉았네.

216 채홍리(蔡弘履, 1737~1806) : 조선 후기의 문신. 본관은 평강(平康). 자는 사술(士述), 호는
기천(岐川). 대제학 유후(裕後)의 5대손이다. 정조(正祖) 연간에 들어와서는 목만중(睦萬
中)・홍의호(洪義浩)형제들과 가까이 지내면서 노론 세력과 연결되어 채제공(蔡濟恭)・
이가환(李家煥) 중심의 남인 집권세력에 대한 비판세력으로 존재하였다. 1806년에 기로소
(耆老所)에 들어갔고 이해에 사망하자 봉조하(奉朝賀)의 직함이 내렸다. 세속에 초연하여
길인(吉人)이라고 받들어졌다. 당시 문집이 있었던 것으로 보이나 현존여부는 알 수 없다.
217 남정동(藍井洞) : 한성부 남서(南署), 명철방(明哲坊)에 속한 남정동(藍井洞)을 가리킴.

脩然風雨夜	자연스레 비바람이 치는 밤중에,
已作江湖心	너무나 강호의 맘이 일어나누나.
非有知音者	지음(知音)[218]하는 사람이 있지 않다면,
寧論山海琴	어찌 산해의 뜻 담은 금(琴)을 논하리?

120. 길 위에서 새 나비를 보다 道上見新蝶

第一春蝶來	제일 먼저 봄나비가 찾아왔건만,
春早不見花	봄이 일러 꽃들은 볼 수가 없네.
遠墻低出柳	먼 담장이 나직해서 버들이 나니,
茫茫向誰家	아득히 누구 집을 향하였는가?
我在道上見	내가 길가에서 쳐다보다가,
愛爾弄春華	네가 봄꽃 희롱함 사랑하노라.
肖翹各自得	날파리도 제각기 자득했으니,
天機日以轉	천기가 매일마다 바뀌는구나.
芳草滿園時	향기로운 풀이 동산에 꽉 찬 때에는
慣見如不見	자주 보아도 보지 않은 것 같네.

---

218 지음(知音) : 백아(伯牙)는 거문고를 잘 타고 종자기(鍾子期)는 그 타는 소리의 뜻을 잘 알
아들었다는 고사에서 온 말로 거문고 소리를 알아듣는다는 뜻이다. 전하여 자기의 마음을
알아주는 친한 벗을 가리키는 말로 쓰인다.

121. 늘어진 버들 垂柳

院中楊柳細於絲	동산 안의 버들일랑 실보다 더 가는데,
和雨籠煙却倒垂	비 맞고 안개 싸여 거꾸로 늘어졌네.
落絮翻隨何處蝶	버들개지 휘날려 어느 곳 나비 따라 가나,
柔條似欲不勝鸝	여린 가지 꾀꼬리를 견디지 못할 듯.
西施鬟髻新梳曉	서시가 막 빗질한 새벽녘 머리채요,
張緒風流正少時	소싯적 장서[219]의 풍류와 한가지네.
倚檻主人看不足	난간 기댄 주인이 보아도 부족하게 여기니,
滿庭濃影日遲遲	짙은 그림자 꽉 찬 뜰에 해가 더디고 더디네.

122. 초언체 楚言體 作吓音佐

1)

溪樹老能花	시냇가 나무는 늙어도 꽃을 피우고
小屋倚樹作	오두막집 나무에 기대어 있네.
莓苔破有痕	이끼는 으깨어진 흔적 있으니,

---

[219] 『南史』「張緒傳」에 "유준이 익주 자사가 되어 촉류(蜀柳) 몇 그루를 올렸는데, 가지가 매우 길어 모양이 실과 같았다. …… 무제가 태창의 영화전 앞에다 심어놓고 항상 완상하였는데 탄식하며 말하기를, '이 버들은 풍류가 사랑할 만하여서 장서의 당년 때와 같도다[劉俊之爲益州, 獻蜀柳數株, 枝條甚長, 狀若絲縷. …… 武帝以植於太昌靈和殿前, 常賞玩咨嗟曰: '此楊柳風流可愛, 似張緒當年時]'라 했다.

曉來人客過　　새벽에 나그네가 지난 자취네.

作叶音佐　　작(作)은 협음 좌(佐)로 읽어라

2)

四松當窓立　　네 그루의 소나무가 창 앞에 섰는데,
蔥蒨暮煙沉　　무성한 것이 저녁 연기에 잠겼네.
每夜聞拍拍　　매일 밤에 푸드득 소리 들으니,
黃雀棲數十　　참새들 수십 마리 살고 있었네.

十叶音針　　십(十)은 협음 침(針)으로 읽어라

123. 벌이 꽃에서 꿀을 채취하다 蜂採花

蜂子小如粒　　새끼 벌은 작기가 낟알 같은데,
東風吹汝飛　　봄바람 너를 불어 날리는구나.
薨薨作微聲　　앵앵 작은 소리를 울리면서도,
搖蕩媚春輝　　흔들대며 봄빛에 아양 부리네.
東家有躑躅　　동쪽 집에 철쭉이 피어 있었고,

西家有薔薇　　　서쪽 집엔 장미가 피어 있었네.

尋香過短墻　　　향기 찾아 짧은 담 지나가면서

處處弄芳菲　　　곳곳에서 향기로움 희롱하누나.

低朶巧點綴　　　나직한 떨기에 교묘히 흩어져 있다,

繁紅着黃微　　　무성한 꽃잎에 누런 벌이 붙어있네.

日日百花中　　　날마다 온갖 꽃에 노닐다보니,

軆與香全化　　　몸뚱이가 향기로 폭 젖게 됐네.

一採花鬚損　　　한번 따니 꽃 수염 덥석 빠지고,

再採花房罅　　　거듭 따니 화방(花房)이 텅 비었다네.

纖腰妥綠暗　　　가는 허리는 짙푸름에 편안하고,

短翅捎紅鮮　　　짧은 날개 붉은 꽃잎 스쳐가누나.

終朝輸轉力　　　아침 내내 옮기느라 힘을 써 봐도,

不盡短簷前　　　짧은 처마 앞쪽을 다 못 지나네.

密叢深不見　　　빽빽한 떨기 깊어 아니 보이니,

瀼瀼團露濕　　　많은 이슬 모여서 젖어있었네.

身疲宿花間　　　피곤한 몸 꽃 사이에 잠을 자면서,

閉口嗽甘汁　　　입 다물고 단 즙을 빨아먹노라.

問爾何所營　　　묻노니 너는 무얼 꾸리느라고,

辛苦不自安　　　고생하며 스스로 편치 못한가?

入窠成蜜後　　　벌통에 들어 꿀을 만들고 나면

竟登誰家盤　　　필경에는 어느 집 밥상에 오르리.

124. 두보의 「춘안」 시에 차운하다 和老杜春鴈韻

楚野春先至	초나라 들판에 봄이 먼저 이르니
歸鴻入斷雲	가던 기러기 끊긴 구름에 드네.
湖平低墮影	호수가 잔잔하니 낮게 그림자 지고,
天濶急呼羣	하늘 넓으니 급히 무리 부르네.
桂嶺花初發	계령(桂嶺)에는 꽃 처음 피었을테고,
燕城日欲曛	연성(燕城)에는 황혼이 되려 할거네.
隨風嘹唳響	바람 따라 처량하게 들려오는데,
客夜最多聞	나그네의 밤에 가장 많이 들리네.

125. 백로 白鷺

在水莫啄魚	물에 있을 땐 물고기 쪼지를 말며,
在田莫啄稻	밭에 있을 적에는 벼 쪼지 말라.
小兒多挾弓	꼬맹이들 많이는 활 끼었으니,
願言愼自保	삼가 스스로 보존하길 원하노라.

126. 수대에 오르다 登水臺

百尺高臺空外浮	백 척의 높은 누대 허공 밖에 떠 있는데,
雲煙寥潤石門秋	구름 안개 적막하던 석문의 가을이네.
天長孤嶼鰲頭出	하늘 머니 외딴 섬은 자라 머리처럼 튀어나왔고,
地坼橫江瓜蔓流	땅 터졌으니 비낀 강물은 외넝쿨마냥 흘렀네.
野鶴占風盤海國	들 학은 바람 안고 해국(海國)을 빙빙 날고,
湫龍挾雨過蘇州	깊은 못 용은 비를 끼고 소주(蘇州)를 지나누나.
振衣坐嘯穹巖上	옷 떨치고 바위에서 앉아서 시 읊으니,
將躡泠然列子游	시원스레 열자의 노는 경지에 이른 듯 하네.

127. 비가 개다 雨霽

竹牖景微曖	대나무 창가에는 경치 흐린데,
林園雨暫晴	숲 정원에 비 잠시 개이었구나.
雲橫孤岫出	구름은 외딴 뫼에서 비껴 나오고,
虹飮遠溪明	무지개는 먼 시냇물 걸쳐서 밝네.
白鳥圍沙浴	흰 새들 모래 둘러 목욕을 하고,[220]
玄蟬着樹鳴	검은 매미 나무에 붙어 우누나.
捲簾淸樾下	발 걷으니 시원한 그늘 아래에

---

220 사욕(沙浴) : 닭, 오리 같은 날짐승이 몸에 꾀는 벼룩을 떨려고, 모래를 파헤치며 비벼대는 짓.

稍覺早涼生　　가을 기운 생김을 약간 알겠네.

128. 푸른 병풍에 대한 노래[221] 翠屛行

吾家有三松　　우리 집에 있는 세 그루 소나무는,

根柯老而奇　　뿌리와 가지 늙어 기이하였네.

瘦骨走蛟龍　　야윈 뼈는 교룡이 달리는 듯 하고

剝落苔生皮　　벗겨진 곳은 이끼가 표면에 났네.

隣翁得巧術　　이웃 노인 교묘한 기술 얻어서,

粧點小屛爲　　장식해서 작은 병풍 만들었노라.

揉之各句連　　여러 시구 휘어잡아 연결하여

綴得相參差　　잇기를 서로 들쭉날쭉 하게 하였네.

勁柯與密葉　　군센 가지와 빽빽한 잎은,

屈曲氷霜姿　　굽은 것이 얼음이나 서리 모습이었네.

昂然祇數尺　　올려다보면 다만 몇 척뿐인데,

立在小屋陲　　작은 집 모퉁이에 서 있었노라.

冬障飛雪侵　　겨울에는 나는 눈 막아 주었고,

夏防烈陽至　　여름에는 뜨거운 볕 막아 주었네.

不用點粉墨　　분묵[222]을 점찍는 것 쓰지 않아도,

---

221 푸른 병풍[翠屛]이라는 말은 병풍을 친 것 같은 절벽에 이끼나 풀 따위가 시퍼렇게 된 것을 형용한 말이다.

222 분묵(粉墨) : 얼굴에 바르는 분과 눈썹을 그리는 먹을 아울러 이르는 말.

天然生積翠 　자연적으로 쌓인 푸른색 나네.

就中多缺罅 　그 중에는 이지러진 틈이 많아서,

遠山透清光 　먼 산의 푸른빛이 사무치누나.

草堂如更深 　초당은 더욱 더 깊은 것 같고,

小庭有微凉 　작은 뜰엔 서늘함 느낄 수 있네.

吾聞卿相家 　내 듣건대, 재상들의 집에는,

爛爛多彩屛 　환하게 빛나는 채색 병풍 많다네.

雲母動朝輝 　운모[223]같이 아침의 햇살 빛나고,

流蘇吐晚馨 　유소[224]같이 저물녘에 향기 토하네.

不如我松屛 　같지 못하리라 내 소나무 그린 병풍이

幽趣自清泠 　그윽한 정취가 스스로 맑고 찬 것만은.

129. 조부께서 서주[225]의 수령으로 나가실 때에 모시고 벽제점에 이르러서 祖父出宰西州, 陪到碧蹄店

遊子知天明 　나그네가 날이 새는 줄 알고

輾轉夢頻驚 　뒤척거리며 꿈을 자주 깨누나.

官門始吹角 　관문에선 이제야 뿔피리 불고,

---

223 운모(雲母) : 돌비늘. 백운모와 흑운모 따위가 있는데, 백운모는 유리의 대용·전기 절연체 따위로 널리 쓰나 흑운모는 그다지 잘 쓰이지 않는다.
224 유소(流蘇) : 수레·깃발·휘장 등의 가장자리에 장식으로 늘어뜨린 술.
225 서주(西州) : 충청남도 서천군의 옛 이름.

村鷄遠聞聲	시골 닭은 먼데서 소리 들리네.
主人開戶語	주인이 문을 열며 말을 하기를
亭亭昧爽近	"훤하게 새벽이 가까워온다" 하네.
土銼滌盤盂	질솥에서 소반과 그릇 씻고 있으니
鏗鏗自成韻	쟁그랑 저절로 소리 내누나.
推枕攬衣裳	베개 밀치고 옷을 당겨 입으니,
睡睫生燈暈	졸린 눈에 뿌옇게 등무리 나네.
鈴聲隔門喧	방울 소리 문 저편서 시끄러우니,
馬嘶商人出	말이 울어 장사치 나와 보누나.
籬匏凝寒露	울타리 조롱박에 이슬 맺혔고,
草根虫相切	풀뿌리에선 벌레들 울어대누나.
落月低山背	지는 달은 산등성이에 나직한데,
曉色來自東	새벽빛은 동쪽에서 밝아오누나.
松火進曉飯	송홧불 아래 새벽 밥 올리는데,
相看疑夢中	서로 보면 꿈속인지 의아해하네.
日出又行行	해가 솟자 먼 길을 가고 가면서,
回首萬山紅	돌아보니 온 산이 붉기만 하네.

130. 임진 나루에서 臨津

| 仙舟歌笛泛淸灣 | 신선 배의 젓대 소리 맑은 물에 넘쳐나고 |

第一樓前積水環　제일루 앞에는 쌓인 물 둘러 있네.

隔岸浮來坡縣樹　기슭 건너 떠오는 건 파주 고을 나무요,

開帆送盡碧蹄山　돛을 펴니 벽제의 산 하나 하나 스쳐가네.

推移屢借魚龍力　옮겨감엔 여러 번 어룡의 힘 빌었고,

出沒輕隨鴈鷺閑　출몰함엔 가볍게 기러기의 한가로움 따랐네.

百頃琉璃磨翠黛　유리 같은 수면 위에 산 그림자 갈아대고[226],

夕陽低在綠菱間　석양은 나직하게 마름풀 사이 있네.

131. 언덕에 오르다 上岸

上岸別舟子　언덕 올라 뱃사공과 이별을 하니,

馬嘶楓樹林　단풍나무 숲에서 말은 우누나.

遠城含水氣　먼 성은 물 기운을 머금고 있고,

高嶂度雲陰　묏부리엔 먹구름 건너가누나.

潮盛浸蛟室　조수가 성하니 교룡의 집[227] 적시우고,

沙明稱鷺心　모래가 밝으니 백로 맘에 어울리네.

東坡孤驛外　외딴 동파역(東坡驛)의 밖에선

稍見店煙深　가게 연기 짙어짐 점차 보이네.

---

226 취대(翠黛) : 눈썹을 그리는 푸른 먹이란 뜻으로, 산 같은 것의 검푸른빛을 말한다.
227 교실(蛟室) : 용궁(龍宮). 보통 큰 강이나 큰 바다를 가리키는 말로도 쓰인다.

132. 임단[228] 도중에서[229] 臨湍道中

白驢蕭灑暫西遊	나귀 타고 한적하게 잠시 서유 하는데,
江郭迢迢亂樹幽	강가 성곽 아득하고 나무들 그윽하네.
日漏殘霞明赤壁	햇빛이 노을에서 새니 적벽이 환하고,
雲含宿雨過湍州	구름은 비 머금고 단주(湍州)[230]를 지나가네.
孤煙散入千峯暮	외딴 연기 흩어져 드니 봉우리들 저물어 가고,
飛瀑寒爲萬壑秋	나는 폭포 차가워서 온 골짜기 가을 이네.
谷口逢僧仍問路	계곡 어귀서 스님 만나 곧 길을 묻는데,
崧陽衰草使人愁	숭양의 시든 풀이 시름을 안겨 주네.

133. 송도를 찾다 尋松都

崧山秋日逈含悲	가을날 숭산(崧山)[231]은 멀리 슬픔 품었는데,
古郭淸霜木落時	옛 성곽 맑은 서리 나뭇잎 질 때였네.
堠吏依依臨水語	봉화 관리 아련하게 물을 보고 말하기를,
暮鴻飛處是高麗	"저물녘 기러기 나는 곳이 고려랍디다."

---

228 임단(臨湍) : 1. 경기도 연천군 미산면 마전리의 옛 이름. 2. 경기도 장단군의 옛 이름.
229 이 시는 『대동시선』에도 실려 있다.
230 단주(湍州) : 경기도 장단군의 옛 이름.
231 숭산(崧山) : 송악산(松嶽山)을 말한다. 경기도 개성시 북쪽에 있는 산. 고려 시대의 궁터인 만월대가 있다. 높이는 488미터.

134. 송경 松京

老樹空城浩刧餘	빈 성의 늙은나무 호겁[232]동안 남아있고,
橐馳橋上夕陽疎	탁타교[233] 위에는 석양이 성기도다.
草深下馬碑猶在	풀 깊어도 하마비(下馬碑)는 오히려 남아 있고,
花落窺粧井已虛	꽃 지는데 단장한 걸 엿봤으나 우물 이미 비어 있었네.
流水何知亡國恨	흐르는 물이 어찌 망국의 한 알랴마는,
行人尙識舊宮墟	행인들은 오히려 옛 궁궐 터 아는구나.
蒼苔廢巷封秋葉	이끼 낀 버려진 마을길이 낙엽으로 덮혔으나,
半是前朝卿相閭	절반이 옛 왕조 재상들의 마을이었네.

135. 남쪽 누대 南樓

天磨遠色暮	천마산(天磨山)[234]의 먼 빛이 저물어갈 제,
客立水聲中	나그네가 물소리의 속에 서있네.
秋風吹野郭	가을바람 들 성곽에 불어대는데,
夜燒入行宮	횃불이 행궁 속에 들어가누나.

---

232 호겁(浩刧) : 불교에서 말하는 인간의 큰 재화(災禍).
233 탁타교(橐駝橋) : 고려(高麗) 개경(開京)의 동남쪽에 있던 다리. 도성(都城) 주위에 해자 (垓子)를 파고 동·서·남·북에 다리를 놓았는데, 이 다리는 동남쪽에 설치되어 하삼 도(下三道) 지방의 교통로와도 연결되었다. 고려(高麗) 태조(太祖) 왕건(王建)이 발해(渤 海)를 멸망시킨 거란이 보낸 낙타(駱駝)를 이 다리 밑에 매어 두어 굶어 죽게 한 옛 일에서 온 이름이다.
234 천마산(天磨山) : 송도의 송악산(松嶽山) 북쪽에 있는 산 이름이다.

136. 만월대[235] 滿月臺

崧陽殘月照荒臺	숭양(崧陽)의 잔월이 황량한 대 비추는데,
王氏山河有客來	왕씨의 산하[236]에 어떤 객 찾아왔네.
石砌半欹衰草沒	돌 섬돌 절반쯤은 시든 풀에 덮여있고,
土城全缺暮鴉回	다 무너진 토성에 저녁 까마귀 돌아오네.
前朝如夢水仍去	전 왕조는 꿈과 같고 물은 절로 흐르는데,
廢苑無情花自開	폐원(廢苑)엔 무정하게 꽃이 절로 피었구나.
天壽門前冠冕散	천수문[237] 앞에서 벼슬아치 흩어지니,
遺墟空作後人哀	남은 터 부질없이 뒷사람 슬프게 하네.

만월대(滿月臺)

---

235 만월대(滿月臺) : 개성직할시(開城直轄市) 송악산(松嶽山) 기슭에 있는 고려의 궁궐터.
919년 태조가 송악산 남록에 도읍을 정하고 궁궐을 창건한 이래 1361년 홍건적의 침입으
로 소진될 때까지 고려 왕의 주된 거처였다. 역대의 많은 시인들이 이곳을 소재로 시문들
을 창작하였는데, 대부분은 왕조의 흥망에 대한 비감을 담고 있는 내용들이 많다.
236 왕씨의 산하 : 왕건(王建)의 산하를 말하는 것으로 보인다.
237 천수문(天壽門) : 개성 동쪽의 천수사(天壽寺)의 남문. 고려조 5백 년간에 손님을 맞이하고
보내던 곳이었다.

137. 옛 종 故鍾

蒼山擁故國	푸른 산이 옛 나라를 안고 있는데,
敗堞星荒荒	깨진 성가퀴에는 별빛만 쓸쓸하네.
寒鍾倒磊嵬	찬 종은 커다랗게 엎어져 있고
靑銅飽風霜	청동은 많은 풍상 겪었도다.
蛟龍宛舊刻	교룡은 옛날에 새긴 것이 뚜렷한데,
半身苔蘚生	몸 절반은 이끼가 끼어있었네.
天欲風雨夜	하늘이 밤에 비바람을 치려할 때엔,
殷殷自作聲	은은하게 저절로 소리 나노라.
餘籟在松嶽	남은 소리는 송악산에 있으니,
萬木爲悲鳴	모든 나무 위하여 슬프게 우네.

138. 숭양서원[238]을 참배하다 謁崧陽書院

前朝老栢擁荒祠	전 왕조의 늙은 측백 횅한 사당 안았는데,
祠外崧岑滿目悲	사당 밖의 숭산 봉우리 눈에 가득 서글프네.
王氣千年流水去	천 년의 왕조 기운 유수(流水)처럼 갔지만,

---

238 숭양서원(崧陽書院) : 정몽주(鄭夢周)를 제향하기 위해 개성에 세운 조선시대의 서원. 북
한 사적 제51호. 개성시 선죽동 소재. 1573년 개성유수(開城留守) 남응운(南應雲)이 유림
들과 협의 끝에 정몽주의 충절을 기리고, 아울러 서경덕(徐敬德)의 학덕을 추모하기 위해
개성 선죽교 위쪽 정몽주의 집터에 문충당(文忠堂)을 세웠다.

公心百死彼蒼知　공의 마음 백번 죽어도 저 하늘은 알리라.
山河肅穆瞻遺像　산하는 적막한데 초상화 보게 되고,
星日昭森有短碑　빛나는 행적은 짧은 빗돌에 남아 있네.
俎豆至今供祭祀　지금껏 음식 차려 제사를 지내노니,
行人下馬一躕躇　행인들 말을 내려 한결같이 서성대네.

숭양서원(崧陽書院)

139. 두문동[239] 杜門洞

寂寂杜門洞	조용하고 적막한 두문동에는
秋草與人齊	가을 풀이 사람 키와 나란하구나.
飮馬野溪傍	들판의 내에 가서 물 마시던 말,
水寒濺馮蹄	찬 물을 말굽으로 흩뿌리누나.
悲風日暮起	슬픈 바람 저물녘에 불어대노니,
纍纍見荒原	많은 무덤 황량한 언덕에 뵈네.
緬憶古節士	그 옛날의 절사를 떠올리노니
蒼碑至今存	푸른 빗돌 지금껏 남아 있구나.
廢巷殘薇綠	폐허된 마을엔 남은 고사리 푸르고,
空郊老柏多	빈 교외엔 늙은 잣나무 많기도 하네.
村墟化煙蕪	마을 터가 안개 낀 들로 바뀌었으니,
萬事已逝波	온갖 일 이미 지난 물결 되었네.
遺民或餘悲	유민 중에 더러는 슬픔 남았고,
過客自來歌	나그네는 원래부터 노래를 했네.
孤鴻下天末	기러기가 하늘에서 내려와서는,
悲鳴奈爾何	슬프게 운다한들 널 어찌하리?

---

239 두문동(杜門洞) : 골짜기 이름. 경기도 개풍군(開豊郡) 토성면(土城面) 여릉리(麗陵里)에 있다. 고려가 멸망하자 고려의 유신(遺臣) 72인이 이곳에 들어가 은거하여 붙여진 이름이다. 이에 이성계(李成桂)는 두문동을 포위하고 72명의 고려 충신들을 몰살하였다. 조선 정조(正祖) 때에 이곳에 표절사(表節祠)를 세워 이들의 충절을 기렸다.

두문동

140. 고려 왕의 무덤 麗王陵

崧嶽氣悽愴	송악산의 기운이 서글픈데,
夕吹悲松樹	저물녘 솔 숲 사이 바람 슬프네.
遺民指短隴	유민들은 짧은 언덕 가리키면서
云是麗王墓	고려왕 무덤이라 말들을 하네.
厥祖勤造家	그 조상은 부지런히 가문을 만들었는데,
孱孫荒墜業	못난 자손들 거칠게 가업 망쳤네.
蓬科沒深苔	무덤은 두꺼운 이끼에 덮여 있었고,
石羊如悲泣	석상(石像)[240]은 슬프게 우는 듯하네.
興亡自物理	흥망은 자연스런 사물의 이치이니,
我有一言慰	나에게는 위로할 한 마디 말 없네.

---

[240] 석양(石羊) : 왕릉(王陵)이나 무덤 앞에 세워 놓은 돌로 만든 양 모양의 조각물.

山川屢更主　산천은 여러 차례 주인 바뀌어,

有國無千載　천년 세월 지속된 나라 없다네.

當時百濟墟　당시의 백제였던 옛 터에는

義慈鬼亦餒　의자왕의 넋 또한 굶주려 있네.[241]

공민왕릉 무덤

---

241 이 시구는 백제(百濟)가 멸망하여 그 최후의 군주(君主)였던 의자왕(義慈王)의 제사(祭祀)
도 지내지 못하는 것을 읊은 것이다.

141. 고도잡절 故都雜絶

1)

孤鴈悲鳴過野墟	외기러기 슬피 울며 들 터를 지나는데
黍禾埋國雨疎疎	서화[242]는 성읍 묻고 쓸쓸히 비 내리네.
田間白石橫衰草	밭 사이 흰 돌은 시든 풀에 덮였는데
盡是行宮舊砌餘	모두가 행궁의 남겨진 옛 섬돌이네.[243]

2)

秋山古郭噪昏鴉	가을 산 옛 성곽에 저녁 까마귀 시끄럽고,
寥落村煙一巷斜	쓸쓸한 마을 연기 온 골목에 비껴 있네.
饁婦依林歌轉咽	들밥 내온 아낙이 하는 노래 더 목이 메이고,
至今簑笠向人遮	지금껏 도롱이에 삿갓으로 사람 향해 가리고 있네.[244]

---

242 서화(黍禾) : 기장과 벼. 서리지탄(黍離之歎)과 관련된 고사로 보인다. 『詩經』「黍離」에 "저 주렁주렁 매달렸거늘, 저 서(黍)와, 저 직(稷)의 싹 이로다. 발걸음이 떨어지지 않아서, 마음 속이 흔들렸노라. 나를 아는 사람은, 내 마음의 근심을 말할 테지만, 나를 알지 못하는 사람 은 나더러 무엇을 구하느냐고 할 것이니, 멀고 먼 푸른 하늘아 이렇게 만든 자는 누구이냐彼 黍離離, 彼稷之苗. 行邁靡靡, 中心搖搖. 知我者, 謂我心憂. 悠悠蒼天, 此何人哉"라고 했다.
243 이 시는 『조야시선』에도 실려 있다.
244 이 시는 『조야시선』에도 실려 있다.

3)

斜陽隔水女娘歌	해질녘 물 건너서 아가씨들 노래하니,
衰草宮墟吊奈何	시든 풀의 궁터에 조문한들 무엇 하랴.
毬馬場前看月處	격구장[245] 앞에 있는 달구경 하던 곳엔
當時麗主笑新羅	당시의 고려왕이 신라를 비웃었으리.[246]

격구하는 모습

---

[245] 격구장(擊毬場) : 고려 때 개성에 있었다. 원래 페르시아에서 비롯된 폴로 경기가 당(唐)나라에 전래되어 격구로 불리면서 고구려·신라에 전해졌으며, 고려시대에 성행하였다. 격구에 관한 기록으로는 『高麗史』에서 찾을 수 있다.

[246] 이 시는 『조야시선』에도 실려 있다.

4)

佛殿荒凉倚古松　　황량한 불전은 고송에 의지하고,
孤雲秋色五冠峯　　외딴 구름 가을빛이 오관봉(五冠峯)에 어리었네.
有僧頭白高麗國　　어떤 스님 머리 하얀 고려국 사람으로
日暮無言自扣鍾　　해 저물자 말 없이 스스로 종을 치네.

5)

遺民白髮滿松京　　백발인 유민들이 송도에 가득하니,
寒食村村香火淸　　한식에 마을마다 향화가 정결(精潔)하네.
夜遣兒孫殺雞鴨　　밤중에 손주 시켜 닭과 오리 잡아서,
祠堂去祭鄭先生　　정 선생의 사당에 가 제사를 거행하네.

142. 석등 石燈

天壽門外長明燭　　천수문[247] 밖에는 장명등 비추는데,
蒼苔蝕柱藤蘿鎖　　기둥은 이끼 끼고 넝쿨이 휘감았네.
玉盞孤明對山河　　옥잔(玉盞)의 외론 불빛 산하를 마주한 채

---

247 천수문(天壽門): 개성 동쪽의 천수사(天壽寺)의 남문. 개성을 나서는 길목이라 모든 배웅
이 이곳에서 이루어졌다 한다.

五百年來照佛座　　오백 년 이래로 불좌를 밝혀오네.
故國風雨吹燈滅　　비바람 불어와서 옛 나라 등을 끄니
時有牧童敲石火　　때때로 목동이 와 부싯돌 두드리네.

고달사 쌍사자 석등

143. 들밭 野田

崧陽野色白於水　　숭양의 들판 빛은 물보다 새하얀데,
新田禾黍凝暮煙　　새 밭의 기장, 벼에 저녁 연기 엉기었네.
夜燒蒼茫土塍黑　　밤 불이 넓고 넓은 밭두둑이 검은데,
繞原細蝶飛翩翩　　들판 두른 작은 나비 너울너울 나는구나.
黃牛將犢草間逸　　누렁소 새끼 끌고 풀 사이에 한가롭고,
牧兒走索宮墟前　　목동은 궁터 앞서 줄타기[走索][248] 하는구나.

김준근(金俊根), 〈광대줄타기〉

---

[248] 줄타기[走索] : 백희(百戲)의 하나. 두 개의 기둥을 적당한 거리에 세운 다음, 그 사이에 걸은 줄 위를 교묘하게 밟고 건너가는 일을 이른다.

144. 선죽교 善竹橋

善竹橋水流離下   선죽교 아래에는 물줄기 흘러 내려,

十里鳴咽過隴頭   십 리 길 목 메이며 언덕 머리 지나누나.

過客無心聞水聲   과객은 무심하게 물소리 들으면서,

秋風驅馬行悠悠   추풍(秋風)에 말을 몰며 한가히 가는구나.

溪頭斜日照殘碑   시냇가 지는 해가 깨진 빗돌 비추는데,

忽聞橋名始欲愁   갑자기 다리 이름 듣게 되자 수심 겹네.

선죽교

145. 동구가 銅狗歌

天磨山下石巃嵷	천마산(天磨山) 아래에는 암벽이 우뚝한데,
林間有狗高於塔	숲 사이에 탑보다 커다란 개가 있네.
大地蹲坐一千年	천년 세월 대지에서 웅크려 앉았으니,
銅身剝落苔錢濕	구리 몸 벗겨진 채 축축한 이끼꼈네.
仰首哆口向東南	머리 들고 입 벌린 채 동남쪽 향했으니,
道詵曾行壓勝法	도선이 지세 눌러 놓은 것 이라하네.[249]
物古狀奇通佛靈	오래되고 기이한데 불령이 통하여서,
夜吠空山風雨入	밤에 빈 산에서 짖으면 비바람 몰려오네.
天運元來有興廢	천운(天運)이란 본래부터 흥망이 있으니,
故國斜陽照汝背	옛 나라 석양빛이 너의 등 비추누나.
銅狗銅狗可奈何	동구야! 동구야! 어찌하면 좋을까
夜月臺前眠自在	달 밝은 밤, 대 앞에서 편안히 잠을 자네.

146. 궁터를 지나다 過宮墟

蒼煙野色暮	자욱한 연기 속에 들 빛 저물어,
孤客欲愁生	외로운 객 수심이 생기려하네.
衰草羊歸洞	시든 풀에 양 떼는 마을에 가고,

---

249 압승법(壓勝法) : 지세(地勢)를 눌러 흉한 것을 길한 것으로 바꾸는 것.

寒暉鳥聚城	찬 햇살에 새들은 성에 모이네.
荒臺多落木	황량한 돈대에 낙엽이 많이 지니,
故國易秋聲	고국은 가을소리 되기가 쉽네.
樵子下山夕	나무꾼이 저녁에 하산할 때는
悲歌一徑橫	슬픈 노래 길 가에 비끼어 있네.

147. 옛날의 누원에서[250] 故漏院

院墟蒼凉石沒苔	누원의 터 스산한데 돌에 이끼 덮였고,
銀壺半折水淋淋	은호는 반쯤 깨져 물 쏟아져 나오네.
纖流幽咽墮林遲	가는 물줄기 오열하듯 숲에 뚝뚝 떨어지니,
此時暗作前朝心	이때에 남모르게 전조(前朝) 생각 떠오르네.
聲到四更休更促	물소리 사경 알리면 다시는 재촉 말라
故臺殘月欲西沉	옛날 대 남은 달이 서쪽으로 지려하니.

148. 마암사의 남은 터 馬巖寺遺址

道傍蹲壞塔	길 가에는 무너진 탑 쭈그려 있는데,

---

250 이 시는 『조야시선』에도 실려 있다.

人說愍王時	사람들 공민왕 때라 말하는구나.
石畵徵天竺	돌에 새긴 그림은 인도를 징험하고,
苔文記太師	이끼 낀 문장은 큰 스님 기록했네.
高麗終覆滅	고려가 마침내는 멸망했으니,
老佛不慈悲	늙은 부처 자비롭지 못한 것이네.
寥落寒山近	쓸쓸한 한산이 가까이 있는데,
斜陽客度遲	해질녘 나그네는 발걸음이 더디네.

149. 개성으로 가는 길에 할아버지께 하직 인사하고 밤에 여관에서 회포를 쓰다[251] 松京途上, 拜辭祖父, 夜店書懷

秋虫聲感激	가을벌레 소리에 느낌이 있어,
荒店着眠遲	궁벽한 여관에서 잠 더디 오네.
兩地共愁坐	두 곳에서 함께 시름하고 앉았으니,
孤燈同此時	외론 등불 이때에 같았으리라.
江雲低隔望	강 구름 낮게 깔려 시선을 막고,
關月逈含思	관산 달에 아득히 그리움 품네.
却恐征衣薄	도리어 옷가지는 얇기만 하니,
北風連夜吹	된바람이 밤새껏 불까 두렵네.

---

251 이 시는 『조야시선』에도 실려 있다.

150. 동파역[252]에서 새벽에 생각하다 東坡驛曉思

行人問孤驛	길 가던 이 외딴 역 물어볼 때에,
臨水馬多嘶	물가에서 말이 많이 우노라.
江霧依林宿	강가 안개는 숲에 의지해 자고,
天星覆野低	하늘의 별은 들을 낮게 덮었네.
松深衝伏虎	솔 숲 깊어 엎드린 범과 마주치고,
村遠信鳴雞	마을 머니 우는 닭만 믿게 되었네.[253]
僮僕把雙炬	어린 종이 횃불을 두 개 잡고서,
相隨到堠西	서로 짝해 봉화대 서쪽에 닿네.

151. 돌아오는 길에 서암사[254]에 들다 歸路, 入西巖寺

紅樹斜陽入遠城	나무 붉게 하는 사양 빛이 먼 성에 들어가니,
層巖中斷洞門平	험한 바위 중간에 끊기고 동문(洞門)은 평평했네.
閑雲滿院鶴相對	한가한 구름이 꽉 찬 집에 학과 마주하고,
飛瀑灑樓僧更淸	우렁찬 폭포는 누각에 뿌리니 중은 더욱 맑구나.
谷邃殘霞猶雨氣	골짝 깊어 남은 놀엔 아직도 우기(雨氣) 있고,
山空落葉盡秋聲	산이 비어 낙엽에도 모두 가을소리이네.

---

252 동파역(東坡驛) : 장단(長湍)에 있다. 현 파주시 진동면 동파리.
253 닭소리가 들리니, 먼 곳에 인가가 있음을 이르는 말이다.
254 서암사(西巖寺) : 북한산의 절 이름.

爐煙石榻移時坐　화로연기 나는 돌 걸상에 한참동안 앉자니,

寒磬蕭然太古情　처량한 경쇠소리 쓸쓸하여 태고의 정이네.

152. 밤에 동료[255]에서 묵다가 솔바람 소리를 듣다 夜宿東寮, 聽松籟

秋山殿影虛　가을 산에 불전(佛殿)의 그림자 비었는데,

松燈曖懸壁　관솔 등불 희미하게 벽에 걸렸네.

佛堂夜多寒　불당이 한밤중에 많이 추워서,

脩然夢先覺　날듯이 꿈결에서 먼저 깨었네.

如聞竽瑟韻　피리와 비파 소리 듣는 것 같은 운치가

來自空濛間　자욱한 데에서 오는구나.

泠泠答鳴溜　시원스레 울리는 낙숫물과 화답 하여,

杳杳動虛山　아득하게 빈 산을 움직여대네.

寥天自淸越　넓은 하늘 스스로 맑기만 한데,

萬壑傳其響　온 골짝은 그 소리 전하는구나.

枕上潛側耳　베개 위에 잠잠히 귀 기울이니

心神久惝怳　몸과 맘은 오래도록 안절부절 못했네.

老僧微笑語　늙은 스님 미소 띠며 말하기를,

過客不須驚　"나그네는 놀랠 것이 없을 터이니,

是處高多風　이 곳은 높직해서 바람이 많아,

---

255 동료(東寮) : 중흥사(重興寺) 동쪽 방(東寮)을 가리킨다.

중흥사(금란계첩)

松柏每夜聲	송백이 밤마다 소리가 나며
萬木之翏翏	온갖 나무 우수수 소리가 나면,
天籟托以鳴	천뢰가 의탁해서 울어대나니
物本靜中動	사물은 본래부터 정중동하여,
聲從激處生	소리가 격동하는 곳에서 나오."
我聞仍起謝	내가 듣고 곧 일어나 감사하고서,
虛心寤玄談	마음 비워 현담을 깨닫게 됐네.
開戶夜色凉	방문 열자 밤빛이 서늘도 한데,
樹影滿西巖	나무 그림자 서암에 가득했으며

餘聲在葉間　　남은 소리 나뭇잎 사이 있는데,

缺月窺佛龕　　조각달이 불감(佛龕)을 엿보았네.

153. 백운동 입구에서[256] 白雲洞門

백운동문

千峰漭欲曉　　천봉우리 아득하여 새벽이 되려는데,

石遷疎星生　　돌길에서 바라보니 성근 별 생겼도다.

磬響山俱靜　　경쇠 소리에 산은 다 고요하고,

松聲澗共淸　　솔 소리에 시내도 함께 맑도다.

洞雲初鳥度　　구름 낀 마을에는 첫 새 지나고,

---

256 백운동문(白雲洞門) : 경기도 고양시 덕양구 북한동의 암석에 새겨져 있는 명문. 가로 7m, 세로 5m에 이르는 거대한 화강암 바위에 음각되어 있다. 힘찬 서체로 '백운동문(白雲洞門)'이라는 글씨가 해서체로 새겨져 있다. 언제 누가 제작한 것인지는 알려지지 않았으나 1755년 성능(聖能)의 『北漢誌』에 이 명문에 관한 기록이 남아 있어 그 이전에 만든 것임을 알 수 있다.

菴月遠僧明　암자 달에 먼 스님 환히 보이네.

欲訪溫王跡　온조왕[257]의 자취를 찾으려 하니,

蒼碑對古城　이끼 낀 빗돌이 옛 성과 마주해 있네.

154. 산영루 山暎樓

靑山意宛轉　청산의 뜻이 완연하게 바뀌어,

雲氣洞門幽　구름 기운 동문에 그윽하구나.

亂水喧歸壑　어지런 물 시끄럽게 구렁에 돌아가고,

危樓坐似舟　높은 누대 앉으니 배와 같구나.

碧蘿籠古石　푸른 넝쿨 옛 돌을 얽고 있으며,

紅葉覆淸流　붉은 잎은 깨끗한 물에 떠 있네.

凉籟滿空碧　서늘한 바람 소리 창공에 가득한데,

疎欄客倚秋　가을에 나그네가 난간에 기대있네.

---

257 온조(溫祚, ?~28) : 백제의 건국시조. 재위 45년. 고구려 시조 동명왕(東明王)의 셋째 아들.
위례성(慰禮城)에 도읍을 정하여 국호를 백제라 하였고, 동왕 14년(B.C. 5)에 도읍을 남한
산(南漢山)으로 옮겼으며, 26년에 마한(馬韓)을 병합하여 국토를 확장하였다.

산영루

155. 행궁 行宮

行宮縹緲入雲端	행궁이 아득하게 구름 끝에 드는데,
華嶽中開洞府寬	삼각산이 가운데 열려서 동부(洞府)[258]가 널찍하네.
十里珠甍連白堞	십 리 깔린 구슬 같은 용마루 흰 여장(女墻)과 이어져,
萬年金鎖肅青巒	만년의 금쇄(金鎖)처럼 푸른 뫼에 읍(揖)을 하네.[259]
層壇日月扶雙殿	층층 단은 오랜 세월 쌍전(雙殿)을 부축했고,
靜夜星辰象百官	고요한 밤, 별들은 백관들과 같구나.[260]

258 동부(洞府) : 신선이 사는 곳.
259 이 한 련(聯)의 시구는 10리에 걸쳐 만년불변(萬年不變)으로 닫혀 있는 성곽의 짜임새가
　　마치 예로부터 변함없이 얽혀 있는 높고 낮은 산봉우리와 같다는 뜻이다.
260 여기서는 북극성을 중심으로 뭇 별들의 모습이 마치 임금을 향하여 백관들이 조례(朝禮)

老釋年年備灑掃　　늘은 중이 해마다 청소하여 대비하니,

滿庭松檜不禁寒　　뜰에 꽉 찬 소나무, 홰나무는 추위 못 견디네.

북한산 행궁

156. 치영[261] 緇營

青山寒角曉開營　　청산의 찬 피리에 새벽 병영 열리고,

軍牒皆編釋子名　　군첩에 편찬(編纂)된 건 모두 중의 이름이었네.

禪榻不關看貝葉　　중의 자리[262]인데도 불경[263]과는 상관없고,

하는 것 같다는 말이다.

261 치영(緇營) : 중흥사(重興寺)에 있었는데, 승병(僧兵)을 설치하고 치영이라 하였다. 총섭(摠攝) 1명 본시는 종전부터 거주하는 중으로 임명하였는데 1797년에 수원유수 조심태(趙心泰)의 계청에 의하여 용주사(龍珠寺)의 중으로 번갈아서 임명하게 하였다.

262 선탑(禪榻) : 스님의 좌선(坐禪)하는 걸상을 가리킨다.

263 패엽(貝葉) : 다라수(多羅樹)라는 나무의 잎사귀. 다라수는 모래땅에서 잘 자라는 열대 식

褊裨臺上角弓鳴　　수어장대에서 비장들[264] 각궁[265]을 불어대네.

157. 절 뒤에 있는 늙은 소나무 寺後老松

寺殿秋陰重　　절의 대웅전(大雄殿)에는 가을 그늘 짙은데,

蒼然百丈松　　푸르른 백 길 되는 소나무이네.

根蟠疑伏虎　　서린 뿌리는 엎드린 범인가 의심되고,

幹古欲如龍　　오래된 줄기는 용과도 같으려 하네.

覆盡重城瀑　　중성(重城)의 폭포수를 다 덮었으니,

高於露積峯　　(소나무가) 노적봉보다도 더 높았네.

扶持應佛力　　부지함은 부처의 힘일 것인데,

竽籟雜寒鍾　　우뢰(竽籟)[266]가 쓸쓸한 종소리와 섞여 있네.

물로서 남인도(南印度), 스리랑카, 미얀마 등에서 자란다. 종려과(棕櫚科)에 속하며, 흰색의 꽃은 크고, 열매는 붉으며 석류와 비슷하다. 패다라(貝多羅) 또는 패엽(貝葉)이라 불리는 잎사귀는 크고 두꺼워서, 옛부터 철필(鐵筆)을 사용하여 경문을 새기는 사경(寫經)에 이용되었다.

264 편비(褊裨) : 비장(神將)을 가리킨다.

265 강궁(角弓) : 쇠뿔이나 양뿔 등(等)으로 꾸민 활.

266 우뢰(竽籟) : 우(竽)라는 악기와 뢰(籟)라는 악기이다.

북한산 노적봉(露積峯)

158. 태고사의 비각[267] 太古寺碑閣

태고사 원증국사탑비

客到太古菴	나그네가 태고암에 도착해 보니
片石立荒墟	조각돌이 폐허에 서서 있었네.
居僧剔蒼苔	사는 중이 푸른 이끼 벗기어내니,
牧翁有此碑	이 비에 목은 선생 자리해 있네.
風霜集古閣	풍상이 옛 비각에 모여 있으나,
筆力撐天地	필력은 하늘 땅을 버티고 있네.

---

267 태고사의 비각 : 태고사 원증국사탑비(太古寺圓證國師塔碑)를 가리킨다. 1977년 8월 22일
보물 제611호로 지정되었다. 경기도 고양시 덕양구 태고사(太古寺)에 있는 태고사 법당 옆
목조 비각 안에 보존되어 있다. 널찍한 직사각형의 지대석(地臺石) 위에 귀부(龜趺)를 안
치하고 그 위에 비신(碑身)을 세웠으며 꼭대기에 이수(螭首)를 놓은, 통일신라~고려시대
의 일반적인 탑비형식이다.

金石畵杈枒　　금석 글씨는 자획이 들쭉날쭉하고,[268]

龜龍法奇秘　　귀부(龜趺)와 이수(螭首)[269]는 신비함 본받았네.

爲感古人跡　　고인 남긴 자취에 감격이 되어,

跪讀心香炷　　꿇어 앉아 읽으며 심향(心香) 태우네.

纍纍寺門碑　　즐비하게 깔려 있는 사문(寺門)의 빗돌을

過客不回顧　　지나가는 과객은 안 돌아보네.

159. 용암사[270]로 관철상인을 방문했으나 만나지 못하고 龍巖寺

訪觀澈上人, 不遇

斜陽鳥下石扉關　　사양에 새 내리고 돌문 닫혀 있는데,

飛錫楓崖暮不還　　단풍 벼랑에 스님[271]은 저녁에도 안 오시네.

露積白雲無限好　　노적봉 흰 구름은 한없이 좋은데,

禪師何處去看山　　선사는 어데 가서 산 보고 있으실까?

---

268 차아(杈枒) : 여기서는 글씨가 들쭉날쭉하게 쓰여져 있는 것을 형용한 말이다.

269 귀부(龜趺)와 이수(螭首) : 신도비(神道碑)나 송덕비(頌德碑)같은 큰 비를 세울 때 받침돌을
거북 모양으로 조각하고, 비의 위에 얹는 갓돌을 용(龍)이 서린 모양으로 만드는 것을 이른다.

270 용암사(龍巖寺) : 이덕무의 「記遊北漢」에 "이 절은 북한산의 동쪽으로 가장 깊숙한 곳에
위치하고 있다. 북쪽에는 다섯 봉우리가 있는데 큰 것이 셋이니, 백운봉(白雲峯) · 만경봉
(萬景峯) · 노적봉(露積峯)이다. 그러므로 삼각산(三角山)이라 부른다. 인수봉(仁壽峯)과
용암봉(龍巖峯)은 작은 것이다(是寺最北漢之東隩也. 北有五峯, 大者三, 曰白雲, 萬景, 露
積. 故三角名焉, 仁壽, 龍巖小者)"라 나온다. 번역은 고전번역원의 것을 따른다.

271 비석(飛錫) : 석장(錫杖)을 짚고 날아다닌다는 뜻으로, 승려나 도사가 순례하러 돌아다님
을 이르는 말.

160. 동장대[272] 東將臺

동장대

樹梢紅日掛城東	나무 끝 붉은 해가 성 동쪽에 걸렸는데,
上將壇高出半空	상장(上將)의 단소는 높직하여 허공에 솟아 있네.
俯視滄溟渾欲小	바다를 굽어보니 모두 작게 보이었고
坐令山嶽盡無雄	앉아 보니 산악들은 보잘 것 없는 듯 하네.
樓臺半入孤雲裡	누대는 절반이 외딴 구름 속에 들고,
郡縣微分積氣中	군현은 희미하게 쌓인 기 속에 나뉘었네.
巾鳥飄然難久立	두건·신발 나부껴서 오래 서기 어려우니,
晚來層嶂易天風	저물녘 높은 암벽에는 천풍이 바뀌었네.

---

272 동장대(東將臺) : 북한산의 대동문(大東門)에서 백운대로 향하는 길목에 위치해 있다. 보통은 산성이나 성곽 등의 동쪽에 만들어 놓은 대를 가리키는 말로 쓰인다. 산성에는 대체로 동서남북의 네 군데에 수어장대(守禦將臺)가 있음. 장수들은 각기 그 장대에서 자기 휘하의 군사들을 지휘했다.

161. 보광사[273]에서 스님의 범패소리를 듣다 普光寺聞僧梵

普光寺僧頭似雪	보광사 스님 머리는 하얀 눈과 같은데,
百八串珠垂項領	백팔 개의 꿰인 염주 목덜미에 늘어졌네.
瘦骨稜稜高結喉	마른 뼈는 툭 불거져 목젖[274]이 솟았는데,
蒲團迎客袈裟整	포단에 손님 맞아 가사를 정돈했네.
滿庭松陰當碧岑	온 뜰에 솔 그림자 푸른 산봉(山峰) 당한데서,
趺坐始發西方音	가부좌 틀고 앉아 부처 얘기[275] 시작했네.
萬象虛明發玄機	만상은 비고 밝아 천기(天機)에서 발하여,
響透金石淵而深	메아리가 금석에 사무쳐서 매우 깊네.
竺山飛來八萬門	축산(쓰山)에서 팔만 개의 문이 날아 왔으니,
莽鳥高入曇蓮陰	아득한 새가 높직하게 우담발화와 연꽃 그늘에 드네.
石塔浮雲凝不飛	석탑에 뜬 구름은 엉겨서 꼼짝 않고,
潭底老蛟時一吟	못 물 밑 늙은 교룡 때때로 한 번 우네.
中聲激烈劃半空	중성이 격렬하게 반공을 긋더니만,

---

273 보광사(普光寺) : 이덕무의 「記遊北漢」에 "날이 저물어 성문에 이르니 바로 산이 끝나는 곳이다. 성문의 아래는 지형이 약간 낮고 단풍나무[楓] · 남나무[楠] · 소나무[松] · 삼나무 [杉]가 수없이 많으며, 텅 빈 골짜기에는 메아리가 잘 울린다. 찬 기운이 처음으로 사람을 엄습하였다. 드디어 보광사에 이르러 법당(法堂)의 오른쪽 조정(藻井 화재를 예방한다는 뜻으로 수초(水草) 모양의 그림을 그려넣은 천장)에 세 사람의 성명(姓名)을 크게 써 놓았다. 화상(和尙)들은 모두 무예[兵]에 관한 이야기를 하였으며, 벽실(壁室)에는 창 · 칼 · 활 · 화살 등을 저장하고 있었다. 항혼 무렵에 태고사(太古寺)에 도착하여 투숙하였다[日暮抵城門, 乃山之臬處. 門以下地稍底, 多楓楠松杉, 曠然谷易應, 寒氣始襲人也. 遂抵普光法堂, 右藻井, 大書三人字姓. 和尙皆談兵, 壁室, 貯鎗刀弓矢. 黃昏, 抵太古寺宿]"라 나온다. 번역은 고전번역원의 것을 따랐다.

274 결후(結喉) : 남자(男子) 목의 중간 부분에, 후두(喉頭)의 연골(軟骨)이 툭 튀어 나온 부분을 이른다.

275 서방소리[西方音] : 부처에 관한 이야기를 이른다.

滿寺紅葉雨淋淋　　절 가득히 붉은 잎에 주룩주룩 비 내리네.

無竭須彌舍利精　　담무갈(曇無竭) 있는 수미산엔 사리가 깨끗하고,

達摩慈海麻葉青　　달마의 자해[276]에는 삼 잎이 푸르도다.

四山殷殷答虛籟　　온 산은 은은하게 빈 소리에 화답 하고,

諸佛諸天坐黙聽　　절의 모든 부처들은 앉아서 묵묵히 듣네.

響竟秋風動颯颯　　메아리는 마침내 가을바람이 솔솔 붊과 같으니,

斂口呵氣依松榻　　입 오므려 입김 불며 소나무 걸상에 기대있네.

162. 부왕사[277] 扶旺寺

殿角翻霜蝠　　전각에서 서리 철의 박쥐가 뒤척이고,

夜深清月圓　　밤이 깊자 맑은 달이 둥그런하네.

水涵諸佛影　　물에는 여러 부처 그림자 담겨 있고,

山對老僧眠　　산은 노승이 잠든 것 마주 했네.

落葉棲雲塔　　낙엽은 구름 같은 탑에 머물러 있고,

飛虹墮覔泉　　나는 무지개 견천[278]에 떨어져 있네.

부왕사 표석

---

276 자해(慈海) : 자비(慈悲)의 교해(敎海)란 뜻이다.

277 부왕사(扶旺寺) : 이덕무의 「記遊北漢」에 "이 절은 북한산 남쪽 깊은 곳에 있다. 골짜기는 청하동(靑霞洞)이라 하는데 동문(洞門)이 그윽하고 고요하여 다른 곳은 모두 이와 짝하기 어렵다. 임진 왜란 때 승장(僧將)이었던 사명대사(四溟大師, 이름은 유정(惟政))의 초상이 있는데, 궤(梧)에 의지하여 백주미(白塵尾, 흰 사슴 꼬리로 만든 총채)를 잡았으며, 모발은 빠져 없고 배를 지나는 긴 수염만이 남아 있다. 서쪽 벽에는 민환(敏環)의 초상이 있다. 쉬면서 점심을 먹었다[寺在漢之南奧. 洞名曰靑霞洞, 門其幽而寂, 它皆難與之侔. 有壬辰僧將泗溟師像, 據梧執白塵尾, 落髮而存其鬚過腹也. 西壁有敏環像焉, 憩而午飯]"라 나온다. 번역은 고전번역원의 것을 따랐다.

| 蒲團淸減睡 | 포단이 시원해서 졸음이 덜하는데 |
| 虛籟動樓前 | 바람소리가 누대 앞에 움직이네. |

163. 문수암[279] 文殊菴

문수사

────
278 견천(筧泉) : 멀리서 대나무 대롱으로 물을 받아 와 샘을 만든 것.
279 문수사(文殊寺) : 이덕무의 「記遊北漢」에 "저녁때 문수사에 이르러 평지를 굽어보니 하늘의 절반쯤 오른 듯하다. 불감(佛龕 불상을 모신 감실)을 큰 석굴(石窟)로 만들었다. 감실을 따라 좌우로 구불구불 걸어가는데 물방울이 비오듯하여 옷을 적신다. 끝까지 가자 돌샘이 있는데 물빛이 푸르고 차갑다. 좌우에는 5백 나한(羅漢)을 나란히 앉혀 놓았다. 석굴의 이름은 보현사(普賢寺)라고 하기도 하고 문수사라고도 한다. 삼불(三佛)이 있는데 돌로 만든 것은 문수보살(文殊菩薩)이고 옥(玉)으로 만든 것은 지장보살(地藏菩薩)이며, 금으로 도금한 것은 관음보살(觀音菩薩)이다. 이 때문에 삼성굴(三聖窟)이라고도 한다. 굴 옆에 칠성대(七星臺)라고 부르는 대(臺)가 있다. 여기에서 머물러 밥을 먹고 북으로 문수성문(文殊城門)에 들어갔다 日晡至文殊, 瞰平地, 疑到天半也. 佛龕當大石窟. 仍龕左右, 逶迤以行, 水如雨滴人衣. 行盡有石泉紺寒. 左右五百石羅漢坐累累也. 窟名普賢, 或日文殊. 有三佛, 石日文殊, 玉日地藏, 金塗者, 爲觀音菩薩. 以是亦曰三聖窟. 窟旁有臺, 名七星. 留以飯, 北入文殊城門"라 나온다. 번역은 고전번역원의 것을 따랐다.

穹然巖下窟　속이 텅 빈 바위의 아래 굴에는

諸佛坐層層　여러 부처 층층으로 앉아 있구나.

奇詭羣形現　기궤한 모습들이 드러나 있으니

森陰積氣凝　울창하게 쌓인 기운 엉기어 있네.

入門見古殿　문으로 들어가서 옛 전각 보니

擊磬有寒僧　경쇠 치는 쓸쓸한 스님 있었네.

風雨三時入　비바람 하루 종일 들이치는데,

嵌空照石燈　움푹 들어간 곳에 석등 비추네.

164. 연융대[280] 鍊戎臺

華嶽屯雲一壘深　삼각산에 낀 구름이 한 성채에 자욱한데,

林間兵氣集蕭森　숲 사이에 병기(兵氣)가 스산하게 모였네.

開營鼓角秋天靜　병영의 고각(鼓角)은 가을 하늘에 고요하고,

背郭旌旛晝日陰　성곽 등진 깃발은 대낮에도 그늘지네.

壯士閒眠當碧岫　장사의 한가한 잠, 푸른 산 마주하고,

將軍無事射飛禽　장군은 일이 없어 나는 새 쏘아대네.

臺前草木風沙潤　대 앞의 초목에서 모랫바람 넓은데,

---

280 연융대(鍊戎臺) : 연산군이 1506년에 세운 누대(樓臺)로 원래는 탕춘대(蕩春臺)라 불리었
다. 연산군은 경치가 좋은 이 곳 일대를 연회 장소로 삼고, 시냇물이 내려다보이는 바위 위
에 탕춘대를 지었다. 영조 때에는 이 일대에서 무사들을 선발하여 훈련시켰다고 하여 연융
대(鍊戎臺)라 부르기도 하였다.

馬嚼金啣作戰心　　말은 쇠 재갈 씹으며 전투심 지었도다.[281]

연융대

165. 산성의 마을 山城村

萬山紅葉裡　　만 산이 붉은 잎새 속에 있는데,

忽見點煙靑　　대뜸 보니 군데군데 연기 푸르네.

數畝通秋澗　　몇 이랑은 가을 간수와 통했고,

疎籬帶暮星　　성긴 울은 저녁 별 띠고 있었네.

桑麻隣佛殿　　뽕과 삼은 불전을 이웃해 있고,

---

281 이 시는 『조야시선』에도 나온다.

鷄犬聽禪經	닭과 개는 불경소리 듣고 있었네.
流水人間去	흐르는 물 세상으로 흘러가는데,
飛花泛不停	날리는 꽃이 떠서 머물지 않네.

166. 문수문에서 돌아오는 길에 文殊門, 歸路

文殊門外天一握	문수문 밖 하늘은 한 주먹 쯤 되는데,
西南戌削排蒼巖	서남쪽은 깎은 듯 푸른 바위 배치됐네.
亂藤癯松互屈曲	어지런 등나무와 야윈 소나무 서로 얽혀 있는데,
崩崖恰受三間菴	무너진 낭떠러지는 세 칸의 암자 받아 줬네.
巨石硈砑盖似天	큰 돌은 깊숙하고 하늘처럼 덮었는데,
佛力闢之安小龕	불력으로 열어서 작은 감실 안치했네.
洞門陰森晝常寒	동문은 어두워서 낮에도 늘 서늘한데,
往往風雨集伽藍	이따금 비바람이 절간에 들이치네.
千年斷磴勢欲破	천 년이나 끊긴 비탈길 지세가 깨지려는데
仰摩紅日穹巖罅	붉은 해를 우러러 만지는 궁암(穹巖)이 트여있네.
古殿釋迦叉手立	옛 법전에 석가는 깍지 끼고 서있고,
五百羅漢森列坐	오백 명 나한들은 늘어서서 앉았네.
咫尺陰陰不辨人	지척도 깜깜하여 사람 분별 안 되는데,
傍有黑湫齋齋瀉	옆에 있는 검은 못은 깊고 넓게 쏟아지네.
妄賭奇勝涉險巘	함부로 기승(奇勝)함을 내기하려 험한 곳 건너니,

竦身凜慄仍悔過　　몸 움츠려 덜덜 떨려 지나온 것 뉘우쳤네.
爲謝菴僧出扃去　　암자의 중과 작별 위해 문 나와 가노니
君子不立巖墻下　　군자는 암장 아래 서 있지 않는다네.[282]

167. 암자에서 풍경 소리를 듣다 菴中聞磬

發自虛明際　　허명(虛明)의 즈음에서 출발을 하여
歸於凝寂中　　매우 적막한 속에 돌아가누나.
欲知聲去處　　경쇠소리 가는 곳을 알려 한다면
返照寥天空　　석양빛이 하늘에 고요하구나.

168. 걸어서 사자령[283]을 내려가다 步下獅子嶺

獅嶺接落日　　사자령에서 저물녘 당해서는,
步下汗如濯　　걸어 내려가자니 땀범벅일세.
崖滑脚難住　　벼랑이 미끄러워 발 딛기 어려운데,
凜凜窺深壑　　겁에 질려 구렁을 엿보게 되네.

---

282 군자는 …… 않는다 : 『孟子』 「盡心上」에 "운명을 아는 자는 무너지려고 하는 위험한 담장
　　아래에 서 있지 않는다[知命者, 不立乎巖墻之下]"라는 말이 있다.
283 사자령(獅子嶺) : 북한산에서 내려올 때 들렀던 지명. 보현봉과 문수봉 사이가 딱 고개 위
　　치였다. 바로 지금의 대남문 자리가 '사자고개[獅子嶺]' 이다.

十里乍開谿　　십 리에 갑작스레 계곡 열리니,

歷險始平地　　험한 곳 지나가자 그제야 평지일네.

脫巾坐松根　　두건 벗고 솔 뿌리에 앉아 있다가,

漱溪微風至　　시내에서 이 닦는데 미풍이 부네.

千峰不憚勞　　천봉우리 다니기에 수고로움 안 꺼리니,

爲眼役一身　　구경 위해 한 몸을 부리었도다.

有得必有損　　"얻는 게 있으면 꼭 손해도 있다"고,

此語聞古人　　이 말을 옛 사람에게 들었노라.

169. 집으로 돌아오다 還家

棕鞋白竹杖　　종려나무 신발[284]과 흰 대 지팡이로

七日御風還　　7월에 바람 타고 돌아왔노라.

蒼巖掩戶臥　　창암에서 문을 닫고 누워서는,

黙黙數江山　　묵묵하게 강산을 세어봤노라.

---

284 종혜(棕鞋) : 종려털이나 종려나무 껍질로 짠 신.

170. 함관에 대한 노래 삼첩. 삼가 채제공께서 함경 관찰사로 가시는 데에 받들다[285] 咸關歌三疊. 謹奉蔡侍郎丈(濟恭)北藩觀察之行

1)

胡夜獵馳馬	오랑캐들 밤중에 말 달려서 사냥 하다,
直到受降城	곧바로 수항성(受降城)[286]에 이르렀도다.
路逢江戍吏	강가에 수자리 사는 관리를 길에서 만나자,
齊聲先問按使名	한 목소리로 안사렴(按使廉)의 이름을 먼저 물었네.
大荒寒月角聲稀	큰 황무지 쓸쓸한 달에 뿔피리 소리가 드물고,
白鹿養茸林間行	뿔 기른 흰 사슴이 숲 사이 다니는데
胡不獵邊山青	오랑캐들 사냥 않는 변방의 산 푸르도다.

2)

河之水中有鴻鴈	하수(河水)의 물속에 기러기가 있는데
鳴聲悲	우는 소리 슬픈 것은
天寒稻粱稀	날씨 춥고 모이 적어서네.

---

285 1768년 11월에 채제공은 함경도 관찰사(咸鏡道 觀察使)가 되었다. 이 당시 이좌훈의 나이 16세였다.
286 수항성(受降城) : 1. 한 무제(漢武帝)가 장군 공손오(公孫敖)를 시켜 새외(塞外)에 쌓았다. 2. 광서성(廣西省) 명강현(明江縣) 북쪽에 있는 성. 하석토주(下石土州)와 월남(越南)과의 경계에 가까운 곳으로, 명(明) 성화(成化) 연간에 교지(交趾)를 정벌하고 그 투항자들을 받아들인 성이다.

呼羣求食東南飛　　　무리 불러 먹이 구해 동남으로 날아가는데,

昨夜東風吹磧田　　　간 밤의 동풍이 돌 밭에 불었었네.

鞨鞴荒墟雪霰微　　　말갈의 황량한 터에는 눈이 부슬부슬 내리는데,

大漠春　　　　　　　큰 사막의 봄에

鴻鴈歸　　　　　　　기러기들 돌아가네.

3)

朔野長江勢如龍　　　북방 들판 긴 강은 형세가 용과 같아

抱雄都諸蕃　　　　　웅대한 도읍과 모든 번지 안고 있네.

樂耕耘牛羊散　　　　밭갈이 즐기는데 소와 양 흩어져서

食黃沙途　　　　　　황사의 길에서 먹고 있으며,

臺上褊裨劇身手　　　대 위의 비장들이 솜씨가 대단하여,

射禽齊鳴肅愼弧　　　새를 쏘니 일제히 우는 숙신씨(肅愼氏)의 활[287]인데,

營無事　　　　　　　병영에는 별다른 일이 없어서,

妓投壺　　　　　　　기녀들 투호 놀이 하고 있도다.

---

287 숙신씨(肅愼氏)의 활 : 『삼국지』 위서(魏書) 동이전(東夷傳) 읍루(挹婁) 조에 "其弓長四尺,
力如弩矢用□, 長尺八寸, 靑石爲鏃, 古之肅愼氏之國也"라 나온다.

신윤복(申潤福), 〈임하투호(林下投壺)〉

171. 겨울철 우뢰 冬雷

歲將十月暮	한 해는 10월이 저무려는데,
天乃五更雷	하늘에선 이에 새벽에 우뢰 치네.
大陸深蟠磑	대륙은 깊이 서려 맷돌 가는데,
滄溟爲劃回	너른 바다 획을 그은 듯이 소용돌이 치누나.
不知今聖世	알지 못하겠노라, 지금 성군(聖君) 시대에
何以致天災	어찌하여 천재가 이르는 줄을

丙枕憂宵旰　　한 밤중에[288] 밤낮으로 걱정하는데,
雲臺有報來　　운대[289]에서 알려오는 것이 있구나.

172. 딱따구리 啄木鳥

有鳥前山棲　　어떤 새가 앞산에 살고 있는데
自名爲啄木　　자연히 탁목조라 이름 붙였네.
窺我園中柏　　내 동산 잣나무를 엿보다가는,
飛來仰面啄　　날아와서 낯을 들고 쪼아대었네.
兩翅垂錦斑　　양 날개는 비단 무늬 드리워있고,
長觜削鐵色　　긴 부리는 깎은 듯한 철색이로다.
山空響自高　　이 산 비니 메아리가 절로 높다,
瞥捩不暫息　　별안간에 돌려서 잠시 쉬지 않네.
上枝杈枒折　　윗가지는 들쭉날쭉 부러져 있고,
下枝枵然坼　　아랫가지는 텅 비어서 쪼개져 있네.
鳥啄枝尙可　　새가 가지 쪼는 건 괜찮다 해도
啄根殘我柏　　뿌리 쪼면 내 측백은 손상되리라.

---

288 병침(丙枕) : 하룻밤을 갑·을·병·정·무의 오야(五夜)로 나누는데 병야(丙夜)는 밤 12
　　시란 뜻이다.
289 운대(雲臺) : 여기서는 조선시대에 예조(禮曹)에 속하여 천문(天文)·기후(氣候) 관측, 각
　　루(刻漏) 따위를 맡아 보던 관아(官衙)를 이른다.

173. 여강을 지나다 過驪江

여강

龍門山色蘸淸流	용문산 산 빛이 맑은 물에 담겨 있고,
疎雨靑楓度客舟	단풍에 부슬비 내리는데 객의 배가 건너가네.
煙水遙含古覺寺	안개, 물은 멀찍이 오래된 벽사(甓寺)를 머금고,
夕陽猶在半驪州	석양은 오히려 반쯤은 여주에 있네.
明沙暎雪跳銀鯉	밝은 모래 눈 비추는데 은빛 잉어 뛰어놀고,
錦浪如天下白鷗	비단 물결 하늘같은데 백구가 내려오네.
搖軋鳴櫛稍泊岸	삐걱대고 노가 울며 차츰 언덕에 대는데,
近江樓閣欲凉秋	강 근처 누각은 서늘한 가을이 되려 하네.

174. 신륵사[290] 神勒寺

風帆黃驪三日程	돛배로 황려까지 삼 일의 노정인데,
龍門遠色晚來晴	용문산 먼 빛이 저물녘에 개어 있네.
湖從白鳥飛邊潤	호수는 백조 날고 있는 가에서 넓고,
寺在靑山斷處生	절은 푸른 산이 끊긴 곳에서 자리했네.
白塔寒僧眠月色	백탑에서 한승(寒僧)은 달빛에 잠을 자고,
孤燈坐佛聽江聲	외만 등불 앉은 부처 강물 소리 듣는구나.
煙波百里渾佳境	연기·파도 백 릿 길이 전부다 가경(佳境)인데,
徙倚危欄望欲平	난간 옮겨 기대 보니 거의 평평하려 하네.

신륵사

---

290 이 시는 『대동시선』에도 실려 있다.

175. 삼가 홍명한(洪名漢) 어른이 관동 안절사(按節使)로 가는 길에 받들어 올리다 謹奉洪侍郎丈(名漢)關東按節之行

1)

叢霄玉節擁樓臺	하늘에 나부끼는 옥절[291]은 누대 끼고 있는데,
鰲背微茫郡縣開	아득한 섬에는[292] 군현이 열리었네.
花靜簿書稀幕府	꽃 고요한 막부에는 문서가 드물었고,
月明詩句滿蓬萊	달 밝으니 시 쓸거리 봉래산에 가득하네.
觀耕濊貊春陰重	밭갈이 보는 예맥에는 봄 그늘 짙었고,
攬轡扶桑海色來	말고삐 잡은[293] 부상에선 바다 빛 오네.
無限天東京國戀	동쪽에선 경국(京國)을 끝도 없이 그리면서,
危欄星斗夜徘徊	별 비치는 난간에서 밤중에 배회하네.

---

291 옥절(玉節) : 절(節)은 부절(符節), 옛사람이 신표(信標)를 써 왔는데, 옥으로 만든 것도 있었다. 왕의 사신을 의미한다.

292 오배(鰲背) : 동해(東海) 가운데 떠다니는 산이 있었다는데 상제(上帝)가 서극(西極)으로 흘러갈까 두려워하여 큰 자라 열다섯 마리를 시켜 머리로 그 산을 이고 있게 하였다 한다. 『列子』「湯問」참조.

293 남비(攬轡) :.말고삐를 손에 잡음을 이른다. 보통, 남비징청(攬轡澄淸)이란 말로 많이 쓰인다. 남비징청이란 난세(亂世)에 정치를 혁신하여 천하를 안정시키려는 포부. 후한(後漢)의 범방(范滂)이 기주(冀州)의 도적떼를 다스리는 책임을 맡은 뒤, 수레에 올라 말고삐를 쥐고 천하를 혁신시켜 맑게 해 보려고 결심했다는 고사가 있다. 『後漢書』「范滂」에 나온다.

정선(鄭敾), 〈죽서루(竹西樓)〉

2)

驛路朝雲榮戟前	아침 구름 낀 역로(驛路)에 늘어선 창 앞에,
竹西山水有餘緣	죽서루[294]의 산수는 남은 인연 있구나.
驅車去灑三農雨	수레 몰아가는 길에 농삿 비[295] 흩뿌리고,
近峽初生八郡煙	협곡에서 여덟 고을 연기 처음으로 나네.
春色香城攀桂樹	봄빛은 중향성에서 계수나무 부여잡고,[296]

---

294 죽서루(竹西樓) : 관동팔경(關東八景)의 하나. 삼척시(三陟市)에 있는 누각(樓閣) 이름이
다.
295 삼농(三農) : 평지(平地)·고원(高原)·저습(低濕) 세 지대의 농사를 이름. 『詩經』「小雅」
'無羊'에 "목인이 꿈을 꾸니, 사람들이 물고기로 보였는데 …… 사람들이 물고기로 보이는
것은, 실로 풍년이 들 조짐이다[牧人乃夢, 衆維魚矣. …… 衆維魚矣, 實維豐年]"라고 한 데
서 온 말이다.
296 금강산을 구경했다는 말이다. 『楚辭』에 "계수 가지 부여잡고 그런대로 살 만하네[攀援桂
枝兮聊俺留]"라 나온다.

主恩瀛海臥神仙　　성은으로 강릉에서 신선처럼 누워 있네.
丹丘親戚應迎笑　　단구의 친척들이 맞이해서 웃을터니,
高燭官樓語夜圓　　촛불 켠 관루(官樓)에서 이야기 하는 밤 원만하리.

176. 채소를 심는 노래 種菜行

短籬收朝雨　　짧은 울에 아침 비 걷히었는데,
春鳩聲格磔　　봄 비둘기 소리가 들려온다네.
主人看小圃　　주인은 작은 밭을 쳐다보다가,
種菜命僮僕　　채소 심으라 종아이에 명령하였네.
瓦盆養薑芥　　질그릇엔 생강과 겨자 기르고,
黑壤宜蘆菔　　검은 흙에는 무[297]가 마땅하리라.
鬖鬙各異種　　다른 종자 어지럽게 심었는데,
春芽負土白　　봄 싹이 흙 헤집고 하얗게 나네.
及秋齊採擷　　가을 되자 가지런히 캐어내서는,
歲歲食吾力　　해마다 내 힘으로 먹을 것 먹네.
何曾日萬錢　　하증(何曾)이 날마다 만 전까지 먹었으니[298]

---

297 노복(蘆菔) : 무를 가리킨다. 소식의 「擷菜」에 "가을이라 서리 이슬이 동원에 꽉 찼는데, 무
　는 아이를 낳고 겨자는 손자 두었네[秋來霜露滿東園, 蘆菔生兒芥有孫]"라고 한 데서 온 말
　이다.
298 하증이 …… 먹었으니 : 진(晋)나라 하증(何曾)은 사치를 하여 한 끼에 만전(萬錢)짜리 음
　식을 먹었는데도 "젓가락으로 집어 먹을 것이 없다[無下箸處]"고 투정을 했다 한다. 『晉書』
　「何曾傳」참조.

| 與我同飽喫 | 나는 그와 맞먹게 실컷 먹으리. |

177. 족형 이상훈을 곡하다 哭族兄(尙薰)

古宅霜凋玉樹枝	고택의 서리가 옥수²⁹⁹ 가지 마르게 하고,
寥天孤鶴暮何之	쓸쓸한 하늘 외딴 학은 저녁에 어데 가나.
凄凉書劒俱陳迹	처량한 책과 검은, 묵은 자취 다 됐으니,
三十春秋是謫期	삼십 년의 세월이 유배당한 시기였네.
堂上大人惟有淚	당 위의 아버지는 눈물만 흘리는데,
床前稚子不知悲	상 앞의 어린 자식 슬픔을 모르누나.
世間無限庭闈戀	세상에선 한없이 부모님 사랑했으니,
歸對天仙正有辭	돌아가서 천선(天仙) 볼 땐 딱히 할 말 있으리.

178. 동호 東湖

舟中送殘日	배 안에서 저무는 해를 보내니,
凉露短篷開	찬 이슬에 배 안의 짧은 발 여네
遠火明沙驛	먼 불은 사역(沙驛)에서 환히 밝았고,

299 옥수(玉樹): 옥수경지(玉樹瓊枝)의 준말로 고귀한 가문의 자제를 일컫는 말이다.

孤煙起水臺　　외딴 연기 수대에서 일어나누나.

鴈連秋峽過　　기러기는 잇따라 가을 협곡 지나고,

月與夜潮來　　달은 밤의 조수와 함께 오누나.

繫纜花多落　　닻줄 매니 꽃 많이 떨어지는데,

巖頭有一梅　　바위 위엔 매화나무 하나가 있네.

179. 강가의 길 江行

亂木迎寒竦　　나무들은 추위 맞아 놀라는데,

江煙斂素秋　　강 연기는 가을에 거두어지네.

人行猶夕帆　　사람 가니 아직 저물녘에 돛폭이 떴고,

鷗起欲何洲　　갈매기 일어나니 어떤 물가로 가려는가?

石憂磷磷響　　돌들이 부딪치니 반짝이며 울려 대고,

沙平渺渺愁　　모래사장 평평하니 수심이 아득하네.

柴門臨水在　　사립문이 물가에 자리했으니,

歸泊月明舟　　돌아와 달 밝을 때 배 대는구나.

180. 강가 江干

江干幾日厭風波	강기슭에서 며칠이나 풍파를 싫어했나,
行到玄湖似到家	현호(玄湖)³⁰⁰에 당도하니 집에 온 듯 느껴지네.
樓外餞賓砥柱日	누대 밖에서 손님 전송한 것은 지주³⁰¹에 뜬 해이고,
舟中開落島潭花	배 안에서 피고 지는 것은 도담의 꽃이었네.
渚晴白鳥分明度	물가가 개었으니 흰 새는 분명히 건너가고,
野潤青山窈窕斜	들 넓으니 청산은 아름답게 비껴있네.
起看波心通一路	일어나 물속 보니 길 하나에 통했는데,
天光倒射散紅霞	하늘빛 거꾸로 쏘아대니 붉은 놀 흩어지네.

181. 배를 현호에서 띄워 태극정에 돌아와 유숙하다 泛舟玄湖, 歸
宿太極亭

大江日千里	큰 강은 하루 동안 천 리 가는데,
回風揚素波	돌개바람에 흰 파도 드날리네.
玄湖介其間	현호가 그 사이에 끼어 있으니,
天水光相磨	하늘과 물빛이 서로 마찰하누나.
江上有孤亭	강 위에는 외로운 정자 있는데,

---

300 현호(玄湖) : 서울 근처인 흑석동(黑石洞)에 있는 나루.
301 지주(砥柱) : 중류지주(中流砥柱)의 줄임말. 황하의 중류에 있는 기둥 모양의 돌. 격류에도
　　흔들리지 않는데, 난세에 흔들리지 않는 선비를 상징하기도 한다.

扶持以老石	오랜 돌로 지탱을 하고 있었네.
風濤日相齧	풍파가 매일 매일 물어뜯는데,
下臨岸黝黑	내려 보니 언덕이 매우 검었네.
篙舟入短籬	상앗대로 배 저어 짧은 울로 드니,
飛潮過屋頭	날 듯한 조수가 지붕 위로 지나네.
鷗鷺自下庭	갈매기와 백로는 절로 뜰에 내리고,
雞犬俱上舟	개와 닭은 함께 배에 오르는구나.
移枕臥北牖	베개 옮겨 북녘 창에 누워서는
仰看星斗橫	별 비껴 있는 것을 우러러 보네.
藤床殷夜雷	등나무 상에 밤의 우레 격렬하니,
耿耿夢頻驚	초조하게 꿈에서 자주 놀라네.
主人慣水聲	주인은 물소리에 익숙하여서,
睡熟到天明	골아 떨어져선 날 샐 때까지 자네.

182. 채홍리가 성현[302]의 독우[303]로 가는 것을 전송하다(서문과 함께) 送蔡記注(弘履)省峴督郵之行, 並序

교남(嶠南)[304]에는 열한 개의 역참이 있는데 성현이 그 하나를 차지하고 있으니, 대개 옛날의 이서국[305]이다. 그 들녘은 너른 물가의 물

---

302 성현(省峴) : 경상북도 청도군 화양읍 다로리.
303 독우(督郵) : 지방 행정을 감찰하기 위해 나온 관원이다.
304 교남(嶠南) : 우리나라 경상남북도 지방을 이른다. 영남(嶺南)의 별칭.

과 풀 사이에 말을 풀어놓기 알맞아서 승(丞)[306]을 두어 말을 보살핀
다. 승(丞)이 갈 때에 내가 그의 소매를 잡고서 말하였다. 말을 치는
데에는 방도가 있으니 그 말이 발굽질을 하는 것과 물어뜯는 것과 머
리를 들어 서 있는 것과 머리를 구부려서 물을 마시는 것들은 모두
그 천성을 들어주는 것이 옳다. 만약에 괴롭게 채찍으로 채찍질하고
억지로 자갈을 매기면, 저 유연(幽燕)[307]에 무성한 구름 덩어리[308]는 어
떻게 하면 그 발을 펼쳐서 빨리 달릴 수가 있겠는가? 승(丞)은 갈지어
다. 내가 장차 말을 다스림을 듣고서 사람을 다스리는 술책을 알려
하겠노라.

嶠之南有十一郵, 峴居其一, 蓋古伊西國也. 其野宜馬列開水草之間, 置丞
以眠之. 丞之行也, 余執其袂而告之曰, 治馬有道, 其蹄者齧者, 翹而立者, 俯
而飲者, 皆聽其天性可也. 若困以鞭策, 勒以銜鑣, 則彼繭浮雲塊幽燕者, 安
得展其足而馳驟乎, 丞其往哉. 吾將聞治馬而知治人之術.

305 이서국(伊西國) : 삼한시대 변진(弁辰) 계통의 부족국가. 지금의 경상북도 청도군(淸道郡)
    이서면(伊西面)에 있었던 것으로 추정되는 삼한(三韓) 소국(小國)의 하나이다. 『삼국사기』
    권2 유례이사금(儒禮尼師今)조에 실려 있는 기록에 따르면, 이서국 사람들이 신라의 금성
    (金城 : 王城)을 공격했거나, 신라가 이서국의 침입을 막지 못해 위협당하고 있을 때, 이병
    (異兵)이 나타나 신라병을 도와 이서국을 물리쳤다고 되어 있다. 유례왕이 점령하여 구도
    성(仇刀城)이라 했으며, 통일신라 경덕왕(景德王) 때 대성군(大城郡)이 되었다.
306 승(丞) : 역승(驛丞)의 줄임말로, 찰방(察訪)이라고도 한다. 각 역참에서 말에 관한 일을 맡
    아보는 종6품 벼슬아치이다.
307 유연(幽燕) : 지역(地域)의 명칭. 중국 하북성(河北省) 북부 지역과 요령성(遼寧省) 일대를
    이르는 말이라 한다.
308 말이 떼 지은 모양을 이른다.

1)

青山滿古驛	푸른 산이 가득한 그 옛날 역에는,
道州鳴蟬秋	도주[309]에서 매미 우는 가을이로다.
丞坐但哦詩	승(丞)은 앉아 다만 시 읊조리니,
二松庭幽幽	두 소나무 있는 뜰 그윽하구나.

2)

南氓雜鼪鼯	남쪽 백성들 다람쥐와 섞여서 사니,
數村依竹林	마을들이 대숲에 의지해 있네.
秋田穫稻歸	가을 논에서 벼를 베어 돌아올 때,
郵吏不敢侵	우역 관리는 감히 침범 못했네.

3)

沙場秋草短	모래사장에 가을 풀이 짧은데,
牧兒驅馬歸	꼴 먹이는 아이는 말 몰아 오네.
前年馬苦瘦	작년에 말들이 몹시 여위었는데,
今秋馬多肥	올 가을에는 말이 많이 살졌네.

---

309 도주(道州) : 경상북도 청도군의 옛 이름.

청도군 지도

4)

鰲山樓近月	오산(鰲山)의 누대에는 달이 가까워,
上有讀書人	위에는 책을 읽는 사람이 있네.
官妓劇腰肢	관기는 몸매가 매우 예쁜데,
挾瑟來相嗔	슬(瑟)을 끼고 와서 서로 화내네.[310]

---

310 이 시구는 관기(官妓)들이 슬(瑟)을 끼고 나와서 그들끼리 서로 꾸짖는다는 말인데, 그 꾸
짖는 내용은 서로 농담(弄談)하는 것으로 보인다.

183. 삼가 아버지의 「양자강」 시에 차운하여 敬次家君楊子江韻

楊子渡頭宿雨晴	양자도 입구에 오랜 비 개어서는,
明沙十里暮潮生	밝은 모래 십 리 길에 저녁조수 생기네.
寒波瀅澈光難定	찬 물결은 맑고 맑아 물빛이 출렁대는데,
亂帆高低勢不平	펄럭대는 돛은 높낮아 모양이 들쭉날쭉.
把酒白雲生海國	술잔 잡자 흰 구름이 해국(海國)에서 떠오르고,
移舟黃葉滿江城	배 옮기니 누른 잎이 강가 성에 가득 차네.
孤煙極浦斜陽裏	외로운 연기 낀 까마득한 갯가의 사양 속에,
鷗鷺依依摠有情	갈매기와 백로들의 훨훨 낢에 모두 정이 있노라.

184. 칠석 七夕

深院梧桐露滴枝	깊은 정원 오동에 이슬이 가지에 질 제,
林間烏鵲返棲遲	숲 사이 까치, 까마귀가 둥지에 돌아오네.
凉宵不寐看天色	찬 밤에 자지 않고 하늘빛 바라보니,
銀浦流星摠可疑	은하수 유성(流星)들이 전부다 의심가네.[311]

---

311 견우성(牽牛星)과 직녀성(織女星)에 관한 이야기의 진가(眞假)가 모두 의심쩍다는 말이다.

185. 상사 홍위(洪偉)가 호서로 돌아가는 것을 전송하다 送洪上舍(偉) 歸湖西

樽前別意滿滄洲	술잔 앞에 이별의 뜻 창주[312]에 가득하니,
書劒蕭然伴遠游	서검은 쓸쓸히 원유에 짝이 되네.
春雨新潮生錦水	봄비에 새 조수는 금강 물에 생기고,
夜燈孤棹宿公州	밤 등불에 외딴 배는 공주에 묵는구나.
荒城芳草羈鴻去	황량한 성 방초에 철 기러기 떠나가고,
故國殘花杜宇愁	옛 나라 시든 꽃에 뻐꾸기 시름하네.
客館他宵秦地戀	객관의 훗날 밤에 진 땅이 그리우면,
天涯明月獨登樓	하늘가 밝은 달에 홀로 누대 오르리라.

186. 물고기를 놓아주다 放魚

江兒設餌絲	강 가 아이 미끼 줄을 설치해두니
大魚爲鉤中	큰 물고기 갈고리에 걸려들었네.
貫口呴沫滴	뚫린 입이 물방울을 뿜어 댈 적엔
鬐鬣尚欲動	지느러미 오히려 움직이려네.
恐是風雨起	아마도 비바람이 불어대는 건,

---

312 창주(滄洲) : 동해(東海) 중에 있어 신선이 산다는 곳을 이른다. 옛날에 항상 은사(隱士)의 거처를 의미하는 뜻으로 쓰여졌다.

中有蛟龍種　　그 안에 교룡같은 종류가 있어서리.

兒童得魚喜　　아이는 물고기 잡은 것을 기뻐하나,

主人見魚悲　　주인은 고기 보고 슬퍼하누나.

爲丐將死命　　장차 죽을 너를 위해 목숨을 빌어,

放汝屋後池　　너를 집 뒤 못에다 놓아 줬노라.

初猶困垂頭　　처음에 떨쳐서는 머리 박더니,

焂然奮揚鱗　　퍼뜩 정신 차려 비늘을 번뜩였네.

波紋漸搖蕩　　수면 파문 점차로 흔들리는데,

隱約依靑蘋　　표 안 나게 개구리밥에 숨어 있도다.

盤回久不去　　돌면서 오래도록 떠나지 않다,

跳出謝主人　　뛰어 올라 주인을 하직 하였네.

187. 흰 갈매기 白鷗

蘆花江上白鷗凉　　갈대 꽃 핀 강 위에 백구가 서늘한데,

蕭颯全身恰受霜　　쓸쓸한 온 몸에는 서리 흠씬 맞았도다.

十里明沙疎雨外　　부슬비 오는 밖에 십 리 밝은 모래 있는데,

海天飛去意茫茫　　바다로 날아가니 생각이 아득하네.

188. 강가 마을 江村

江上數家住	강 위에 여러 집들 살고 있는데,
飛波過屋頭	나는 파도 지붕을 지나가누나.
孤燈照海國	외로운 등, 해국을 비추어있고,
落葉滿蘇州	낙엽들은 소주(蘇州)[313]에 가득하였네.
沙鳥閑依戶	백사장의 새 한가히 뱃문에 의지했고,
村尨遠吠舟	마을 삽살개는 멀리서 배를 향해 짖네.
魚蝦生理足	물고기로 생계가 풍족하여서,
極浦點煙浮	아득한 갯가에 여기저기 연기가 떴네.

189. 닭이 나무에 오르다 雞上木

雄雞飛上木	장닭이 날아서 나무에 오르니
枝搖搖翅撲撲	가지는 흔들대고 날갯죽지 푸득대네.
雌雞欲上意徘徊	암탉이 오르려고 생각하며 배회하다,
竦身作氣仰看木	몸을 곧추 세우고 기를 써서 나무 우러러 보다,
忽然飛鳴聲膕膊	갑자기 날면서 꼬끼오 울어대네.

---

313 소주(蘇州) : 충청남도 태안군의 옛 이름.

190. 여지도에 쓰다[314] 題輿地圖

星羅碁布拱崑崙	별처럼 바둑알처럼 펼쳐져서 곤륜산 향해 있는데,
磅礴全身拔厚根	널따란 온 몸이 두터운 뿌리[315]에서 빼어났네.
碣石撑天開大漠	갈석산[316]은 하늘을 지탱해 큰 사막 열었고,
黃河裂地作中原	황하는 땅 갈라서 중원을 만들었네.
九州渾入秋毫細	구주는 혼연히 추호의 세밀함에 들었고,
萬國都歸積氣昏	만국은 모두가 쌓인 기가 어둔데에 돌아가네.
自古秦中征戰地	예로부터 진나라 가운데 정벌(征伐)하던 땅,
英雄勝負幾回翻	영웅의 승부가 몇 번이나 뒤집혔던가?

191. 목동사 牧童詞

平楚煙生蘆笛閑	들판에 연기 끼고 갈대피리 한가한데
春畫慵多放牛宿	봄철 낮에 게으름 많아서 소 풀어 놓고 자네.
牛行食草犯水塍	소 다니며 풀 뜯느라 물가의 밭두둑 넘어가니
草長田深沒牛角	풀은 길고 밭은 깊어 소뿔이 묻히누나.

---

314 이 시는 『대동시선』에 실려 있다.
315 두터운 뿌리[厚根] : 곤륜산(崑崙山)을 나무에 비유하여 두터운 대지(大地)에서 솟아 있는 것을 형용한 말이다.
316 갈석산(碣石山) : 옛날 황하(黃河)가 발해(渤海)로 들어가는 곳의 북쪽 어구에 있던 석산 (石山) 이름. 우리나라에서 연경(燕京)에 갈 때 거치게 되는 산(山)이란 뜻으로 쓴 것이다. 실은 지형(地形)의 변화로 그 산은 이미 바다 가운데에 있다 한다.

晚起微雨濕蓑衣　　늦게 일어나자 가랑비가 도롱이를 적시는데,

跨牛出林春山綠　　소 타고 숲 나서자 봄 산이 푸르렀네.

192. 바다를 바라보다 望海

立馬大洋際　　커다란 바닷가에 말을 세우니,

方知宇宙寬　　바야흐로 우주가 넓은 걸 알겠네.

山形文鶴斷　　산 모습은 문학산[317]에서 끊겼고,

海色永宗寒　　바다 빛은 영종도가 쓸쓸하구나.

島嶼連雲媚　　섬은 구름에 이어져 아름답고,

蛟龍挾雨蟠　　교룡은 비를 끼고 서리고 있네.

誰能窺造化　　누가 능히 조화를 엿보겠는가.

天水杳漫漫　　하늘·물만 아득히 널찍하구나.

---

317 문학산(文鶴山) : 인천 남구 문학동(文鶴洞)에 있는 산. 높이 213m. 학산 또는 남산(南山)
이라고도 한다. 이 일대에서 선사시대 유물인 고인돌[支石墓]를 비롯하여 돌도끼·돌화살
등 신석기시대 유물이 발견되었고 신라 때의 유적인 문학산성이 남아 있다. 또 고려시대의
문학사지(文鶴寺址), 조선 전기 건물인 문학 문묘(文廟)와 인천부청사(仁川府廳舍)의 일
부가 남아 있다.

193. 가을의 감회 秋懷

古郭商颸淅瀝過	옛 성곽에 가을바람 서늘히 지나가니,
一年秋色感人多	한 해의 가을빛에 감동하는 사람 많네.
村燈買醉三宵酒	등불 밑에 세 밤이나 술 사다 취하였고,
溪雨開來九日花	시내의 비에 구월 구일의 국화꽃 피었네.
半壁寒蛩聲不已	반 벽에 귀뚜라미 소리 멎지 않는데,
遙空去鴈意如何	먼 허공 가는 기러기 뜻이 어떠할까?
匣中孤劍霜光動	상자 속에 외론 검은 서릿빛 움직이니
悲激臨江壯士歌	슬퍼서 강에 임해 장사의 노래³¹⁸ 부르노라.

194. 잠자리 蜻蜓

蜻蜓點青微搖翅	잠자리 점점이 푸른데 날개 조금 흔들며,
交暎朝暉亂飛游	아침빛에 서로 비쳐 어지럽게 날며 노네.
池暖蒲濕遠移時	따뜻한 못, 젖은 부들에서 오랜 시간 있다가
搖搖欲立還難留	흔들흔들 서려해도 머물기 어려웠네.
向晚微風吹作勢	저물녘 미풍이 세차게 불어대니,
忽然飛過短墻頭	갑자기 날아서 낮은 담장 지나누나.

---

318 여기서는 형가(荊軻)가 부른 노래를 가리킨다. 전국시대 연(燕)나라 태자 단(丹)의 진(秦)나라에 대한 복수를 위하여 비장한 결심으로 진(秦)나라에 갔다가 거사에 실패하여 살해당한 사람. 그는 역수(易水)를 건너려 할 때 비장한 각오를 나타내는 역수가(易水歌)를 불렀다.

195. 어떤 사람이 제주도로 돌아가는 것을 전송하다 送人歸濟州

年年越筐賣珠多	해마다 광주리 수북이 팔 구슬 많아,
浮海南歸不畏波	바다 건너 남쪽 감에 파도 아니 두려웠네.
萬里斗星搖積水	만 리 밖의 별들은 많은 물에 흔들리고,
一帆燈火照耽羅	한 돛폭의 등불은 제주도 비추었네.
岸從橘柚花前出	기슭은 귤, 유자의 꽃 앞에서 나오고,
人在魚龍背上過	사람은 어룡(魚龍)의 등 위에서 지나네.
驛館候風三日路	역사에서 사흘 갈 길 바람 때 기다리니,
舟中已見島夷家	배 안에서 도이[319]들의 집을 이미 보게 됐네.

196. 그림에 쓰다 題畵

衡陽秋水遠含輝	형양[320]의 가을 물은 멀리 빛을 머금고,
瓜步明沙鴈影稀	과보[321]의 명사에는 기러기 그림자 드물구나.
擁峽雲煙蠻市集	협곡 낀 운연(雲煙)에는 남만(南蠻) 저자 모여 있고,

---

319 도이(島夷) : 섬 도둑. 또는 섬나라의 오랑캐. 주로 왜구(倭寇 : 日本)를 가리킴. 여기서는 제주도 사람을 가리키는 것으로 보인다.
320 형양(衡陽) : 형양안단(衡陽鴈斷)이란 말이 있다. 형양(衡陽)에 회안봉(回鴈峰)이 있는데, 기러기가 이곳에 이르면 더 이상 남쪽으로 내려가지 않는다 한다.
321 과보(瓜步) : ① 산 이름. 강소성(江蘇省) 육합현(六合縣) 남동쪽에 있는 과부산(瓜埠山). 남쪽으로 대강(大江)에 닿아 있어 남북조(南北朝) 때의 군사 요충지이다. ② 진(鎭) 이름. 강소성 육합현 남동쪽 과부산 밑에 있는 과부진(瓜阜鎭). 명청(明淸) 시대에 순검사(巡檢司)를 설치하였다. 여기서는 과부산을 가리킨 것으로 보인다.

滿江風雨楚帆飛　　강 가득한 비바람엔 초나라 배 날아가네.
島依宿霧崢嶸出　　섬은 간 밤의 안개에 의지해 우뚝이 솟았고,
潮帶斜陽寂寞歸　　조수는 사양 띠고 적막하게 흘러가네.
簑笠漁翁隨白鷺　　사립(簑笠) 쓴 어부가 흰 백로를 따라서,
行舟已泊水邊扉　　가던 배가 이미 물가 사립문에 매었네.

197. 봄의 뜻 春意

春色初來天地間　　봄빛이 처음으로 천지 사이에 오니
靜中風物最相關　　고요함 속 풍물들이 가장 서로 알맞네.
遊絲漠漠從何至　　아지랑이 막막하게 어디에서 이를까.
戱蝶搖搖不暫閒　　노는 나비 흔들대며 잠시 아니 한가롭네.
遶砌幽花通小澗　　섬돌 두른 그윽한 꽃 작은 계곡 통해 있고,
開門芳草已靑山　　문 열자 방초는 이미 청산 되었구나.
城頭日影遲遲轉　　성 위에 해 그림자 느릿느릿 옮기는데,
第一樓臺燕子還　　가장 높은 누대에는 제비가 돌아오네.

198. 꽃을 심지 마오 莫種花

君家莫種花	그대의 집에다가 꽃을 심지 마오.
花落愁殺人	꽃 지면 사람 수심 깊게 하리니,
臥對南軒竹	누워서 남쪽 처마 대나무 보면
何日不靑春	언제인들 청춘이 아니랴 하랴?

199. 벽사[322]의 스님 혜징을 머물게 하여 밤에 이야기하다 留甓寺僧惠澄夜話

1)

雲霞癯骨老蒼然	운하에 야윈 뼈가 늙어서 창연한데,
破衲苔斑柏覆肩	해진 장삼 이끼 끼고 잣나무는 어깨 덮었네.
竹榻依依連夜話	아쉬워 걸상에서 밤새껏 얘기하니,
龍門山水到燈前	용문의 산수가 등 앞에 이르렀네.

---

322 벽사(甓寺) : 여주(驪州)에 있는 신륵사(神勒寺)를 가리킨다.

2)

黃驪去歲掛帆還	황려에서 지난해에 돛폭 걸고 왔는데,
客夢猶驚燕子灘	나그네 꿈 아직도 연자탄(燕子灘)323에 놀라네.
燈下相看還舊面	등불 아래 서로 보니 도리어 구면인데,
破牕風雨一僧寒	깨진 창 비바람에 한 스님 쓸쓸하네.

200. 홍정환 형이 양근으로 내려가는 것을 전송하다 送洪兄士凝下楊根

霜風獵獵荻蘆斜	서리 바람 쌩쌩 불어 갈대에 비끼는데,
游子看潮立暮沙	나그네는 조수 보며 저녁의 백사장에 서있네.
秋淨雲煙依峽出	가을 날씨 맑으니 구름, 안개 골짝 기대 나오고,
夜深星斗揷江多	밤 깊자 성두(星斗)는 강에 가득 비추었네.
自言桂樹山中客	스스로 말하기를 "계수산 속의 나그네는,
去訪楊根水上家	양근 물가에 집을 방문했다" 하네.
杯酒驛亭珍重語	역정(驛亭)에서 한 잔 술에 진중하게 말하는데,
龍門歸帆趁黃花	용문으로 가는 배가 국화 철에 대어 가네.

---

323 연자탄(燕子灘) : 여주(驪州)의 강 이름. 이색이 여주로 가던 도중에, 여기에서 배를 건너
다가 태종(太宗)이 보낸 짐독(酖毒)을 탄 술을 마시고 죽었다 한다.

201. 저녁에 이웃집에 모여서 운자를 뽑고 함께 짓다 暮會鄰家, 拈韻共賦

黃昏棲鳥度墻頭	황혼에 깃든 새는 담장을 지나는데,
簾几翛然淨素秋	주렴·안석, 날 듯 하여 깨끗한 가을이었네.
過客登階風墮葉	과객이 뜰 오르자 바람에 잎 지는데,
誰家吹笛月生樓	뉘 집에서 피리부나 누대에 달이 뜨네.
寒花共作重陽飮	국화철에 중양절의 술자리 마련해서,
高燭仍成數夜游	높직한 촛불 켜고 며칠 밤 놀았도다.
坐算霜鍾淸减睡	상종[324]을 세어보니 정신 맑아 잠이 안와,
一床樽酒攪詩愁	한 상의 통술은 시수(詩愁)를 방해하네.

202. 궂은비에 대한 노래 苦雨行

炎帝譁譁火傘聳	염제[325]가 시끄럽자 뜨거운 해 솟으니,
天容矗矗元氣重	하늘빛 점점 더해 원기가 무거웁네.
海上茫茫雲潑墨	바다 위 망망한데 구름이 먹물 뿌린 듯,
萬里堆結如丘隴	만 리에 쌓여 맺혀 언덕과 흡사하네.
赫曦照之從東來	빛나는 아침햇살 동쪽에서 와서

---

324 상종(霜鍾) : 풍산(豊山)에 있는 아홉 개의 귀가 달린 종. 서리가 내리면 금(金) 기운이 응하기 때문에 운다고 함.
325 염제(炎帝) : 여기서는 신화·전설에서 여름철과 남방(南方)을 주관하는 신(神)을 가리킨 것이다.

客陰相薄誇壯勇　　객쩍은 그늘[326]과 부딪쳐서 장한 용맹 과시하네.

氣毋量小不能受　　기가 한량없이 적어서 받을 수 없게 되니,

天公號令浹其壅　　하느님이 호령하여 막힌 걸 새게 했네.

雷霆轟輘掉狂車　　벼락 쳐서 미친 듯한 수레를 흔들고,

毒龍上天鱗甲擁　　독룡(毒龍)[327]이 하늘 오르니 인갑(鱗甲)[328]을 낀 것 같네.

口噓陰陽融作汙　　입으로 음양 부니 녹아서 액즙(液汁) 되어,

四海積水兼之霎　　사해에 쌓인 물을 아울러 뒤엎을 듯.

雨脚如麻墮黑雲　　삼대 같은 빗발이 흑운(黑雲)에서 떨어져,

飛沫散灑失山家　　나는 거품 흩뿌리니 산의 무덤 안보이네.

急瀉疑有鬼神力　　마구 쏟아지니 귀신같은 힘이 있나 의심 됐고,

倒捲或恐銀河涌　　거꾸로 말리니 혹시라도 은하수가 넘을까 두려웠네.

鼓以風雷沛四陸　　바람·우뢰, 두드러서 사륙(四陸)[329]에 세게 내리니,

萬木低頭受天寵　　온갖 나무 고개 숙여 하늘 은총 받았네.

元精漠漠凝不收　　원정은 막막하게 엉겨서 거둘 수가 없으나,

黑霧飛電頗相慫　　검은 안개 나는 번개 자못 서로 종용(慫慂)했네.

膏澤均沾始欣喜　　고택을 고루 적셔 처음에는 기뻤으나,

積陰久結旋愁慫　　쌓인 그늘 오래 맺자 되려 시름 솟아나네.

地脉赤黑濺沫驕　　지맥은 적흑색 물방울을 거만하게 뿌리고,

萬川齧堤爭其甬　　온 시내를 갉아먹어[330] 그 길을 다투네.

---

326 객음(客陰) : 객쩍은 그늘이라는 말. 송(宋) 구양수(歐陽修)의 「雪」에 "新陽力微初破萼, 客
　　陰用壯猶相薄"이라 했다.
327 독룡(毒龍) : 독이 있는 용. 불가(佛家)에서는 욕심에 비유하기도 한다.
328 인갑(鱗甲) : 옛날 무사(武士)들이 입는 갑옷은 몸을 자유롭게 움직일 수 있으면서도 적의
　　화살이나 탄알을 막을 수 있게 물고기의 비늘과 같은 미늘을 연결하여 만든 것을 가리킨다.
329 사륙(四陸) : 사방(四方)의 육지(陸地).

天自失權黃道滑	하늘은 권도 잃어 황도가 미끄러운데,
六龍駕日難飛踊	육룡이 해를 타도 날고뛰기 어려우리.
江海得時爭汎濫	강해는 때를 얻어 다투어 넘치고,
山嶽避勢皆欹竦	산악은 형세 피해 모두 기울어 움츠린 듯.
亂木陰陰落流膠	어지런 나무는 음침하여 흐르는 아교가 지고,
平陸水浮深沒踵	평지는 물이 떠서 발을 깊이 묻는구나.
簷溜併瀉屋瓦動	처마물이 함께 흘러 집 기와 움직이고,
野鶴飛鳴蟻封塚	들 학은 날며 울고 개미는 둑 봉하네.
石破天驚無節制	돌 깨지자 하늘 놀라 절제함이 없으니,
四野小民嗷嗷恐	온 들판 소민(小民)들은 시끄럽게 두려워하네.
十日山田不得耕	산전(山田)을 열흘 동안 갈지를 못했으니,
坐令百穀失其種	앉아서 온갖 곡식 파종을 잃었네.
天地氣蒸無晴晝	천지에는 열기 쪄서 개이는 낮이 없고,
禾頭生耳浪浸碧	벼 이삭에 귀가 나고 물결이 돌 적셨네.
白鷺插脚還欹側	백로는 다리를 세웠으나 기울었고,
商羊舞翅爭偏踊	상양[331]은 춤을 추어 용렬함을 다투네.
雷久隱隱自喪威	천둥 오래 우룽대다 제풀에 위엄 잃어
婦女慣聞不驚悚	아낙들 익히 듣자 놀라 두려워 않네.
有時風急灑如箭	때때로 바람 세니 화살처럼 뿌려대니,
勢疑萬兵奔洛鞏	일만 병사 대도시[332]를 달리나 했네.

---

330 설제(齧堤) : 물이 둑(언덕)을 무너뜨리는 것을 이른다. "갉아 먹는다"라고 번역한다. 『水經注』「濟水」에 "往大河衝塞, 侵齧金堤, 以竹籠石, 葺土而爲埽, 壞隤無已, 功消億萬"이라 했다.
331 상양(商羊) : 전설 속의 새 이름.
332 낙공(洛鞏) : 공락(鞏洛)을 가리킨다. 공(鞏)과 낙(洛) 땅을 아울러 이르는 말. 하남성(河南

草木離披不自持　　초목은 쓸리어서 가누지 못하는데,

鳥獸避濕誇深氄　　조수들은 습기 피해 깊은 솜털 자랑하네.

閉門支離人未出　　문 닫고 지리하게 사람들 못 나오고,

地氣薰上菌生栱　　땅의 훈기 올라와서 버섯에 두공(枓栱)333 났네.

池水得意蝦蟆跳　　못물에는 득의한 개구리와 두꺼비가 뛰어 놀고

野穴無食鼪鼯拱　　구멍에는 먹이 없어 다람쥐 팔짱꼈네.

乖龍敢爲下民虐　　괴룡334이 감히 백성 학대를 하겠는가

或疑造物多疎宂　　혹 조물주가 많이 경솔할까 의심되네.

得非萬斛決河海　　만곡의 강과 바다 터진 게 아니라면

無乃玄精洩痔腫　　현정335이 치질 종기 배설한 것 아니겠나?

金蛇掣雲天慘憺　　금사(金蛇)336가 구름 당겨 하늘이 참담하니,

床床屋漏聯珠琲　　상마다 집이 새어 옥구슬 이어졌네.

下土微臣再拜告　　못난 선비와 신하들이 재배하며 고하기를,

問誰主張誰爲俑　　"누구의 주장이고 누구의 허수아비인가" 물었네.

却愁西北天其漏　　도리어 서북 하늘 샐까봐 근심되니

隻手直欲披雲捧　　한 손으로 곧장 구름 헤치고 받들리라.

白虎青龍坐尸位　　흰 범과 푸른 용이 시위에337 앉았는데,

省) 낙양(洛陽) 일대에 있었다.

333 두공(枓栱): 기둥과 들보가 만나는 곳에 끼우는 활 모양의 구조물(構造物)을 이른다.

334 괴룡(乖龍) : 사람의 몸 속이나 고목(古木) 기둥 속에 산다는 괴물의 이름. 당(唐) 백거이(白居易)의 「偶然」에 "乖龍藏在牛領中, 雷擊龍來牛枉死"라 나오고, 송(宋) 황휴복(黃休復)의 「茅亭客話」에 "世傳乖龍者, 苦於行雨, 而多方竄匿, 藏人身中, 或在古木楹柱之內, 及樓閣鴟甍中, 須爲雷神捕之"라 나온다.

335 현정(玄精): ① 북방 흑제(黑帝)의 신(神). 흑정(黑精). ② 원정(元精), 곧 도교(道敎)에서 인체의 정기를 가리킨다.

336 금사(金蛇): 번갯불을 비유하는 말. 당(唐)나라 고운(顧雲)의 「天威行」에 "金蛇飛狀霍閃過, 白日倒掛銀繩長"이라 나온다.

雨絲相續如抽蛹　　빗줄기 계속됨이 번데기 (실을) 빼내듯 하네.

九野戰戰魚頭生　　온 땅에는 꽉차게 어두가 생기니,[338]

呻吟赤子將跛尫　　신음하는 적자는 부은 다리 쩔뚝댈 거네.

安得太陽破窮陰　　어찌하면 태양이 한겨울 깨뜨려서,

大令天下蒼生恫　　크게 천하의 창생으로 가득하게 할까

水田今秋禾黍好　　올 가을엔 무논[水田]에 화서(禾黍) 좋으니,

村家樂業酒如澠　　시골집에선 생업 즐겨 술이 젖과 같으리.

風雨陰晴一隨意　　비바람과 흐리고 갬, 한결같이 뜻대로니,

萬年持以吾君奉　　만년토록 가지고서 우리 임금 받들리라.

203. 목만중 어른의 「옥폭동」의 운자를 받들어 차운하다 奉次睦丈(萬中)玉瀑洞韻

芳草溪邊積　　방초가 시냇가에 쌓여있는데,

幽禽谷口遷　　그윽한 새는 골짝에서 옮기네.

晴雲隨杖屨　　개이거나 흐리거나 장구(杖屨) 따르니,

凉意獻林泉　　시원한 기운이 임천에서 나오네.

山靜有時動　　산은 고요하나 때때로 움직여서,

---

337 시위(尸位) : 시위소찬(尸位素餐)을 가리킨다. 벼슬자리에 있으면서 그 직책(職責)을 다하지 못하고 녹(祿)만 타 먹는 것.

338 당(唐)나라 한유(韓愈)의 「月蝕詩效玉川子作」에 "堯呼大水浸十日, 不惜萬國赤子魚頭生. 女於此時若食日, 雖食八九無饞名"이라 했다.

水流誰使然　물이 흐르니 누가 그렇게 시켰나.

因之愜吟望　이로 인해 읊고 바라보기에 맞게 되니,

西日在松顚　서쪽으로 지는 해가 소나무 위에 있네.

204. 「서린」시에 차운하다 次西隣韻

1)

西風落木小樓開　서풍에 잎이 질 때 작은 누대 열렸는데,

岸幘高歌思沛哉　두건 젖혀 쓰고 고가(高歌) 부르니 생각이 세차지네.

平看白雲生遠郭　흰 구름이 먼 성곽서 이는 것 보다가,

却延初月上疎槐　도리어 초승달이 성긴 홰나무에 뜨는 걸 맞았네.

天將空濶容秋至　하늘은 공활함을 가지고 가을 온 걸 용납하고,

水自虛明引物來　물 스스로 허명하여 사물 끌어 오는구나.

社友携琴溪上夕　사우가 거문고를 휴대한 냇가의 저녁에,

更敎山色佐深杯　다시금 산 빛이 깊은 술잔 돕게 하네.

2)

荒匏承屋短籬斜　거친 박은 지붕 타고 짧은 울 비켰는데,

白酒前村去自賒	앞마을에 직접 가서 막걸리 받아왔네.
霜氣千林驚宿鶴	온 숲의 서리 기운에 자던 학이 놀라고,
夕陽孤堞見翻鴉	석양의 성칼퀴에서 나는 까마귀 보겠네.
久無客到生苔蘚	오래 손님 이르잖아 이끼가 잔뜩 꼈고,
忽有香來認菊花	홀연히 향기 나니 국화인줄 알겠도다.
經卷茶鑪連夜語	경서(經書)와 차 화로로 밤새워 말하는데,
隔溪新識子雲家	시내 너머 새로이 양웅(揚雄)[339]의 집을 알겠네.

205. 연기의 사람이 고장에 사는 즐거움을 한껏 칭찬하므로 내가 이에 시를 써서 주다 燕岐客, 盛稱其鄕之樂, 余乃作詩以贈之

客自燕岐來	손님이 연기(燕岐)에서 찾아 와서는
爲說燕岐好	연기 지방 좋은 점을 말을 하누나.
燕岐十里野	연기의 십 리 거리 들판인데,
鬱鬱多芳草	무성하게 방초가 많이 있다지.
合江西南流	합강(合江)이 서남으로 흘러가는데,
淺鋪煙綺碧	얕게 깔린 연기가 비단같이 푸르네.
女娘齊踏歌	아가씨들 일제히 답가 부르며[340]

---

339 양웅(揚雄, B.C. 53~A.D. 18) : 한(漢)나라 성도(成都)사람. 자는 자운(子雲). 박학심사(博學深思)하여 문장(文章)으로 이름났다. 지위가 낮고 용모가 보잘 것 없어 사람들이 그의 저작을 경시하였는데, 죽은 뒤 40년이 지나 그의 저작이 비로소 세상에 크게 알려졌다. 『太玄經』과 『法言』이 특히 유명하다.
340 답가사(踏歌詞) : 당대(唐代) 악곡(樂曲) 이름. 장열(張說)이 지었다고 전한다. 일명 요답

採蓮行江曲　　연을 따려 강굽이를 다니고 있네.
燕岐亦遠方　　연기라는 고을 또한 먼 지방이니,
不如長安樂　　장안의 즐거움만은 못하리.

가(線踏歌)라 한다.

이좌훈 연암집 발문 李生佐薰烟巖集跋

목만중(睦萬中)

옛날 사람들은 사람을 잘 알아보아서 어릴 때에 선발하는 일이 많았다. 왕찬(王粲)은 키가 작았지만, 채옹(蔡邕)이 신발을 거꾸로 신고 마중 나왔으며[1] 이필(李泌)[2]은 이 갈 무렵에 장구령(張九齡)[3]의 소우(小友)가 되었다. 이하(李賀)가 일곱 살에 한유(韓愈)[4]와 황보식(皇甫湜)[5]이 그의 집을 찾아가서 칭찬했으나 아첨한 것은 아니었고, (칭찬하는 뜻을) 받았으나 부끄러워하는 기색이 없었으니, 선배와 후배가 서로 어울

---

1 왕찬(王粲, 177~217) : 위진 시기 건안칠자(建安七子)의 한 사람. 자는 중선(仲宣), 산양(山陽) 사람이다. 사부(辭賦)에 특히 능하여 「登樓賦」・「征思賦」 등이 유명하다. 채옹(蔡邕)은 그의 재주를 훌륭하게 여겨 올 때마다 신을 거꾸로 신고 나와 마중하였다.
2 이필(李泌) : 당(唐)나라 때 요동(遼東)의 양평(襄平) 사람. 자는 장원(長源). 경사(經史)를 두루 섭렵하고 시문(詩文)에 능하였다. 벼슬은 중서시중동평장사(中書侍中同平章事)였다.
3 장구령(張九齡) : 당(唐) 현종(玄宗) 때의 문인이다. 장열(張說)의 추천을 받아 중서사인(中書舍人), 중서시랑(中書侍郎)을 거쳐 재상이 되었다.
4 한유(韓愈, 768~824) : 당대(唐代) 문인(文人)・사상가(思想家). 자는 퇴지(退之). 당(唐) '고문운동(古文運動)'의 거두로 그의 문장은 웅위롭고 뜻이 깊어 유종원(柳宗元)과 더불어 '한유(韓柳)'로 일컬어졌다. 그의 시도 그 구상이 기괴하고 뛰어나 이백(李白)과 두보(杜甫)의 뒤를 이어 독특한 일파로 부상했다. 저서에는 『韓昌黎集』이 있다.
5 황보식(皇甫湜, 777~835) : 당(唐)나라의 문학가. 자는 지정(持正). 시문(詩文)에 뛰어나 이고(李翶), 장적(張籍)과 이름을 나란히 견주었다. 저서에 『皇甫持正文集』이 전한다.

리는 교제가 이와 같았다.

　평원 이생(平原李生)은 5~6세가 되자, 신동이라 불리었다. 점차 자라 자 명성이 더욱 자자하여서 함께 교유하던 사람 중에는 아버지의 친구가 많았다. 내가 문자에 관한 일을 말하기 좋아하는 까닭으로 자주 서로 왕래 하였는데 정신은 오롯하였고 용모는 조용하였으며 식견이 넓고 말수가 적어서 재주 있는 사람의 경박하고 오만한 태도가 없었다. 시는 그 사람과 같고 재주는 본래 고상 하였으며, 글에는 읽지 아니한 것이 없었다. 9세에 그 할아버지가 회양에 관리로 가는 길에 따라 갔으니 회양은 옛날부터 산수 좋기로 이름난 곳이었다. 16세에 그의 할아버지가 관서 지방의 관리로 나가게 되자, 전송하려고 고도(古都)에 이르러서는 만월대에 올라갔다가 돌아왔으니, 그 학습의 근면함과 유람의 장함이 이미 그 갖추어진 재능을 채우기에 충분하였다.

　13살에 사문(四門)과에 선발되었고, 15살에는 춘관(春官 : 禮曹)의 초시(初試)에서 합격하였다. 상감에게 명성이 알려지니 당대의 문장가[6]들이 이좌훈과 교유하길 원하였으니, 그의 시를 외우지 않는 사람이 없었다. 지금 선비들은 저속(低俗)함이 너무 심하여서 꽃을 따고 꽃술을 주으며, 신기루(蜃氣樓)를 타고[駕蜃] 얼음에 아로새기는[鏤氷][7]것 등에 공을 들여서 다시는 고문(古文)이 있다는 것을 알 수 없게 되었다.

　내가 이좌훈(李佐薰)을 얻고서 매우 기뻐했던 것은 "정시(正始)의 소

6　조고가(操觚家) : 고(觚), 곧 죽간(竹簡)이나 목간(木簡)을 잡은 사람이라는 말로서, 문필(文筆)에 종사하는 작가(作家)를 이른다.
7　누빙(鏤氷) : 얼음에 아로 새긴다는 뜻. 송나라 황정견(黃庭堅)의 「送王郎」이란 시에 "모래를 쪄서 미음을 지음에 끝내 배부르지 않고, 얼음에 문자를 아로새기면 헛되이 공교로울 뿐이라네[炊沙作糜終不飽, 鏤氷文字費工巧]"라 하였다.

리가 영가(永嘉)[8]의 후에도 끊어지지 않겠다"라고 이를 만해서 이다. 만년에 사귀는 탁의(託意)가 이 사람에게 있었는데, 불행히도 나이 18 살에 죽어서 도리어 내가 그 원고를 꺼내어 그것을 평정(評定)하고 산정(刪定)하게 되었으니 먼 훗날에 오히려 이것이 국보(國輔) 이좌훈(李佐薰)의 시가 되어서, 여와(餘窩) 목유선(睦幼選, 목만중)에게 칭찬받고 널리 퍼질 것을 알게 할 것이니 아! 애석하도다. 어려서 총명한 사람은 으레 일찍 죽은 이가 많았으니 중선(仲宣)과 장길(長吉)등이 모두 이런 사람들 이었다.

그런데 이좌훈(李佐薰)은 또 그들보다도 더 심한 경우였으니, 어쩌면 또한 "혜규(彗茭)는 일찍 뚫어지고 기이(奇異)한 꽃은 쉽게 시든다"는 이치에 진실로 그러함이 있는 것이리라. 이좌훈은 매우 많이 저술하였으나, 아주 어렸을 때의 여러 작품들은 운자가 간혹 착오가 있고 율(律)이 다 맞지는 않았으므로 수록하지 않은 것이 많았다. 천기(天機)의 방달(放達)과 재사(才思)의 뛰어남은 이 서생에게 많았으니 그의 아버지가 곧 안변부(安邊府)의 부사로 있을 때에 글자를 새겨서 펴내려 하여 나에게 서문을 구하였기에 그 권의 끝에 이와 같이 기록한다.

前輩能識人, 多獎拔於童子時. 王粲短小耳, 蔡邕倒屣. 李泌髫齓也, 爲張曲江小友. 李賀七歲而韓愈皇甫湜, 過其家, 譽之而不爲阿, 受之而無愧色, 先後進相與之際如此.

平原李生, 生五六歲, 則以神童稱. 稍長聲益甚, 所與游多其父友. 以余喜言文字事, 數相往來, 神專而容靜, 識博而語簡, 無才子輕俊之態. 詩如其人, 才本馴雅, 而於書無所不讀. 九歲隨大父之官淮陽, 淮故山水窟. 十六其大父 爲官關西, 送之至故都, 登滿月臺而歸, 其學習之勤, 游覽之壯, 已足以充其 才具.

十三選四門課, 十五發春官解. 人有以姓名聞於上, 一時操觚家. 無不願 交生, 而誦其詩者. 今之士, 卑已甚矣, 率撏花掇藥駕蜑鏤氷以爲工, 無復知 有古文者. 余得生甚喜, 正始之音, 謂不絶於永嘉之後. 晩契之託意在斯人, 不幸十八而死, 反使余發其薰而評隲刪定之, 千世之下, 尚有知其斯爲李佐 薰國輔之詩, 而爲餘窩睦幼選之所賞詡者乎, 鳴呼! 惜矣. 幼悟者例多殀, 仲 宣長吉皆是物也.

而生又甚焉, 豈亦彗竅早鑿. 奇花易凋, 理有固然者歟. 生所著述頗富, 而 最幼時諸作, 韻或錯出, 律或未盡諧, 故多不收錄. 而天機之瀇蕩, 才思之苕 穎, 多在於是生, 尊大人, 方知安邊府將鋟而布之. 徵余文, 記其卷尾如此.

부록 — 다른 문집 소재 기록

1. 『한중기문閑中記聞』_ 이극성(李克誠)

　이좌훈(李佐薰)의 자(字)는 국보(國輔)이니, 전(前) 승지(承旨) 동현(東顯)
의 아들이다. 태어나자마자 비범한 재주가 있어서, 일곱여덟 살 때
부터 글을 지으면 으레 사람들을 놀라게 하였다.

晚到昌途店　　늦게야 창도관에 이르렀는데,

峥嶸峽勢長　　가파른 골의 기세 길게 퍼졌네.

千峰猶濕雨　　봉우리들 여태 비에 젖어 있는데,

獨樹見斜陽　　외딴 나무엔 석양이 보이는구나.

谷靜鳥多語　　계곡이 조용하니 새소리 시끄럽고,

山深花自香　　산 깊으니 꽃은 절로 향기롭구나.

洛城三百里　　서울은 삼 백리나 떨어졌으니

歸路正中央　　서울로 가는 길 딱 절반쯤이네.

　　　　　　　　　　　　　　　　—「嘗自淮陽還京, 到昌道有吟」[1]

入洞疑風雨　　마을 들 땐 비바람이 불까 했더니,

過林又日月　　숲 지나자 또 해와 달이로구나.

壯哉造化力　　굉장하구나! 조화옹의 힘이여

鍾靈固密勿　　신령함을 모음이 진실로 치밀하네.

　　　　　　　　　　　　　　　　　　　—「過麥坂」

1　원 문집의 제목은 「發淮陽, 歸京, 到昌道有吟」이라 되어 있다.

客發楊州里　　손님이 양주 땅을 떠나가는데,

鞍馬犯曉寒　　말안장에 새벽 한기 스며드노라.

家人候我來　　집 사람이 내가 오길 기다리기에,

馬首問平安　　말 머리서 평안한가 물어보았네.

— 「途上作」

　　모두 다 열한 살 때 지은 작품이다. (만약) 그 재주를 다 채웠다면, 한 세상에서 높이 거닐 수가 있었을 것이나, 나이 열여덟에 요절했으니 애석하도다. 그의 아버지가 안변부(安邊府)²에 있을 때에 유고를 간행하여 세상에 알려졌다.

　　李佐薰, 字國輔. 前承旨東顯之子也. 生有異才, 自七八歲, 造語輒驚人. 「嘗自淮陽還京, 到昌道有吟」曰, "晚到昌道店, 崢嶸峽勢長, 千峯猶濕雨, 獨樹見斜陽, 谷靜鳥多語, 山深花自香, 洛城三百里, 歸路正中央." 又「過麥坂」, 詩曰, "入洞疑風雨, 過林又日月, 壯哉造化力, 鍾靈固密勿." 又「途上作」曰, "客發楊州里, 鞍馬犯曉寒, 家人候我來, 馬首問平安."

　　皆十一歲作也. 充其才, 可以高步一世, 而年十八夭, 惜也. 其父安邊時, 刊遺稿, 行于世.

2　안변(安邊) : 함경남도 남쪽 끝에 있는 고을 이름. 그 고을의 군청(郡廳)이 있는 곳이다.

2. 이군 국보의 묘지명[李君國輔墓誌銘]_ 신경준(申景濬)

이좌훈(李佐薰)은 국보(國輔)이니 평창(平昌)사람이다. 승정원(承政院) 승지(承旨) 동현(東顯)[3]의 아들이며, 형조참판(刑曹參判) 광익(光瀷)[4]의 손자이다. 윗대에는 집현전교리(集賢殿校理)로 영의정(領議政)에 추증된 휘(諱) 영서(永瑞)이고, 이조판서(吏曹判書) 평원군(平原君) 휘(諱) 계남(季男)은 더욱 영달하였다. 그의 배위는 승지(承旨) 홍륜(洪鑰)의 따님이었다. 나이 18살이던 경인(庚寅, 1770)년 10월 정유일(10월 25일)에 병으로 죽었고, 11월 경오일에 인천(仁川) 초곡(草谷)에 있는 가영(家塋)의 경좌원(庚座原)에 묻혔다.

아! 국보(國輔)는 선천적으로 문사(文詞)가 있었다. 태어난 지 5, 6년에 사람들을 놀래키는 말이 많았다. 13살에 상시(庠試)[5]에서 이름을 떨쳤고, 15살에는 진사(進士)에 합격하였다. 입시(入侍)하여 지은 것을 외우라는 명이 있자, 응하고 답하며 나아가고 물러남의 절차를 잃지

---

3 이동현(李東顯, 1725~1792) : 자가 덕휘(德輝)이다. 이광익(李光瀷)의 아들이다. 배(配)는 진주유씨(晉州柳氏)이다. 이용휴(李用休)가 함경도 안변의 임지로 가는 것을 전송하며 「送使君東顯之任安邊」(7언절구 3수)을 지어주었는데 『혜환시집』에 남아 있다. 또, 신광수(申光洙)의 『石北集』에도 「差祭弘陵, 與典祀官李德晦東顯, 守歲呼韻」이 남아 있다. 『문과방목』에는 생년이 1726년, 자(字)가 덕회(德晦)이며, 처부(妻父)가 유경기(柳敬基)로 기록되어 있다.

4 이광익(李光瀷, 1703~1780) : 자가 원숙(源叔)이다. 이광직(李光溭)의 동생이다. 문과에 급제하여 벼슬이 좌윤에 이르렀다. 그가 초산군수(楚山郡守)로 부임할 때 준 송시(送詩)인 「送李大夫源叔之任楚山」(7언율시 8수)가 『혜환시집』에 남아 있다. 이용휴가 원님으로 선치(善治)하길 바랐던 것처럼 초산군수(楚山郡守) 시절 그는 청렴으로 이름이 높았다. 군수를 마치고 돌아올 적에 모든 창고의 곡식을 백성들에게 주고 행장에 물건이 하나도 없었다는 이야기는 아주 유명하다.

5 상시(庠試) : 주시(州試)나 부시(部試)를 합격한 사람들이 경성(京城)에서 응시할 수 있는 시험이다. 정약용(丁若鏞)이 제시한 새로운 과거 시험 방안 중 하나의 과정을 차지하는 시험이었다.

않으니, 임금께서 탄식하며 말하기를 "기재(奇才)로구나"라 하셨다. 지금 모아진 시(詩)가 모두 수백 편인데, 곧 간행하기를 도모하였으니, 국보(國輔)의 문장(文章)은 사람들 모두가 알고, 뒷사람들도 또한 장차 알게 될 것이다. 그가 겨우 5살 때에 여러 아이들을 따라서 놀았는데 그의 고모가 타일렀다. 그러자 곧바로 '우리 고모께서 나를 가르치신 교훈을 마음에 새겨 받들어 행하자[吾姑母教子之訓銘心奉行]'라는 11자를 쓰고는 다시는 장난치지 않았다. 그가 말하기를 "내가 장난치는 것을 익숙하게 했으나, 당신께서 그것을 하지 말라 하시었으니, 가슴에 새겨 기억하기를 깊이하고, 받들어 공경하여서 유지해야 합니다"라고 하였다. 허물 듣기를 기뻐하고 고치기에 인색하지 아니하여 어른의 말을 공경하는 것이 어린 아이 때에도 오히려 이와 같았으니, 이것이 그의 천성이었다. 부모나 조부모에 대해서 효순(孝順)을 나타냈으나 국보(國輔)의 내행(內行)은 오직 집안 사람만이 알고 있다.

내가 일찍이 국포(國輔)에게 말하기를 "문장(文章) 솜씨야 자네가 잘 갖추고 있으니, 그 큰 것에 힘써야 마땅하네"라고 하였더니, 얼마 안 되어 『대학(大學)』을 소매에 넣고 와서 뜻을 강론(講論)하였다. (그 글에) 있기를 '명덕(明德)이란 것은 마음 안의 성(性)을 가리켜서 말한 것이다. 전(傳)의 머릿장에서 천지명성(天之明命)[6]이라고 하는 것과 서문에서 하늘이 생민(生民)을 낼 적에 그에게 천성(天性)을 주지 아니한 적이 없다[天降生民, 莫不與之性][7]'라고 한 것은 모두 명덕(明德)을 가리켜서 말한 것이니 곧 명덕은 이 성(性)이다. 또 "주자(朱子)가 명덕(明德)을 설명할

---

6 『大學』에 "하늘의 밝은 명을 돌아보며 살핀다[顧諟天之明命]"이라 나온다.
7 「大學章句序」에 "蓋自天降生民, 則既莫不與之以仁義禮智之性矣"라 나온다.

적에 매양 기품(氣稟)을 가지고 대비시켜 거론하였는데 기(氣)와 함께 대비시켜 거론한 것은 리(理)자가 아니겠는가. 이치[理]라는 것은 곧 성(性)이다'라고 하였다. 또 이르기를 "성선(性善)이란 것은 그 본성을 다하게 되면 지선(至善)이 되는 것이다." 그 나머지도 칭찬할 만한 것이 많았다. 국보(國輔)의 견식(見識)이 높은 것은 오직 나만이 홀로 알고 있다. 내가 국보에게 바라고 기대한 것이 남과는 달랐었는데 이제는 그만이도다. 사람이 애통(哀痛)하고 슬퍼함에 지극함이 있지만 허물을 돌릴 곳이 없으면 반드시 말하기를 '천명'이라고 하는데, 천명이란 이치(理致)다.

　이치는 선한 이를 상서롭게 하고 선량한 사람을 완수하게 해야 함이 마땅한데, 이것과 반대가 되는 것은 하늘이 반드시 자유롭게 할 수 없음이 있어서 그러한 것이다. 지극히 높아서 상대할 수 없는 것이 하늘인데, 하늘로 하여금 자유롭게 할 수 없게 하는 것은 누구인가? 국보의 나이는 이미 어찌할 수 없게 되었으나, 그 이름만은 홀로 길게 할 수 없을 것인가? 드디어 명을 짓는다. "만약 가기를 빨리 하려면 어찌 꼭 올 것이 있었던가? 또 어찌 반드시 재주가 있을 것이 있었던가? 좋은 손님이 내 집에 머물다가 이틀 밤도 자지 않고 돌아간 것 같으니 아! 그 슬프도다."

　李佐薰國輔, 始平昌人. 承政院承旨東顯之子, 刑曹參判光漢之孫. 上世集賢殿校理贈領議政諱永瑞, 吏曹判書平原君諱季男尤光顯. 配洪氏承旨錀女. 年十八, 庚寅十月丁酉, 以病歿, 十一月庚午, 葬于仁川草谷家塋負庚之原.

　嗟呼! 國輔於文詞天得也. 生五六年, 多驚人語. 十三, 名振庠試, 十五擧進士解. 有命入侍誦所述, 應對進迫不失節, 上歎曰: "奇才." 今衰集詩總數百篇, 方謀鋟諸梓, 國輔之文章, 人皆知之, 後之人亦將知之. 甫五歲, 從羣兒遊戲, 其姑母戒之. 輒書吾姑母敎予之訓銘心奉行十一字, 遂不復戲. 其曰: "吾親之也, 子母之也, 銘識之深也, 奉敬以持也." 喜聞過改不吝, 敬尊者之言, 在幼孩能如是, 是其性也. 於父母大父母, 以孝順著, 國輔之內行, 惟家人知之.

余嘗謂國輔曰: "文章子固有之, 宜勉其大者." 未幾袖『大學』來講義. 有曰: "明德就心內指性言者也, 傳首章之天之明命, 序之天降生民, 莫不與之性" 皆指明德而言者, 則明德是性也. 且"朱子說明德, 每以氣稟對擧, 與氣對者非理乎, 理卽性也." 又曰: "性善, 盡其性則爲至善也." 其餘可稱述者多. 國輔見識之高, 惟我獨知之. 我之希期國輔, 與人異而今其已. 而人有痛怛之極, 無所於歸咎, 則必曰天也, 然而天者理也.

理宜祥善逐良, 而反是者, 天必有不得自由而然耳. 至尊無對者天, 而使天不得者誰歟? 國輔之年已無奈, 而其名獨不可使永之歟? 遂銘曰: "如其去之速也, 何必來乎? 又何必才乎? 如嘉客之館我, 不信宿而歸, 吁其悲!"

— 출전 :『여암유고』

3. 이좌훈유고 서문[李佐薰遺稿序 辛卯]_ 신광수(申光洙)

평원이씨(平原李氏)는 재주가 많았는데도 단명한 사람들이 많았다. 지난날에 청계자(靑溪子) 이동운(李東運)은 가장 명성이 있었는데도 나이는 서른넷에 불과하여 죽었으니 사람들이 지금까지도 애석해 하고 있다. 그의 아들인 화국(華國)은 그의 아버지와 같아서 약관을 넘기고 죽었으며, 화국(華國)의 동당제(同堂弟)인 국포(國輔)도 그의 형과 같이 열아홉 살에 죽었으니 어째서 가면 갈수록 수명은 더욱 짧아졌는가? 재주가 한 가문에 모이기를 만일 이씨에게 사사로이 했다면 이미 낳아놓고 또 따라서 막는 것은 어째서인가? 날짐승 중에 봉황(鳳凰)이고, 길짐승 중에 기린(麒麟)이며, 구슬 중에 야광주(夜光珠)는 세상에서 항상 볼 수 없으며, 또한 세상에 오래 머물 수 없는 것이니, 그러므로 사람들이 아름다운 외관으로 여기다가 그가 잃는 데에 미치게 되면 놀라서 실성(失聲)하지 않는 사람이 없게 된다. 이군(李君) 형제(兄弟)가 어찌 또한 기린이나 봉황, 야광주의 종류가 아니겠는가?

군은 머리털이 더벅머리 때부터 이미 기동(奇童)이라 일컬어졌다. 나이 열세 살에는 상제(庠製)에 합격을 했고, 나이 열다섯에는 예부의 회시에 합격하였다. 아름다운 명성이 한 세대에 떨쳤으나, 이는 다만 가업을 계승해서 벼슬길에 나아갈 뿐이었다. 옛날 시가(詩歌)의 잡체(襍體)는 수준이 높은 것은 한위(漢魏)에 가까웠고, 좀 떨어지는 것도 우리나라의 말이 되는 것을 기꺼워하지 않았다. 비록 나이와 정력(精力)은 이르지 못하였으나 작가의 걸음걸이에 달려가게 되었다. 내가 당시 군의 대부에게 갔을 때에 군이 명랑하게 아버지 옆에 앉아 그의 시를 내놓았다. 일찍이 고음(高吟)을 칭찬하지 않음이 없어서 나라의 상서로운 인물로 여겨졌었는데, 화국(華國)이 죽자 그대 또한 죽었으니, 이씨의 두 옥이 부서진 것이었다. 오호! 이름이 너무 나는 자는 사물이 꺼리는 것이니, 군의 대부(大父)와 아버지는 이름나는 것이 상서룹지 못함을 알아서 그대가 우둔하기를 원했던 것은 마땅히 옛 사람과 같았던 것이었던가. 그러나 하늘이 준 재주는 명성이 없게 하려고 해도 될 수 없는 것이다. 군의 조부(祖父)와 부친이 울면서 군(君)의 원고 수 백편을 보여주며 말하기를 "이것이 우리 아이의 유고인데 내가 차마 볼 수가 없어 태우려 했지만 그것 또한 차마하지 못해서 간행하려 하는데 그것이 완성되지 못할까 두렵습니다"라 하였다. 내가 울면서 이르기를 "원고가 완성 못한 것이 있는 것이나, 옥 중에서 쪼지 않은 것이고, 금(金)이 정련되지 않은 것이며, 비단이 완성되지 않은 것 등의 네 가지입니다. 그러나 옥과 금이나 비단이 아니라고 이를 수는 없는 것이니 불태울 수는 없습니다. 양오(楊烏)[8]는 9세에 (그의 아버지 양웅(楊雄)이)『태현경(太玄經)』을 초(草)하는 것을 거들었고, 형거실(邢居實)[9]은 14살에 추풍삼첩(秋風三疊)을 지었습니다.[10] 국보(國輔)가 죽지 않았더라면 그의 성취가 마땅히 두 사람과 함께 어쩔는지 알 수 없는 것입니다. 요컨대 해동의 작가가 되었을 것인데 하물며 양오와 형거실에 견준다면 그 나이는 또한 많은 것입니다"라고 하였다. 이 또한 그 아버지와 할아버지를 위로하기에 충분했을 것이니, 그 국보는 일찍 죽지 않았다고 하여야 할 것이다.

平原李氏, 多才而多短命. 向者靑溪子, 最有名而得年三十四, 人到今惜

---

8   양오(楊烏) : 한(漢)나라 양웅(揚雄)의 아들인 동오(童烏)를 가리킴. 동오가 아홉 살 때 아버지 양웅(揚雄)의 『太玄經』의 저술을 도울 정도로 총명하였는데 일찍 요절하였다.

9   형거실(邢居實) : 송(宋) 정주(鄭州) 양무(陽武) 사람. 자는 돈부(惇夫). 서(恕)의 아들. 8세에 명비인(明妃引)을 지어 일찍부터 문장으로 이름을 떨쳤다. 손각(孫覺), 이상(李常), 사마광(司馬光), 여공저(呂公著) 등의 문하에서 배웠으며, 소식(蘇軾), 황정견(黃庭堅), 조보지(晁補之) 등과 교유하였다. 저서에 『呻吟集』이 있다.

10   명(明) 호응린(胡應麟)의 『詩藪』에 "邢居實『秋風三疊』…… 語語天成, 盡謝斧鑿"이라 나온다.

之. 其子華國, 如其父而踰弱冠而死, 華國之同堂弟國輔, 如其兄而十九死, 何其愈往而愈短也? 才之華於一門, 若以私李氏者, 而旣生之, 又從而閼之, 何也? 鳥之鳳凰, 獸之麒麟, 珠之夜光, 不常見於世, 而亦不久留於世者, 故人以爲瓌觀. 及其失之, 莫不噩然失聲. 李君兄弟, 豈亦麟鳳夜光之類也?

君髮髮, 已稱奇童. 十三, 捷庠製, 十五, 登禮部解. 英聲振一世, 然此特博士家業爾. 古詩歌襍體, 高者近漢魏, 下亦不肯爲東方語. 雖年力未至, 曖曖已作者步驟. 吾時適君大父, 君朗然坐父隅進其詩, 未嘗不高吟激賞, 以爲國之瑞物. 華國死, 君亦死矣, 李氏雙璧碎矣. 嗚呼! 名太早者, 有物忌之, 君大父與父, 知名之不祥, 則願使君愚魯, 當如古人耶. 然天之所與之才, 欲無名不可得也. 君大父與父, 泣眎君稿數百篇曰: "此兒之遺也, 吾不忍見, 欲火之, 亦不忍, 欲梓之, 懼其未成." 吾泣謂曰: "未成則有之. 玉之未琢者也, 金之未鍊者也, 錦之未就匹者也. 然不可謂非玉與金與錦也, 不可火也. 楊烏九歲與玄, 邢居實十四作秋風三疊. 使國輔未死, 未知其成就當與二子何如. 要之爲海東作者, 況視烏與實也, 其年亦多矣." 是亦足以慰其大父與父, 而不殤夫國輔也夫.

— 출전: 『석북문집』

4. 『이좌훈시고』에 쓰다[書李佐薰詩稿]_ 채제공(蔡濟恭)

이좌훈(李佐薰)이 다른 시체의 시 몇 편을 소매에 넣고 와서 나에게 가르침을 구하기에 내가 받아들고는 반복해서 읽어 보았으나, 다만 그 두려워할 만한 것만 보았지, 그가 나에게 가르침을 받을 만한 것을 보지는 못하였다. 군의 나이 열다섯에 시작이 이미 이와 같았으니 (이러한 재주를) 계속해서 나아가고 나아감을 그치지 않는다면 그 마지막을 어찌 헤아릴 수 있겠는가? 옛날 구양공(歐陽公 : 脩)이 한번 소자첨(蘇子瞻)을 보자 곧바로 말하기를 "노부(老夫)가 뛰어난 데에서 쫓겨났다."[11]라고 했다. 그런데 내가 구양수에 대해서는 말채찍을 잡을 수도 없는 사람이니,[12] 감히 인용해서 비견할 수는 없다.

그러나 이좌훈이 가르쳐 주기를 구하는 뜻은 반드시 소동파가 구양수에게 한 것만 못하지 않다. 구양수가 운운한 것을 나 또한 장차 이좌훈을 위해서 말하노니, 이좌훈은 다 갖추어 잘하지 않아서는 안 될 것이다. 이좌훈의 시는 이하(李賀)에게 손가락을 담그는 자였다.[13] 사신(蛇神)과 우귀(牛鬼)는 옛 사람 중에 이미 기롱한 자가 있었거늘 하물며 문장(文章)은 세도의 오르내림과 관계됨이랴. 이좌훈이 만약에 후일에 국가의 성창(盛昌)함을 울리기에 뜻을 둔다면 어찌 이당(李唐)[14]의 쇠퇴한 말기의 소리를 부러워할 것이 있는가? 시를 짓는데 이백, 두보, 왕유, 맹호연을 버린다면 곧 풀 속에 빠지거나 다른 사잇길로

---

11 출일두지(出一頭地) : 머리 하나의 높이만큼 남보다 뛰어났다는 뜻으로, 남들보다 한 단계 더 우수함을 이르는 말. 송(宋) 구양수(歐陽修)의 「與梅聖兪書」에 "讀軾(蘇軾)書, 不覺汗出, 快哉快哉! 老夫當避路, 放他出一頭地也."

12 집편(執鞭) : 집편은 채찍을 잡는 마부를 가리킨다. 곧 천한 일을 말한다. 『論語』「述而」에 "子曰'富而可求也, 雖執鞭之士, 吾亦爲之. 如不可求, 從吾所好'라 나온다.

13 염지(染指) : 손가락을 솥 속에 넣어 국물의 맛을 본다는 뜻으로, 남의 물건(物件)을 옳지 못하게 몰래 가짐.

14 이당(李唐) : 중국의 당(唐)나라(618~907)는 이연(李淵)과 그의 아들 이세민(李世民)이 세운 나라임을 가리킨 것이다.

들어갈 것이니 이좌훈은 몰라서는 안 될 것이다. 힘쓰고 힘쓸지어다. 번암노부(樊巖老夫)는 쓰다.

李生佐薰, 袖各體詩若干篇, 求敎於余, 余受而反復焉, 只見其可畏, 而未見其可以受敎於余也. 生時年十五, 權與已如此, 繼是而進, 進不已, 其終何可量也. 昔歐陽公, 一見蘇子瞻, 便以爲老夫放出一頭地. 顧余於歐陽, 無能爲執鞭, 非敢援以况之.

然生之求敎之意, 未必不如子瞻之於歐陽也. 歐陽之所云云, 吾亦將爲生言之也. 生不可以不責備者, 生之詩, 往往有染指於李昌谷者. 蛇神牛鬼, 古人已有譏之者, 况文章關世道升降. 生若有意於異日鳴國家之盛, 安用朶頤於李唐衰末之音也. 爲詩而捨李杜王孟, 便是落草由徑, 生不可以不知也. 勉之勉之. 樊巖老夫書.

— 출전 : 『번암집(樊巖集)』

5. 연암시집에 쓰다[題烟巖詩集]_ 홍양호(洪良浩)

내가 7~8년 전에 산반(散班)으로서[15] 어가(御駕)를 따라서 궁궐에 나아갔다가 남곽(南郭) 이동추(李同樞)를 기영사(耆英社)에서 만났다. 어떤 아이가 그 뒤에 서 있는데 모습은 빼어나고 정신은 밝았으니, 옥 같은 그 사람이었다. 내가 이공(李公)에게 묻기를 "저 아이는 누구인가요?" 하

---

15 산반(散班) : 일정한 관직(官職)은 없고 관계(官階)만을 보유한 관원.

니, 말씀하기를 "이 아이는 내 손자이니 이름은 좌훈(佐薰)이고, 이제 나이가 열세 살인데 고시(古詩)와 장구(長句)를 잘 짓는 자이오"라 하였다.

내가 그의 이마를 쓰다듬으면서 "이 아이는 상서로운 인물이니, 반드시 후세에 크게 이름을 울릴 것이다"라고 하였다. 그러고 나서 그의 시 몇 편을 보니 강물처럼 깊고 넓어 옛날 악부(樂府)의 남겨진 소리였다. 이에 마음속으로 더욱 기이하게 여겼다. 경인(庚寅, 1770)년에 내가 해서(海西 : 黃海道)의 안렴사(按廉使)로 나갔는데 해서에는 아름다운 먹이 생산되어 중국에까지 이름이 나 있었다. 마침 한성(漢城)에서 시험이 있다는 말을 듣고 이에 서신과 먹을 이군에게 보내서 서권(書卷)을 돕게 하였다.

심부름꾼이 돌아오기를 기다렸으나, 이군(李君)의 회답을 볼 수는 없었다. 이에 동추(同樞)의 서신을 받았는데 "내 손자가 이미 몇 월 며칠 날에 불행하게 죽었소. 먹이여! 누가 준 자에게 절을 할 수가 있겠습니까"라고 했으니 그 말이 아주 서글펐다. 내가 그 글을 다 못 보고서 깜짝 놀라면서 실성(失聲)하여 말하기를 "아아! 아깝도다. 싹이 나고 꽃은 피지 못한 것이니 예로부터 그러한 것인가"라고 했다. 내가 동쪽에서 돌아온 지 몇 년이 되자 군의 시가 이미 세상에 간행되었다는 소식을 들었다. 서둘러 구해 보니 근체시(近體詩)와 고체시(古體詩)가 겨우 이백여 편이었는데 수준이 높은 것은 건안(建安)[16] 시대의 시에 거의 가까웠고, 수준이 못한 것도 원화(元和)[17] 연간의 뒤에는 떨어지지 않았다.

---

16 건안(建安) : 건안(建安)은 한말(漢末) 헌제(獻帝)의 연호인데, 그동안 민간으로 전해오던 5언시나 악부시 등이 이때에 와서 문인들에 의하여 채용되기 시작하면서 공식적으로 문단에 오르는 계기를 마련하게 되었다.

17 원화(元和) : 당(唐)나라 때의 연호. 806~820년.

곱고 고운 것은 봄꽃과 같았고 시원한 것은 가을 대껍질과 같았다. 조금도 속세의 기운이 없었으니 속세에 오래 머물러 있을 수 없음이 마땅하였다. 그리하여 이것 또한 없어지지 않기에 충분했으니, 어찌 반드시 작품이 많아야만 하겠는가. 또 어찌 반드시 대대로 전해야만 하겠는가. 내가 이에 홀로 서로 느껴지는 것이 있는 것은 그가 서암사에 유람을 한 시에 이르기를 "소리는 격동하는 곳을 따라서 생긴다[聲從擊處生]"라고 한 것은 곧 내가 새검루에서 지은 싯구였고, 그 산영루의 시에 이르기를 "높은 누대에 앉았으니 배와 같다[危樓坐似舟]"라고 한 것은 곧 내가 부용당에서 지은 싯구였으니, 다만 압운(押韻)이 달랐을 뿐이었다. 옛날에 "시인의 뜻은 같다"라고 한 것을 내가 직접 보게 되니 더욱 나중에 태어난 사람이 참으로 두려워할 만하다는 것을 느끼게 되는데, 오래 살지 못한 것은 거듭 애석하도다. 슬프다.

余於七八年前, 以散班, 隨駕詣舊闕, 遇南郭李同樞於耆英社. 有童子立其後, 骨秀而神瑩, 玉如其人也. 余問"李公彼何兒也?" 曰"是吾孫, 佐薰其名, 今年十三, 能爲古詩長句者."

余撫其頂曰, "此瑞物也, 必大鳴後" 因得見其詩數篇, 泱泱乎古樂府遺音矣. 於是心益奇之. 庚寅, 余出按海西, 海出佳墨, 名國中. 會聞有漢城試, 乃寄書與墨於李君, 以助書券.

須使者還, 不見李君答. 乃得同樞書云, 阿孫已於某月日, 不幸死矣. 墨乎誰拜賜者, 其言絶悲. 余覽未竟, 愕然失聲曰, "嗟乎惜哉. 苗而不秀者, 自古然耶" 及余東還數年, 聞李君詩已刊行於世. 亟求見之, 今古體僅二百餘篇, 高者幾於建安, 下不落元和後.

娟娟兮春華, 颯颯兮秋籜. 無一點烟火氣, 宜不能久淹於塵世也. 然是亦

足以不減矣. 何必多. 又何必壽也. 余於是獨有所相感者, 其遊西巖寺詩有
云, 聲從激處生者, 卽余洗劒樓句也, 其山暎樓詩云, 危樓坐似舟者, 卽余芙
蓉堂句也. 特押韻異耳. 古所稱詩人意同者, 乃今親見之, 益覺後生之眞可
畏, 而無年之重可惜也. 悲夫.

― 출전 : 『耳溪集』

찾아보기